LE MAÎTRE DU ZODIAQUE

Franck Ollivier

LE MAÎTRE DU ZODIAQUE

D'après un scénario original de
Malina Detcheva & Franck Ollivier
(Alma Productions, en coproduction avec TF1)

TF1
EDITIONS

ISBN : 2-87761-194-9

PREMIÈRE PARTIE

Le réveil du mal

1

Le corps était étendu sur la table d'examen de l'institut médico-légal. Le visage était lisse, l'expression paisible, apaisée même. La fin d'une vie de souffrance, pensa Esther. Si ce n'avait été sa pâleur extrême, elle aurait pu croire que la femme allongée sur le marbre froid et recouverte jusqu'aux épaules d'un drap blanc dormait. Mais elle était morte. Et c'était sa mère.

— C'est bien elle, dit Esther d'une voix blanche.

Debout devant le corps sans vie de Grâce Delaître, Esther ne semblait ni triste ni émue. Elle pensait simplement que le cauchemar ne cesserait jamais et cette pensée, obsédante, insupportable, la privait de toute réaction autre que de stupeur. À côté d'elle, la jeune femme lieutenant de police qui l'avait accompagnée scrutait son profil, cherchant en vain une larme, une émotion... Esther était paralysée. Sa mère était l'être qui, avec Quentin, l'enfant qu'elle avait adopté, comptait le plus au monde. Elle l'avait élevée seule et s'était sacrifiée pour elle. Quand Esther avait appris la souffrance qui avait été la sienne durant sa jeunesse, son amour pour sa mère s'était enrichi d'une profonde admiration. Grâce Delaître avait été un modèle pour Esther, dans le bonheur comme dans la douleur. Elle qui avait connu l'ultime douleur avait réussi à préserver sa fille des horreurs de ce monde. Elle avait fait d'elle quelqu'un de vivant. Et, aujourd'hui, elle était morte...

L'avion d'Esther s'était posé sur la piste de l'aéroport de Marseille-Marignane deux heures plus tôt, dans le ciel pâle du matin.

Au contrôle des passeports, elle avait remarqué un changement dans le regard du fonctionnaire au moment où il regardait sa photo. Il l'avait dévisagée un peu trop longtemps.

— Vous pouvez rester sur le côté, mademoiselle Delaître ?

Esther s'était exécutée, alors que le fonctionnaire aux cheveux gris quittait son poste pour disparaître dans un bureau. Puis il était revenu et, sans un mot, était passé à l'examen du passeport des autres passagers.

— Excusez-moi, il y a un problème ?

Il n'avait pas répondu. Esther avait alors vu un autre officier de police, une femme cette fois-ci, approcher, son passeport à la main.

— Mademoiselle Delaître ?

— Oui ?

— Vous devez appeler ce numéro, mademoiselle. La police judiciaire a précisé que c'était très urgent.

La jeune douanière lui avait tendu une carte de visite et Esther s'était éloignée pour composer le numéro sur son portable.

— Lieutenant Ballera, avait répondu une voix de femme.

— Je m'appelle Esther Delaître, on m'a dit de vous appeler à mon arrivée à Marseille…

— C'est au sujet de votre mère, mademoiselle Delaître. Elle a eu un accident.

Esther avait senti le sol se dérober sous ses pieds. La flic n'avait pas besoin de parler. Esther savait.

— Elle est morte.

— Quoi ? ! Quand ?

— Cette nuit.

— Mon Dieu ! Non… non… non !

L'aéroport lui avait semblé tanguer tout autour d'elle. Esther n'avait plus entendu la voix de l'officier de police qui lui présentait ses condoléances. Horrifiée par la nouvelle qu'elle venait d'apprendre, elle avait éclaté en sanglots.

Les larmes d'Esther n'avaient pas duré. Dans le taxi qui la conduisait à l'institut médico-légal, elle voyait défiler comme des images fixes ces quartiers dans lesquels elle avait grandi et qui lui semblaient soudain étrangers. Marseille. La Méditerranée. La Bonne Mère, là-haut, qui ne semblait plus protéger personne. La Corniche… Le Vieux-Port. Elle se sentait flotter, étrangère à son propre corps et à son propre destin. Le Prado, les Goudes… La souffrance et le décalage horaire créaient dans son esprit un sentiment de vide étrange qu'elle n'avait jamais ressenti auparavant.

Le taxi s'arrêta devant un bâtiment gris, près des docks. « Institut médico-légal ». Le lieutenant Ballera était là, qui l'attendait. C'était une femme d'une trentaine d'années, plutôt jolie, dans un jean et une veste de lin. Esther et elle se serrèrent la main sans un mot. Ce furent ensuite des couloirs gris. Et enfin, ce drap blanc que souleva le médecin légiste, dévoilant le corps inerte de sa mère.

Sous le regard de la jeune femme flic, Esther restait immobile, regardant fixement la silhouette sans vie allongée. Une étiquette était accrochée à son gros orteil : Grâce Delaître.

— Que lui est-il arrivé ? demanda Esther, la gorge nouée.

— Intoxication aux benzodiazépines, répondit le légiste.

Une pensée traversa furtivement l'esprit d'Esther : sa mère ne prenait pas de neuroleptiques. Enfin, pas à sa connaissance… Le légiste la regardait, derrière ses lunettes rondes, admirant son profil parfait, touché par ce désarroi, si profond qu'il l'empêchait de pleurer.

— C'est arrivé cette nuit, précisa le lieutenant Ballera. Le gardien de son immeuble a donné l'alerte ce matin. Il l'a trouvée sans vie en montant son courrier.

— Vous avez fait une autopsie ?

— Pas encore, mais la cause du décès est évidente : hypoxie par étouffement, intervint le légiste.

— Vous êtes sûr qu'il s'agit bien d'un accident ?

— Le corps de votre mère ne porte ni blessure ni traces de lutte. Il n'y a pas eu d'intervention étrangère, ajouta le lieutenant Ballera.

— Que s'est-il passé, alors ?

— Votre mère a pris un antidépresseur qui a provoqué une crise de convulsions. Au cours de cette crise, elle a... elle a avalé sa langue. Et elle s'est étouffée.

— Mon Dieu...

— Et la porte de son appartement était fermée de l'intérieur, précisa le lieutenant Ballera. C'est un accident. Un tragique accident.

La jeune flic fit passer à Esther les photos de l'Identité judiciaire. Grâce y apparaissait allongée sur le sol de son salon, étendue sur le côté. Une chaise était renversée à côté d'elle. Ainsi que sa tasse de café. Son regard était vide.

— Vous... vous allez l'autopsier ?

— S'il n'y a pas plainte de la famille ou demande expresse du parquet, on peut lui épargner ça.

— Il n'y aura pas de plainte de la famille, répondit Esther. Merci, docteur.

Esther rendit les photos à la jeune flic, puis fit signe au légiste de remonter le drap. Le visage de Grâce disparut sous le drap blanc.

— Souhaitez-vous récupérer les affaires que votre mère portait sur elle ? demanda le lieutenant Ballera.

— Si c'est possible, oui.

Le légiste ouvrit une armoire et sortit un casier qui contenait quelques objets personnels emballés et étiquetés.

— Merci.

Esther ouvrit le sac en plastique. Elle y trouva deux bagues, une montre, un collier, quelques pièces de monnaie, une montre gousset, et une petite photo d'une fillette de six ou sept ans aux cheveux blonds et aux yeux très clairs.

— Vous avez bien changé, dit le légiste en se penchant sur le cliché.

— Ce n'est pas moi. Je ne sais pas qui c'est.

Esther retourna la photo. Elle ne portait aucune inscription.

— Je ne connais pas cette petite fille.

Esther ouvrit le gousset. Elle découvrit alors avec stupeur qu'en guise de montre, l'objet renfermait un médaillon, un médaillon en métal argenté qu'elle connaissait.

— Mais c'est…

Le légiste ne finit même pas sa phrase. Bouche bée, il regardait Esther, elle aussi en proie à un choc terrible. Le médaillon était gravé d'un anneau formé des douze signes du zodiaque.

— Le Zodiaque, lâcha Esther.

Ce médaillon avait été, deux ans avant, la signature des crimes d'un homme. Cet homme était le jumeau d'Esther, Mathias. Un frère dont elle ignorait l'existence jusqu'à ce qu'il se dévoile. Leur mère elle-même l'avait cru mort à la naissance. Mathias avait attendu vingt-sept ans pour mettre en place sa vengeance et devenir le Zodiaque. C'était précisément à cause de lui qu'Esther était revenue de New York, où elle vivait aujourd'hui. Deux ans après la série de meurtres qui avait signé sa vengeance, le procès de son frère jumeau allait s'ouvrir à Aix-en-Provence. Le procès du Zodiaque.

Le médaillon froid et métallique dans le creux de sa main, Esther eut l'intuition que sa mère avait été assassinée. Une intuition tenace contre laquelle elle devrait lutter, mais qui ne la quitterait plus.

— Tout recommence, murmura-t-elle. Tout recommence…

Ces deux mots étaient les derniers que sa mère lui avait dits, la veille, au téléphone, avant qu'elle ne s'envole pour Marseille. Elle avait voulu la prévenir d'un danger imminent. Elle l'avait suppliée de rester à New York. Esther n'avait pas su l'entendre. Et, à son arrivée en France, sa mère était morte. Elle ne pouvait s'empêcher de penser qu'elle l'avait tuée.

2

Esther Delaître vivait à New York depuis dix-huit mois. Elle avait trouvé son appartement dans un building typique en pierre du West Side, sur la 74e Rue, entre Columbus et Amsterdam Avenue. Elle aimait la proximité de Central Park – y courir le matin, s'y promener avec Quentin après l'école. Elle aimait le brunch du samedi dans le Starbucks de la librairie Barnes and Nobles, sur Broadway, face au Lincoln Center. Elle aimait aussi les salades du Whole Food Market dans le supermarché bio du Warner Center, sur Columbus Circle. Après avoir vécu l'enfer, les choses les plus simples prenaient un relief singulier. C'était cela, se sentir vivant, pensait-elle souvent. Le dimanche, elle aimait amener Quentin voir un film sur Time Square. Là, ils s'amusaient à lire les cotations en direct des actions du Nasdaq, les news de la chaîne Fox, les affiches des spectacles. Elle aimait les bruits de la ville, ses odeurs, son rythme, ses noms… En s'installant à Manhattan, Esther s'était sentie renaître. La présence d'un homme à ses côtés ne lui manquait même pas. Et il y avait Quentin…

Esther avait adopté Quentin après la mort de ses parents – sa demi-sœur Marion Saint-André et son mari Félix Vogel, deux victimes du Zodiaque. En tuant sa mère et son père, Mathias avait voulu faire de Quentin, à six ans, un orphelin comme lui. Esther s'était sentie responsable de cet enfant tout autant qu'il s'était attaché à elle. En adoptant Quentin, elle mettait un barrage symbolique au dessein maléfique du Zodiaque. Elle l'élevait seule, comme sa mère l'avait élevée près de trente ans plus tôt, dans l'unique souci de lui offrir le meilleur de la vie.

Après la série de meurtres dans sa famille, s'installer à New York pouvait être interprété comme une fuite. Mais, assise au bureau qu'elle occupait au trente-cinquième étage du Federal Building de Manhattan, elle savait que son passé était enfoui en elle et qu'il le serait toujours. Elle savait aussi qu'il ne servait à rien de tenter de lui échapper, mais qu'elle avait le pouvoir de l'expier et le devoir d'en faire quelque chose d'utile. C'était devenu le sens de sa vie. Elle avait vécu ce genre d'événements qui modifient une existence à jamais. La vengeance de ce frère jumeau inconnu lui avait ouvert les yeux sur un monde de ténèbres qu'elle ne pouvait désormais ignorer. Elle avait décidé d'y plonger.

— Esther ?

La voix de son chef la tira de ses pensées. Elle se détourna de l'écran de son ordinateur pour saluer l'agent spécial Richard Carpenter.

— *Hi*, Richard !

— *Hi. I have some good news for you. The Baltimore P.D got him. You were right about the guy : he confessed the three murders !*

— *Oh, shit !...*

Esther retira ses lunettes et, pensive, regarda par la fenêtre les immeubles de Manhattan qui bordaient l'avenue. Depuis qu'elle travaillait comme consultante pour le FBI, son visage s'était un peu creusé, ses traits avaient gagné en maturité, en profondeur aussi, sans perdre de leur grâce, ni de leur force...

L'agent spécial Carpenter esquissa un sourire. Il était fier d'elle. Elle l'avait rencontré en Provence, retrouvé à New York, et il était devenu son mentor. C'était lui qui lui avait proposé de le rejoindre comme consultante à la section parapsychologie du Bureau. Les crimes du Zodiaque avaient fait d'elle une spécialiste de l'astrologie. Le tueur de Baltimore était le troisième criminel en série qu'elle aidait à incarcérer en moins d'un an. C'était une élève douée.

— J'étais certaine que c'était lui, dit-elle en français cette fois.

— Je pensais vraiment que c'était un Capricorne.

— *Come on… Attractive, charming*, arrogant ! C'était forcément un Sagittaire… Désolée, Richard…

— « L'élève a dépassé le maître », comme vous dites en France, dit Carpenter avec un large sourire qui caractérisait bien le plaisir qu'il avait à utiliser la langue française.

— Je suis désolée de laisser les flics de Baltimore finir cette enquête avec un maître dépassé.

— *What are you saying ? !*

— Je pars pour la France demain, vous avez oublié.

— *Oh, right !* Le procès du Zodiaque, à Aix-en-Provence.

Carpenter savait mieux que quiconque que se retrouver face à son frère jumeau allait être pour Esther une expérience terrible. Il préféra n'en rien dire et la saluer sobrement.

— *Good luck, Esther. Say hi to your mother.*

— *Thanks, Richard.*

Ils échangèrent une poignée de main suivie d'une accolade. Carpenter n'avait pas hésité à voler à l'aide d'Esther après le premier meurtre du Zodiaque, deux ans auparavant, alors qu'il séjournait près d'Aix-en-Provence. Elle se souvenait encore avec un sourire de la tête du commissaire Keller quand elle lui avait présenté Richard. Il était logique qu'elle n'ait pas hésité longtemps avant d'accepter sa proposition de le rejoindre à New York. Traquer des criminels lui ferait oublier celui dont elle avait été la cible, l'obsession, et la victime. Oublier, cela n'était pas tout à fait juste : son frère jumeau, le Zodiaque, existait. Il faisait partie de sa vie. Combattre les monstres qui, comme lui, semaient le mal était devenu pour elle le moyen unique de survivre sans s'aliéner. C'était un paradoxe, mais la lutte a des vertus que la fuite ne connaît pas, à commencer par celle de vous rendre plus fort…

Esther s'était remise à travailler à son ordinateur quand arriva le coup de fil de sa mère dont elle reconnut le numéro.

— Esther, ma chérie ?

— Ah ! maman. Comment ça va ?

Esther se leva et marcha jusqu'à la baie vitrée sur laquelle son reflet se dessinait.

— Bien… Bien, enfin… Esther, j'ai quelque chose de très important à te dire.

— Je t'écoute, maman, dit Esther, consciente qu'il y avait quelque chose d'inhabituel dans le ton de sa mère.

— Il ne faut pas que tu témoignes au procès de ton frère.

— Quoi ? ! Qu'est-ce que tu dis ?

— Ne viens pas en France. Reste aux États-Unis.

— Maman, j'ai été citée à comparaître comme témoin. Même si je le voulais, je…

— Non ! Je t'en supplie, Esther, l'interrompit sa mère. Il ne faut pas que tu viennes.

— Mais pourquoi ? Explique-toi !

— Ne me pose pas de questions. Fais-moi confiance. Fais confiance à ta mère. C'est une question de vie ou de mort.

— Qu'est-ce qu'il y a, maman ? Parle-moi. Tu as reçu des menaces ? On veut m'empêcher de témoigner ?

— Si tu témoignes contre ton frère, dit Grâce avec une forte émotion dans la voix, tout recommencera.

— Comment ça, tout recommencera ? Qu'est-ce qui recommencera ?

Le silence de Grâce se prolongea. Il devint clair pour Esther que sa mère ne parlerait pas. Elle n'insista pas. Elles s'expliqueraient le lendemain.

— Je prends mon avion ce soir. On en reparlera demain, Maman. J'atterris à Marseille à neuf heures.

— Au nom du ciel, Esther, ne le prends pas. Reste à New York, tu es en sécurité là-bas ! Tu veux que tout recommence ?

Ce fut le dernier mot de cette conversation. Grâce avait coupé brutalement la communication. Esther resta figée, son téléphone dans la main.

Le soir même, Esther, fébrile, mettait la dernière touche à ses bagages. Elle voyageait léger, comme on dit. Elle n'avait aucune intention de rester en France jusqu'à la fin du procès. Elle livrerait son témoignage et rentrerait à New York retrouver Quentin, qui aurait passé trois jours à se bourrer de glaces et de burgers avec sa nounou. Était-ce l'angoisse de le laisser seul pour la première fois ou les avertissements qui la rendaient nerveuse, Esther l'ignorait. Elle avait essayé de rappeler sa mère mais n'avait pas pu la joindre.

— Tu es sûre que tu ne veux pas qu'on vienne avec toi ? demanda Cindy.

— Merci, Cindy. Quentin est ravi de rester trois jours seul avec sa baby-sitter favorite ! N'est-ce pas, Quentin ?

— Ça va être super cool !

Esther vérifia rapidement ses bagages, ses papiers, referma son sac et attrapa sa veste.

— Je ne te demanderais même pas d'argent en plus, Esther, *you know*...

— Je sais, je sais...

— Je peux même payer pour mon billet d'avion. Et je m'occuperais de tout une fois en France ! Tu n'aurais rien à faire !

— Cindy, je ne pars pas en vacances, je vais témoigner à un procès. Ça va prendre trois jours au maximum.

— Dommage... Mon astrologue m'a dit que j'allais faire une rencontre à l'étranger.

— Change d'astrologue, répondit Esther.

— Vous ne voulez pas me faire mon thème !

— Je ne suis pas astrologue, Cindy, je suis criminologue.

Le téléphone sonna. Esther décrocha. Elle espéra que c'était sa mère, mais c'était juste la limousine qui l'attendait en bas.

— Je dois y aller, mon amour, la voiture est en bas !

Esther passa sa veste. Quentin prit son sac et l'accompagna jusqu'à la porte, comme un petit homme... Devant la porte, elle le prit dans ses bras.

— Ça va aller, mon amour ?

— Bien sûr ! Salue la famille pour moi !

— Je reviens très vite. Je suis très fière de toi. T'es un vrai petit homme...

— Je t'aime très fort, maman.

— Moi aussi, Quentin, je t'aime très fort...

Esther embrassa Quentin en le serrant tendrement dans ses bras. De temps en temps, il l'appelait « maman », souvent dans des moments comme celui-ci, des moments de séparation. Elle savait que c'était chez lui un signe d'anxiété, mais elle ne pouvait rien y faire.

Le chauffeur haïtien lui dit bonjour en français et plaça son sac dans le coffre de la limousine. Le taxi traversa Columbus Avenue et prit à droite sur Central Park West. Inquiète de l'avertissement de sa mère et de son ton prophétique, Esther regardait défiler les passants et les rues de New York, comme plus tard elle regarderait les quartiers de Marseille.

— Cindy, c'est Esther. Désolée de te réveiller...

— *What ? ! You know what time it is ?*

Face aux docks, Esther était assise sur son sac de voyage. Elle imaginait Cindy dans la chambre d'amis de son appartement. Elle se rendit compte que sa vie avait basculé : tout ce qui était normal la veille semblait irréel aujourd'hui.

— Je sais qu'il est trois heures du matin à New York ! J'ai changé d'avis. Je voudrais que vous preniez Quentin et toi le premier avion pour Marseille tout à l'heure. Je vais devoir rester plus longtemps ici.

Dans l'écouteur, un cri de joie de Cindy retentit, qui lui parut absurde.

— Il s'est passé quelque chose de très grave, mais ne dis rien à Quentin. Je ne veux pas le paniquer.

— Qu'est-ce qui s'est passé ?

— Ma mère est morte cette nuit.

— *Oh, my God !*

— Dis à Quentin que je l'aime. De toutes mes forces ! Et que j'ai besoin de lui près de moi.

Les mots de sa mère résonnaient dans sa tête – « Il ne faut pas que tu témoignes au procès de ton frère. Je t'en supplie, ne me pose pas de questions » – quand Esther poussa la porte de la maison. La scène était identique aux photos que lui avait montrées le lieutenant Ballera. Seul le corps, bien sûr, manquait, mais Esther l'imaginait avec plus de réalité que s'il avait été sous ses yeux. Une chaise était renversée tout près de l'endroit où le corps de sa mère avait été découvert. Esther la redressa. Elle regarda les lieux. Pour la première fois, elle perçut une inquiétude. Sa mère avait pris l'habitude de faire brûler des bougies. De l'encens aussi. Esther vit sa photo accrochée au mur. Elle reçut un véritable choc lorsqu'elle découvrit, à côté de la sienne, la photo de Mathias. Certes, il était son fils, mais la présence de leurs deux portraits côte à côte la choqua.

Esther découvrit la boîte des cachets ingérés par sa mère. Deux seulement étaient manquants sur la plaquette. Dans un tiroir mal fermé, elle trouva un album de photos qui renfermait des coupures de journaux par dizaines. Toutes concernaient le Zodiaque… Ses crimes, ses rituels, ses victimes. Des articles de presse sur le procès qui allait s'ouvrir aussi… Esther était fascinée devant cette manifestation du choc que sa mère avait dû ressentir en découvrant l'existence de ce fils qu'elle avait cru mort-né. Rassembler tous ces articles sur lui, comme s'il avait été un champion sportif, était révélateur. Or Mathias était un tueur. Un monstre froid. Cela permit à Esther de mieux mesurer le gouffre dans lequel, en silence, sa mère se débattait. Elle savait que Grâce allait voir Mathias en prison, qu'elle avait voulu redevenir une mère pour lui. Car, disait-elle, c'est dans la souffrance qu'on voit une mère. Être la mère d'un assassin, voilà ce qui était pour elle la véritable épreuve. Et, manifestement, elle était allée au bout…

— Ce n'est pas un accident !

Comme une enfant prise en faute, Esther referma l'album et fit volte-face. L'homme qui venait de parler, derrière elle, était le commissaire Antoine Keller. Il était, comme à son habitude, vêtu d'un costume noir et d'une chemise blanche. Sa silhouette se découpait comme une ombre dans la lumière de la terrasse…

— Bonsoir, Esther. Je t'attendais. Je suis content de te revoir.

Ils se dévisagèrent.

— Antoine, qu'est-ce que tu fais là ?

Keller ne répondit pas. Il entra dans la maison. Il n'avait pas changé. C'était toujours l'homme qu'Esther avait aimé, distant, pudique, et en même temps tellement présent dans chaque mot.

— Je suis désolé pour ta mère.

— Que s'est-il passé ? Que sais-tu ?

— Qu'il est écrit dans son dossier médical qu'elle était allergique aux benzodiazépines. Elle le savait elle aussi, forcément.

— Que veux-tu dire ? Que ma mère s'est suicidée, c'est ça ?

Keller ouvrit l'album qu'Esther dissimulait derrière elle. Il lui montra une page au milieu d'articles où était écrit à la main : « Je suis mon propre maître ».

— Regarde. C'est son écriture.

— « Je suis mon propre maître »… Qu'est-ce que ça veut dire ?

— C'est clair, non ? Ta mère a préféré mourir plutôt que d'assister au procès de son fils !

Esther revint vers Keller, posant sur lui un regard rageur.

— Tu n'as aucune preuve ! Dis qu'elle a été tuée, pendant que tu y es !

— Peut-être. Qui sait ? Elle t'a appelée, hier soir, j'ai vu ses relevés téléphoniques. Elle était dans quel état d'esprit ?

— Ma mère s'est étouffée en avalant sa langue. C'est un accident… Et c'est une certitude.

Esther aurait voulu croire à ce qu'elle disait ; il n'en était rien. Mais, face à Keller, elle avait besoin de se rassurer.

— Tu sais bien que non. Toi même, tu doutes. N'est-ce pas ?

Keller regarda Esther, comme s'il cherchait à lire dans ses pensées.

— Tu sais comme moi qu'elle n'a jamais accepté d'avoir donné naissance à un monstre.

— Tu es devenu fou, Antoine.

— On est tous devenus fous. Cette histoire du Zodiaque nous a tous rendus cinglés.

Une seconde s'écoula dans un silence pesant. Esther posa la main sur son front. Elle sentit une sueur froide.

— C'est pour éviter ça que je suis partie.

— Depuis que tu es partie, je ne cesse de penser à toi. Tu me manques, Esther.

— Je suis désolée, Antoine, c'est vraiment pas le moment…

— Tu ne peux pas me rayer de la carte comme ça. Tu ne peux pas tout détruire !

— Tu n'as pas besoin de moi pour tout détruire, Antoine. Tu y parviens très bien tout seul… À bientôt. Je te préviendrai quand je repartirai.

— Attends !

Esther sortit prendre l'air sur la terrasse. L'air chaud de ce début d'été, à peine rafraîchi par une légère brise marine, lui brûla les poumons.

— Tu ne dois pas témoigner au procès ? demanda Keller qui l'avait suivie.

— J'étais venue pour ça. Mais, dans de telles conditions, c'est trop insoutenable.

— Tu te défiles ?

— Avec ou sans moi, Mathias va prendre perpétuité. Qu'est-ce que ça change ?

— Tout ! Ça change tout, répondit Keller. Si tu refuses de témoigner contre lui, c'est reconnaître la victoire du Zodiaque. Ça veut dire que tu ne referas jamais ta vie. Et ça, c'est exactement ce que veut ton frère.

— Ce n'est pas à cause de lui, si ça n'a pas marché entre nous, Keller, et tu le sais.

— Je sais. C'est à cause de moi, répondit-il.

Il posa sa main sur celle d'Esther, avec une tendresse toute en retenue. C'était la première fois qu'il reconnaissait qu'il avait participé à la destruction sinon de leur amour, du moins de leur relation. Il avait dû méditer là-dessus, pensa-t-elle.

— Je suis quand même heureux de te revoir, dit-il en souriant. Comment va Quentin ? Il me manque aussi, tu sais.

— Il va bien. Il devient un vrai petit homme, loin de tout ça.

— Et toi, tu es toujours une femme aussi belle.

Esther se sentait encore liée à lui par des sentiments forts, mais trop contradictoires. Tout, en Keller, lui rappelait ces heures d'angoisse et de souffrance. Le Zodiaque les avait fait se rencontrer. Il les avait unis, son souvenir les avait désunis.

— Je t'aime encore, Esther, crois-moi.

— Je te crois, Antoine. Mais parfois, ça ne suffit pas.

Esther retira doucement sa main et quitta la terrasse. Keller la vit descendre l'escalier et s'éloigner dans la rue qui longeait le petit port. Il resta seul face à la mer, sous le soleil écrasant. Il était encore possédé par elle jusqu'au plus profond de lui. Son retour le lui avait prouvé. Il l'avait attendue. Il savait que la mort de sa mère était une chance unique de la reconquérir. Et il s'en voulut de concevoir une pensée aussi dégueulasse…

3

Sur l'écran de télévision, un journaliste annonçait l'ouverture, au palais de justice d'Aix-en-Provence, du procès de l'homme qui avait terrorisé la région, le Zodiaque. C'était un procès sous haute tension : celui d'un criminel hors du commun qui, selon le journaliste, avait survécu quasi miraculeusement aux balles du commissaire divisionnaire Antoine Keller. Dans un angle de l'écran, une photo de Mathias Rousseau le montrait tel qu'Esther ne l'avait jamais vu, les joues creusées, les cheveux ras : un visage taillé au couteau... Sa photo fut bientôt remplacée par l'image du médaillon du zodiaque, symbole de ses meurtres.

Esther ne s'était jamais sentie aussi seule. Elle faisait jouer dans sa main le même fameux médaillon trouvé dans les affaires personnelles de sa mère. Comme hypnotisée par ce symbole, associé à tant de cruauté, Esther avait le regard fixé sur son passé. Elle tournait et retournait les avertissements de sa mère, essayant de comprendre ce qu'elle avait voulu lui dire, essayant aussi de surmonter sa culpabilité d'être revenue malgré ces avertissements. Pourquoi sa mère était-elle en possession de ce médaillon ? Signifiait-il quelque chose pour elle ? Avait-elle voulu lui faire passer un message à titre posthume ? Ou encore ce médaillon était-il, une fois de plus, la signature d'un meurtre ? Elle était également intriguée par la photo de cette petite fille, presque autant que par ce médaillon du zodiaque. Il lui semblait qu'il y avait, sous les traits innocents et inconnus de cette enfant, quelque chose de familier, quoique indéfinissable...

Esther ne put rester très longtemps seule dans sa chambre d'hôtel. Elle n'avait personne vers qui se tourner. Le seul membre de la famille de son père avec qui elle était en contact était Jérôme et il s'était exilé en Suisse. Elle décida de l'appeler tout de même et descendit au bar de l'hôtel.

Assise sur un tabouret, Esther noyait son chagrin dans une vodka bien tassée, tout en écoutant son demi-frère, après lui avoir témoigné sa stupeur d'apprendre le décès de sa mère, lui conseiller lui aussi de se rendre au procès. Elle ne pouvait pas perdre la face, disait-il.

— Si tu ne témoignes pas au procès de Mathias, ça veut dire que le mal est plus fort que toi !

À l'autre extrémité du bar, un client d'une trentaine d'années lisait un journal sans cesser d'observer Esther. Elle le remarqua et baissa le ton. Il était brun, bronzé, avec des allures de play-boy.

— Ça n'est pas aussi simple, Jérôme.

— Ce procès va être une épreuve terrible, je sais. Mais il faut que tu l'affrontes. Quand est-ce que tu dois témoigner ?

— Dans deux jours.

— D'ici là, tu sais ce que tu vas faire ? Tu viens ici, chez moi, en Suisse, te reposer et reprendre des forces...

— Je dois m'occuper des formalités pour ma mère...

— Je m'en occupe. C'est pas la peine de te rendre les choses plus difficiles, petite sœur.

— Quentin et sa nounou arrivent demain à Marseille.

— Je les appelle tout de suite, je leur fais réserver un vol pour Genève.

Esther se tourna de nouveau vers le jeune homme aux cheveux bruns. Elle remarqua le gros titre en première page de *La*

Provence : on annonçait encore le procès du Zodiaque avec la photo de Mathias à la une.

— D'accord. Je vais venir. Et puis ça fera plaisir à Quentin de te voir !

— Je t'envoie un hélico demain matin à Marignane. Je suis avec toi, Esther. Je sais que je ne peux pas prendre ta douleur, mais je peux essayer de la rendre plus supportable.

— Je sais, Jérôme. Merci. À demain.

Esther raccrocha. Elle croisa le regard de son voisin qui lui tendit son journal, croyant que, par ce regard insistant, elle le convoitait.

— Vous le voulez ?

— Non, merci. Excusez-moi.

Il le posa devant lui et se rapprocha. Esther le dévisagea. C'était un homme qui plaisait aux femmes et qui le savait.

— Une jeune et belle femme, seule dans un bar d'hôtel, qui n'attend personne, c'est que ça ne va pas très fort.

— Qui vous dit que je n'attends personne ?

— Ça fait une heure que vous êtes là, et vous n'avez pas regardé votre montre une seule fois.

— Vous êtes de la police ?

— Non, juste observateur. Et vous ?

— Moi, si, FBI.

Le type eut un petit rire. Esther sourit aussi. Elle l'avait piégé.

— Enfin, juste consultant à la section de New York, ajouta-t-elle.

— Sans rire… vous êtes sur une affaire à Marseille ?

— Non. J'ai passé mon enfance ici.

— Et vous descendez à l'hôtel ? Vous n'avez pas de famille ? Pas d'amis ?

— Disons que… c'est compliqué.

— Disons plutôt que… vous n'avez pas envie d'en parler.

— Ma mère vient de mourir.

L'inconnu s'étrangla avec la gorgée qu'il était en train de boire. Il venait de prendre un grand coup à l'estomac.

— Je suis désolée, dit Esther. Je ne sais pas pourquoi je vous ai dit ça. Il vaut mieux que je parte. Bonne nuit.

Esther se leva. L'inconnu la retint en lui posant la main sur l'avant-bras.

— Au contraire, attendez. Moi, je n'ai même pas de souvenir de ma mère…

Esther regarda la main du jeune homme presque sur la sienne. Elle se rassit à côté de l'inconnu. Il fit signe au barman de remplir leurs verres.

Deux heures plus tard, ils faisaient l'amour. Surplombant le corps musclé de son partenaire, Esther ne cherchait rien d'autre qu'à noyer sa douleur dans le plaisir des sens. Son bassin allait et venait dans un rythme lent et enivrant. Elle fermait les yeux. Elle ne sentait même plus les mains de l'inconnu sur son ventre, sa poitrine, le creux de ses reins. Elle ne faisait plus de différence entre son corps et celui de cet homme qu'elle ne reverrait sans doute jamais et dont elle n'avait même pas voulu savoir le nom…

Après avoir quitté la chambre de l'inconnu, Esther se précipita sous la douche. Là, alors que l'eau chaude coulait sur son visage, elle fut saisie par la souffrance. Elle avait couché avec un type pour se prouver qu'elle était encore vivante et ses nerfs lâchaient. Elle était déchirée de sanglots. Ses larmes se mêlaient à l'eau de la douche qui ruisselait sur son visage. Pour la première fois, la réalité de la disparition de sa mère venait de lui apparaître dans sa violence et son absurde cruauté. Submergée par la souffrance, Esther se laissa glisser le long de la paroi de la douche comme pour mieux s'abandonner aux sentiments terribles qui la rongeaient…

Sa mère était morte et Esther était persuadée que cette mort était liée au procès qui s'ouvrait le lendemain… De quelle menace sa mère avait-elle voulu l'avertir ? Qu'allait-il se produire encore ? Elle savait qu'elle était au bord du précipice.

4

En découvrant les marches du palais de justice d'Aix-en-Provence quadrillées par des gendarmes armés de pistolets-mitrailleurs, Keller se dit qu'on avait sorti le grand jeu. Face à lui, dans le fourgon qui le conduisait à son procès, le Zodiaque n'avait plus rien du monstre froid et sanguinaire qui avait semé la mort. C'était un être amaigri par la détention, aux joues creusées et aux yeux injectés de sang. Il n'en restait pas moins très dangereux. Mais Keller ne craignait pas une évasion ou un coup de force. Il savait que le danger était ailleurs. Le Zodiaque était capable de pénétrer dans votre cerveau, de prendre possession de votre raison, de vous détruire. Face à lui, il ne fallait jamais baisser sa garde.

La veille, en suivant les deux surveillants qui le guidaient dans un couloir de la prison, Keller avait éprouvé une petite appréhension. Cela faisait des mois qu'il ne l'avait pas revu. Au début, peu après son arrestation, une fois Mathias sorti du coma, Keller avait passé de nombreuses heures à l'interroger, à le forcer à détailler ses crimes, à décrire le scénario minutieux de sa vengeance. Il pensait pouvoir décrypter, ou du moins entrevoir l'essence du mal. Il n'avait saisi que sa propre fascination.

Côte à côte avec les deux gardiens, Keller avait descendu un long escalier sans un mot. Les bruits s'étaient fait plus rares, plus étouffés, puis un silence total, dense, inquiétant, les avait enveloppés. Un des deux surveillants s'était arrêté devant une porte. Il l'avait ouverte, tandis que l'autre posait une main sur son arme.

Dans la lumière crue du néon de sa cellule, Mathias avait levé les yeux vers eux. Il était maigre, mal rasé, les cheveux ras, son visage creusé faisait ressortir encore l'intensité de son regard.

— Ta mère ne viendra plus te voir, Mathias. Elle est morte.

Keller se souviendrait toujours de la réaction de Mathias. Il avait fermé les yeux pour cacher ce qu'il éprouvait. Quand il les avait rouverts, il était un autre homme. Keller ne sut dire en quoi, mais il était différent. Pour un fugitif instant, Keller aperçut ce qu'il avait cherché à connaître en lui : le mal. Il eut le sentiment que ce n'était qu'un contrôle de soi absolu. Ou peut-être ce contrôle n'était-il lui-même qu'un nouvel écran de fumée qui masquait sa véritable nature…

Dans le fourgon, Mathias ne quittait pas Keller du regard. C'étaient deux ennemis mortels qui se dévisageaient, mais aussi se respectaient. Le véhicule s'immobilisa devant le palais de justice. Les portes s'ouvrirent sur les hommes du GIGN qui leur ouvrirent le chemin.

Le Zodiaque scruta la foule. Ils étaient venus nombreux pour le voir. Suivi de près par Keller, il fut escorté jusqu'à l'entrée du palais de justice, sous les flashes. À aucun moment il ne baissa les yeux.

Il fut conduit dans un box blindé, relié à la salle par un micro. Alors que la salle d'audience se remplissait bruyamment, Keller lui défit ses menottes. Mathias croisa le regard de ses victimes – Pierre et Juliette Saint-André –, dans lequel il lut la haine. Puis ses yeux se fixèrent sur une chaise libre, située à côté d'eux.

— Pas la peine de la chercher, elle ne viendra pas, dit Keller.

— Qu'est-ce que tu en sais, flic ?

— Elle est en deuil. Elle…

Keller lui lança un dernier regard puis quitta le box. Il avait volontairement fait une allusion à la mort de sa mère. C'était la première. Mathias était au courant. Il ne réagit pas. La cour entra dans la salle d'audience. Le juge et ses assesseurs prirent place, ainsi que le jury.

— Mesdames et messieurs, la cour !

Tout le monde se leva. Le silence se fit. La chaise d'Esther restait vide. Keller croisa de nouveau le regard de Mathias. Le président présenta les conditions du procès, l'accusé, les crimes qu'on allait juger. Il laissa l'avocat des parties civiles exposer son argumentaire. Il désigna Mathias qui, dans son box, gardait une expression fermée et parfaitement impénétrable. Il dressa le portrait d'un tueur froid, sans scrupules, sans remords, qui avait massacré trois innocents d'une même famille !

— Barbara Saint-André retrouvée morte au cimetière Saint-Jean, sur la tombe de Nostradamus, étranglée, vertèbres cervicales rompues, dit-il. Marion Saint-André, trente ans, retrouvée morte aux Goudes, la nuque brisée, puis noyée. La juge d'instruction, Irène de Chabanes. Tuée de deux balles, devant les marches de notre palais de justice !

L'avocat de la famille Saint-André regarda la cour solennellement. Le président, ses assesseurs, les jurés…

— Cet homme, aujourd'hui dans le box des accusés, est un monstre froid et calculateur qui a revendiqué chacun de ses crimes en laissant sa signature : le Zodiaque !

Il désigna une des pièces à conviction dûment étiquetée dans le présentoir *ad hoc* : un médaillon du zodiaque, qu'il montra à l'assistance pour donner plus de poids à ses arguments.

Loin du procès, l'hélicoptère dans lequel se trouvait Esther survolait les sommets enneigés sous un ciel bleu acier. Par-delà les sommets, la brume s'étalait dans les vallées des Alpes du Nord, paysage de glaciers, de forêts et de lacs. La surprenante beauté de la nature prit Esther à la gorge ; elle se mit à pleurer doucement, le front collé contre le cockpit, en pensant à sa mère. Elle l'avait laissée seule, pensa-t-elle. Et elle s'en voulait. Elle lui avait proposé de venir avec elle aux États-Unis, mais Grâce se trouvait trop âgée pour cela. Elle n'avait plus le courage de refaire sa vie. Mais surtout, avait-elle avoué, il y avait Mathias. Il avait beau être enfermé pour le restant de ses jours, sa mère considérait que ce n'était pas une raison pour l'abandonner comme une bête enragée. Esther revoyait le regard de sa mère.

— Je sais ce que tu penses, Esther, lui avait-elle dit. C'est peut-être un assassin, mais c'est mon fils. C'est la chair de ma chair... Tu dois comprendre ça maintenant que tu es maman, toi aussi. Je sais ce que Mathias a fait. Je sais aussi ce qu'on lui a fait. Je ne peux pas l'abandonner...

Prise dans ses réminiscences, Esther regardait le paysage sans le voir. Depuis l'hélicoptère se dessinèrent bientôt les contours du lac Léman, ses bords sauvages et sombres. L'hélicoptère amorça sa descente. Depuis la piste d'atterrissage, un jeune homme faisait signe à Esther. Jérôme.

Ils s'étreignirent avec une profonde affection mêlée de tristesse. Le voir lui faisait du bien. Alors qu'elle n'était encore qu'une fille naturelle dont le père venait de révéler l'existence, Jérôme avait été le premier à l'accepter. Il se détacha d'Esther et la conduisit à sa voiture. Le vol de Quentin et de sa babysitter arrivait quelques heures plus tard. Une fois de plus, il avait tout arrangé. Esther regarda son frère et mesura à quel point lui aussi avait changé. Le jeune homme qu'elle avait découvert deux ans auparavant était devenu un homme plus dur, plus sombre aussi, peut-être un peu sous pression.

Jérôme conduisait avec décontraction. La voiture glissait silencieusement le long des rives du lac Léman, vers la Suisse, dans un paysage de grands vignobles en espaliers. Depuis qu'il avait restructuré les affaires de la famille, Jérôme Saint-André s'était installé en Suisse. Il avait racheté une banque privée, à Lausanne, et habitait à l'hôtel Beau Rivage, sur les bords du lac Léman, où il avait loué un étage complet.

— Uniquement pour la vue, dit-il en plaisantant.

Il apprit à Esther que son installation ici correspondait en fait à des motifs plus profonds : leur famille possédait une maison depuis toujours, non loin. C'était la région d'origine de leur père. Ils y venaient souvent en vacances l'été. Jérôme pensait même que leur père avait dû les y amener de nombreuses fois, sa mère et elle. La voiture de Jérôme ralentit en passant devant la grande et luxueuse bâtisse aux volets clos, érigée en bord de lac, au milieu des vignes. C'était peut-être même dans cette maison que sa demi-sœur avait été conçue... Esther regardait le bâtiment. Elle était certaine de n'y être jamais venue.

— Pierre s'y est installé depuis qu'Elizabeth l'a quitté. Bien sûr, il est au procès, à Aix.

— Ma mère ne voulait pas que je témoigne au procès de Mathias, dit Esther d'une voix sourde. Elle m'a même suppliée de ne pas venir.

— Comment ça ? Pourquoi ?

— Je ne sais pas pourquoi. Elle a voulu me prévenir de quelque chose. Je n'ai pas su l'écouter. Quand je suis arrivée, elle était morte.

— Tu m'as dit que c'était un accident à cause d'un médicament ?

— Tout l'indique, mais la coïncidence est énorme, non ? Tu ne peux pas savoir combien je me sens coupable... Le pire, c'est que je n'ai même pas osé en parler à Keller.

La voiture avait repris la route et la conversation changea. Jérôme se tourna vers Esther pour lui annoncer la grande nouvelle qu'il retenait depuis un moment.

— Je ne t'ai pas dit l'essentiel : je vais me marier !

— Toi ? !

— J'ai été conquis par un corps de rêve et j'ai trouvé qu'il cachait l'âme sœur.

— Mais c'est formidable, Jérôme. Je suis vraiment heureuse pour toi !

C'est alors que Jérôme vit le barrage, peu avant la frontière. Il ralentit, puis s'arrêta. Deux gendarmes, un homme et une femme, s'avancèrent dans leur direction.

— Papiers, s'il vous plaît ?

— Je suis français et résident suisse, à Lausanne.

Esther sortit son porte-carte. La femme gendarme examina son passeport.

— Vous vivez aux États-Unis ?

— À New York, oui.

— Vous voulez bien descendre du véhicule, s'il vous plaît ?

— Vous ne savez peut-être pas qui je suis ?

— Si : Jérôme Saint-André, répondit la gendarme, c'est inscrit sur votre passeport… Nous avons ordre de fouiller tous les véhicules.

— Pour quelle raison, on peut savoir ?

— De bonnes raisons, croyez-moi.

La femme gendarme ouvrit le coffre. Rien. Sinon le sac d'Esther qu'elle examina rapidement. En fouillant son contenu, son regard tomba sur la photo de l'enfant qu'Esther avait trouvée dans les affaires de sa mère et qui dépassait d'un portefeuille.

— C'est votre sac, mademoiselle ?

— Oui.

Esther sentit que quelque chose d'anormal était en train de se produire. La gendarme fit un signe à son collègue et lui montra la photo de la petite fille inconnue.

— Veuillez vous retourner et appuyer vos mains sur le capot de la voiture.

— Pardon ?

Il la plaqua littéralement contre le toit de la Jaguar.

— Contre la voiture, mains à plat.

— Qu'est-ce qui vous prend ?

— C'est un ordre ! Et je vous conseille de ne pas vous y opposer !

Esther, incrédule, posa ses mains sur le toit. Jérôme eut beau protester, la jeune gendarme le repoussa sèchement, tandis que l'autre forçait Esther à ramener ses mains dans le dos après la fouille. Et, sans ménagement, il lui passa les menottes.

Quinze minutes plus tard, Esther était conduite dans les locaux high-tech de la section recherches de la gendarmerie d'Évian. Elle vit la jeune gendarme qui l'avait arrêtée entrer en discussion avec une personne de dos, en civil, une femme, qui semblait être sa supérieure. Elle regarda les papiers d'identité d'Esther, ainsi que la photo de l'enfant qui avait provoqué son arrestation. Le passeport entre les mains, elle se retourna vers Esther.

— Connaissez-vous cette jeune femme, madame Daguerre ?

Pendant qu'on installait Esther dans l'austère salle d'interrogatoire, le capitaine de gendarmerie Eva Kramer s'était dirigée vers un couple qui l'attendait dans l'anxiété. Lui mal à l'aise, sombre, pas bien rasé. Elle très belle, très élégante, excessivement nerveuse. Le capitaine Kramer avait conduit le couple devant les moniteurs qui montraient Esther dans la salle d'interrogatoire, filmée par deux caméras situées dans les angles supérieurs de la pièce.

— Rassurez-vous, elle ne peut pas vous voir…

La jeune femme regardait Esther qui apparaissait de face et de profil sur les deux moniteurs.

— Pas du tout, affirma-t-elle sans hésitation.

— Et vous, monsieur Daguerre ?

La jeune femme se tourna vers son mari qui regardait Esther avec une attention sombre. Sa respiration s'accéléra. Il ne répondit pas immédiatement.

— Tu la connais ? lui demanda sa femme. Bertrand, tu connais cette femme ?

— Je ne l'ai jamais vue, finit-il par dire. Je ne sais pas qui c'est.

— Vous êtes sûr, monsieur Daguerre ? insista la capitaine Kramer qui avait bien senti l'hésitation du mari.

— Certain, dit-il. Je ne connais pas cette personne. Je ne l'ai jamais vue.

Techniquement, il disait vrai : il n'avait jamais vu Esther. Même s'il mentait profondément. Lui-même comprit que quelque chose de terrifiant était en marche. Il sut qu'il ne reverrait jamais sa petite Lucie vivante.

Esther attendait dans la salle d'interrogatoire depuis un bon quart d'heure quand la porte s'ouvrit. Le capitaine Eva Kramer s'assit face à Esther en déposant un dossier devant elle.

— Bonjour, mademoiselle. Je suis le capitaine Kramer, Eva Kramer. Enquêteur de la gendarmerie nationale. Vous voulez un café ?

Esther découvrit ses traits réguliers, ses cheveux tirés en arrière, son regard très limpide et une allure autoritaire qui inspiraient un sentiment de confiance et de défi en même temps.

— Non, merci. Je veux savoir où je suis et ce que je fais ici !

— Vous êtes à la section recherches de la gendarmerie nationale d'Évian. Je suis chargée d'enquêter sur une disparition qui nous a été signalée ce matin.

— Quelle disparition ?

Eva ne répondit pas et, sous le regard d'Esther, ouvrit son dossier.

— Vous vous nommez Esther Delaître. Vous êtes née il y a vingt-neuf ans à Aix-en-Provence. Vous êtes arrivée hier matin à Marseille par le vol 6045 en provenance de New York où vous habitez. Jusque-là, c'est exact ?

— Jusque-là.

— Vous exercez une activité professionnelle aux États-Unis ?

— Je collabore sur des enquêtes criminelles avec le FBI.

— Vous collaborez à quel titre ?

— Au titre d'officier consultant, spécialiste à la section parapsychologie.

— Spécialiste en quel domaine ?

— Astrologie criminelle.

Esther soutint le regard du capitaine de gendarmerie. Elle avait l'habitude. Chaque fois que le FBI lui demandait d'intervenir sur un crime, les policiers du coin la regardaient avec la même incrédulité.

— Il y a deux sortes de policiers, capitaine : ceux qui ne croient pas à l'astrologie et ceux qui pensent que c'est de la pure connerie. Vous vous situez où ?

— Nulle part. Je ne suis pas policier, je suis gendarme.

Eva sourit. Un sourire séduisant qui s'inscrivit sur un visage jusque-là plutôt grave…

— Je sais, ça ne se voit pas.

Esther esquissa à son tour un sourire en coin.

— Mais je trouve singulier que vous soyez devenue spécialiste en astrologie, mademoiselle Delaître.

— Pourquoi ?

— Pour ça.

Eva ouvrit le dossier dans lequel se trouvaient les objets prélevés dans ses affaires. Elle sortit le médaillon du zodiaque et le fit tournoyer.

— Je sais qui vous êtes, dit Eva avec une lueur de provocation dans le regard.

Esther détourna les yeux. Lasse d'être reconnue. Agacée d'être soupçonnée de faits qu'elle ne connaissait pas encore, d'ailleurs…

— Mais vous n'avez pas à m'arrêter sous prétexte que je suis la sœur jumelle du Zodiaque.

— Ce n'est pas la raison.

— Alors, quelle en est la raison ? Qu'est-ce que c'est que cette disparition et quel rapport avec moi ?

Le capitaine Kramer montra à Esther la photo de la petite fille qu'elle avait trouvée chez sa mère.

— Qui est cette enfant pour vous ?

— Personne, je…

— Cette photo était pourtant dans vos affaires.

— Cette photo était dans celles de ma mère.

— Où puis-je joindre votre mère ?

— Vous ne pouvez pas la joindre. Elle est morte. Hier. À Marseille.

— Hier ? À Marseille ? Et aujourd'hui vous êtes ici ! En touriste ?

— Je suis venue trouver du réconfort auprès de mon frère, Jérôme Saint-André.

Eva posait sur Esther un regard intrigué mais non dénué de compassion.

— Comment votre mère est-elle morte ?

— Accidentellement.

— À la veille du procès de son fils, Mathias Rousseau... le Zodiaque ?

— Oui.

— Et cette photo était sur elle ?

— Oui. Ainsi que ce médaillon. Et, ajouta Esther, je ne sais pas qui est cette petite fille, ni pourquoi ma mère détenait sa photo.

Eva regarda la photo de l'enfant.

— Elle s'appelle Lucie. Lucie Daguerre. C'est l'enfant qui a disparu cette nuit et que nous recherchons activement.

— Quoi ? ! Ça n'a pas de sens. Ce n'est pas possible...

Esther sentit une bouffée d'angoisse serrer sa poitrine. Des questions se bousculaient dans sa tête... Qui était cette enfant ? Que faisait sa photo chez sa mère ? Pourquoi avait-elle disparu ?

— C'est pourtant la vérité, dit Eva Kramer. Elle a disparu en pleine nuit. Chez elle. Ses parents s'en sont rendu compte ce matin.

— Qu'est-ce qui s'est passé ?

— Il semble que quelqu'un se soit introduit dans sa chambre et l'ait enlevée.

Eva fit un petit signe en direction de la glace sans tain. Immédiatement, la porte s'ouvrit sur son adjointe. Elle montra à Esther un avis de recherche.

— Vous connaissez sa famille ?

Esther, abasourdie, tenta de rassembler ses idées.

— Vous avez dit Daguerre ? Non, je ne connais pas.

— La famille Daguerre dirige un institut, sur les hauteurs d'Évian. Une sorte d'université privée comme il en existe ici, de réputation internationale...

— Je n'ai jamais entendu parler d'eux.

Esther s'interrompit devant le regard fixe et inquisiteur d'Eva.

— Écoutez, capitaine, j'ai passé la nuit à l'hôtel Méditerranée, à Marseille, et...

— Je sais. Nous avons vérifié. Vous deviez y rester durant le procès. Et votre mère, connaissait-elle les Daguerre ?

— Ma mère habite... enfin, habitait à quatre cents kilomètres d'ici. Et il n'y a aucune raison pour qu'elle ait connu cette enfant et...

— Qu'est-ce que vous êtes venue faire dans notre région ?

— Je vous ai dit que mon demi-frère, Jérôme Saint-André, m'a proposé de me reposer chez lui en attendant de témoigner...

— À quatre cents kilomètres du procès ?

— Oui. Écoutez, je ne comprends pas ce qui se passe, mais...

— Mais ?

Esther regarda la photo. Elle revit l'enchaînement des événements qui s'étaient produits depuis son départ de New York.

— Peu avant que je quitte New York, ma mère m'a prévenue que, si je venais au procès du Zodiaque, tout allait recommencer.

— Tout, quoi ?

— Je ne sais pas, moi ! Ses crimes, peut-être ? Elle n'a pas eu le temps de me le dire. Quand je suis arrivée, elle était morte.

Les deux gendarmes se regardèrent un instant. Eva Kramer semblait touchée par l'émotion sincère d'Esther.

— On me dit que c'est un accident. Je ne comprends pas ! Je ne comprends pas !

La porte de la salle d'interrogatoire s'ouvrit. Une jeune femme apparut, dans un tailleur provocant. Le capitaine Kramer la regarda avec amertume. Elle sut que l'interrogatoire était fini.

— Bonjour, Esther. Je suis maître Sylva, le conseil de Jérôme Saint-André. Ma cliente est en garde à vue ?

Eva choisit de ne pas répondre.

— Dans le cas contraire, Mlle Delaître ne peut être retenue sous la contrainte. Je ne vous apprends rien, capitaine ?

Eva se retint de tout commentaire. Elle se tourna vers Esther.

— Quand devez-vous témoigner au procès d'Aix ?

— Dans deux jours.

— Prévenez-moi lorsque vous vous rendrez là-bas.

Puis, sans même regarder l'avocate, elle enchaîna :

— J'en ai terminé avec votre cliente, maître.

Eva se leva. Elle fit comprendre d'un geste à Esther qu'elle pouvait rejoindre son avocate. Esther prit ses affaires, veste et clés, que lui tendait Eva.

— Merci... Vous pourrez me tenir au courant des recherches, capitaine ?

— Je n'y manquerai pas. Vous restez à notre disposition, naturellement ?

— Je vous jure que je ne sais pas ce que cette photo faisait chez ma mère...

— Je vous crois. Ne parlez à personne de cette photo tant que nous n'avons pas retrouvé l'enfant. Entendu ?

— Entendu, capitaine.

Le capitaine Eva Kramer s'éloigna dans les bureaux.

Dans la voiture de l'avocate, Esther ne desserra quasiment pas les dents. La route pour l'hôtel Beau Rivage passait devant l'ancienne maison de son père. Esther n'y avait bel et bien aucun souvenir. Et pourtant, elle ressentit pour la seconde fois quelque chose d'inquiétant. Était-ce le lieu, ou simplement le fait que son père avait ses racines dans cette région qui la troublait ?

— Et voilà, on est arrivées, dit Victoria.

L'hôtel de très grand luxe où vivait son frère donnait sur le lac Léman, auquel les brumes conféraient un aspect à la fois superbe et inquiétant.

L'ascenseur s'ouvrit sur un immense hall. Et Esther vit Quentin se précipiter vers elle.

— Oh ! Quentin, mon amour... Mon petit enfant... Mon amour...

Jérôme était derrière lui, avec Cindy. Esther serra son petit garçon dans ses bras, puis lui lâcha l'aveu terrible.

— Ma maman est morte, Quentin.

Quentin, impassible, toucha le front d'Esther, comme un chaman imposerait ses mains pour la soulager de sa souffrance. Et, doucement, Esther se sentit reprendre le dessus. Elle se releva, prenant son fils adoptif par la main.

— Merci, Jérôme.

— Qu'est-ce que ces flics te voulaient ? demanda-t-il.

— Me questionner au sujet d'une petite fille qui a disparu. Tu es au courant ?

— Vaguement, oui. Je viens d'apprendre. C'est horrible.

Il sembla à Esther qu'il n'avait pas l'air de s'en soucier beaucoup. C'était l'autre face de Jérôme. Il pouvait être le plus généreux du monde avec ses proches, mais, hors de sa sphère intime, il était d'une froide indifférence.

— Viens, dit-il en entraînant Esther vers la piscine, je vais te présenter la femme de ma vie !

Ils pénétrèrent sous une vaste verrière avec, au centre, une piscine, au même niveau que le lac Léman. Face au lac, une jeune femme en peignoir de bain se relaxait.

— Léa ?

Elle retira les écouteurs de son lecteur MP3 et se leva pour saluer Esther. La fiancée de Jérôme était mince, d'une beauté peu classique. Et surtout très différente des bombes sexuelles auxquelles Jérôme l'avait habituée lors de ses passages à New York.

— Léa, je te présente Esther, ma sœur.

— Bonjour, Esther. Jérôme m'a appris pour ta mère. Je suis sincèrement désolée…

— Merci, répondit sobrement Esther.

Elles se serrèrent la main, puis s'embrassèrent. Et Jérôme ajouta :

— Esther, voici Léa Daguerre, qui sera bientôt Léa Saint-André. Enfin, je l'espère.

— Daguerre ? !

Esther fut traversée par une sensation d'effroi. Elle se sentit prise dans une spirale vertigineuse.

— Tu t'appelles Daguerre ?

— Oui, pourquoi ?

— Mon Dieu, qu'est-ce qui se passe ? Ce n'est pas possible… Tout recommence…

— Qu'est-ce qui recommence ?

— La fillette qui a disparu cette nuit s'appelle Daguerre, dit Esther à Jérôme.

— Quoi ? Quelle fillette ? Qui a disparu ? Elle s'appelle comment ? Son prénom !

— Lucie, je crois. Lucie Daguerre.

Léa pâlit. Elle trembla et sembla défaillir.

— Mon Dieu, Lucie. C'est ma… ma petite cousine.

Esther eut le sentiment que les mâchoires acérées du piège se refermaient sur elle. Elle ne savait pas qui était cette petite fille, mais elle avait la certitude qu'elle était au cœur de cette horreur, qu'elle en était la raison première et le sens ultime…

5

En découvrant l'institut Daguerre, le sentiment d'horreur d'Esther ne fit qu'empirer. Abrité dans un ancien palace du début du siècle, dominant un parc parsemé de chênes séculaires, il alliait l'austérité d'un monastère à la quiétude d'un palace. Pour rien au monde, elle n'aurait voulu étudier là. Un groupe de jeunes gens, filles et garçons, couraient sous la houlette d'un instructeur. D'autres étudiants déambulaient sur le campus. Tous portaient un uniforme, comme à Cambridge ou Oxford avec, sur la veste, un écusson représentant l'emblème de l'école.

Jérôme arrêta sa voiture avant l'entrée du parc. Léa sortit en courant tandis qu'Esther se figeait devant l'entrée de l'institut. Un portique en bronze était surmonté d'une inscription en latin : *« DOMINUM SUI ESSE »*.

— Je suis mon propre maître, murmura Esther.

Esther suivit Jérôme et Léa dans les couloirs qui menaient aux appartements privés des propriétaires des lieux et, quand Léa fit irruption dans un salon, elle reconnut le couple aperçu quelques heures plus tôt à la gendarmerie.

— C'est dégueulasse. Pourquoi ne m'avez-vous pas prévenue ? Vous êtes ses parents ! Vous deviez veiller sur elle ! Vous deviez la protéger !

La fiancée de Jérôme semblait hors d'elle, ivre de douleur. Elle se jeta sur Philippine, la mère de l'enfant disparue, et l'agrippa. Bertrand tentait de s'interposer. Il prit Léa dans ses bras. Elle était secouée de sanglots, plus émue que les parents eux-mêmes.

— On ne savait pas où tu étais, Léa. Et on ne voulait pas t'inquiéter pour rien.

— Pour rien ? !

— Je veux dire en attendant qu'on retrouve Lucie.

Esther assistait à cette scène de famille avec un sentiment de gêne. Elle n'aurait jamais dû se trouver là.

Pendant que Philippine expliquait à Léa qu'elle avait découvert la chambre de sa fille vide ce matin, la fenêtre ouverte, Bertrand avisa Jérôme et lui serra la main.

— Je suis désolé, Bertrand.

— On va la retrouver. On va la retrouver…

Les deux hommes se connaissaient et semblaient s'apprécier.

— Je te présente ma sœur, Esther, dit Jérôme. C'est elle qui nous a appris la disparition de Lucie.

Esther vit en Bertrand un homme qui subissait son destin depuis des années. Ses épaules étroites, son dos légèrement trop voûté pour son âge témoignaient de tout le poids qui pesait sur cet homme.

— Pourquoi le capitaine Kramer vous a-t-elle arrêtée ?

— Par méprise. J'espère qu'on retrouvera votre fille très vite, monsieur Daguerre.

La porte du grand salon s'ouvrit. Esther se retrouva face à face avec le capitaine Eva Kramer. Mais ce fut le regard de l'homme qui l'accompagnait qui la surprit. Sa présence semblait le paralyser.

— Qu'est-ce que ?… Qui êtes-vous ? demanda-t-il.

Esther resta muette. Elle regardait cet homme d'une cinquantaine d'années, à l'allure hautaine et au physique noueux.

— Comment pouvez-vous avoir l'audace de venir chez nous ?

— Excusez-moi, vous devez faire erreur, je ne crois pas qu'on se connaisse, je…

— Esther est ma sœur, monsieur Daguerre, l'interrompit Jérôme.

— Foutez le camp !

L'homme qui lui ordonnait de partir s'appelait Alexis Daguerre. C'était le frère de Bertrand, jaloux de ses prérogatives d'aîné. C'était aussi le père de Léa. Esther, décontenancée, chercha du soutien du côté de Jérôme.

— Je croyais pourtant t'avoir dit qu'on ne souhaitait pas te revoir ici ? lança Alexis Daguerre à Jérôme, sur un ton glacial.

— Papa, je t'en prie, dit Léa.

Jérôme ne parut pas étonné de l'attaque, pas plus qu'elle n'entama son aplomb, comme si cette hostilité avait déjà été débattue et tranchée entre Léa et lui.

— Qu'es-tu venu faire ici, d'abord ? Que veux-tu ?

— Rien d'autre que le bonheur de votre fille, monsieur Daguerre.

— Jamais ma fille n'épousera un Saint-André, tu n'as pas encore compris ?

Esther était abasourdie. Elle était dans l'œil du cyclone et y avait été placée sciemment par le ravisseur de la petite fille.

— Je croyais que vous n'aviez jamais entendu parler des Daguerre, lui lança Eva Kramer.

— C'était le cas, je vous assure. Et je ne comprends pas cette hostilité.

— Ah oui ?

C'était Alexis Daguerre, encore, qui s'étonnait de cette remarque.

— Eh bien, vous allez comprendre. Suivez-moi.

Alexis Daguerre avançait d'un pas soutenu dans les couloirs de l'ancien palace. Suivi par Esther et le capitaine Kramer, il s'arrêta devant une porte et frappa.

— C'est moi, papa.

Ils pénétrèrent dans une vaste et luxueuse pièce, où un homme était assis derrière un bureau. Soixante-dix ans environ, beaucoup de classe, pensa Esther. Curieusement, il lui rappela son père : quelque chose dans l'attitude, un certain détachement…

— Excuse-moi de te déranger, papa. Je voulais montrer quelque chose à mademoiselle…

Terriblement gênée par cette intrusion, Esther salua discrètement l'homme derrière son bureau.

Elle suivit Alexis Daguerre jusqu'à un mur où se trouvaient des centaines de photos de jeunes gens. Toutes les promotions d'étudiants diplômés de l'institut depuis sa création dans les années 1930 étaient affichées là, comme des trophées. Esther suivit le regard d'Alexis qui désignait une photo de la promotion 1996.

— Vous le reconnaissez ?

Le visage d'un jeune homme, au milieu d'autres élèves, la glaça. Celui de son frère jumeau, Mathias.

— C'est votre frère. Le Zodiaque. Un criminel. Un monstre que vous autres, Saint-André, avez créé.

L'homme derrière son bureau se leva pour s'approcher d'Esther.

— Alors, comme cela, vous êtes la sœur jumelle de Mathias Rousseau ?

— Je m'appelle Esther Delaître.

— Je suis Pierre-Antoine Daguerre, le doyen de cette école.

À la grande surprise d'Esther et de son fils Alexis, il lui tendit la main. Esther sentit la rage de son fils. Pierre-Antoine Daguerre se tourna vers Eva.

— Vous ne pensez tout de même pas que le bref passage de cet individu chez nous a un quelconque rapport avec la disparition de notre petite Lucie ?

Elle n'eut pas le temps de répondre car un cri déchirant troua le silence… C'était Léa.

Eva fut la première arrivée dans la chambre de Lucie d'où était venu le cri. Léa tenait une feuille de papier à dessin. Des mots d'enfant y étaient écrits à la peinture. « Prouve que tu aimes ton frère. »

— À qui ça s'adresse ?

D'où elle était, Esther pouvait voir le verso de la feuille sur lequel était dessiné l'anneau du zodiaque…

— À moi, répondit-elle.

6

À la même heure, le palais de justice d'Aix-en-Provence venait de connaître une pause forcée dans le déroulement de l'audience. Keller marchait avec Spagnolo dans les couloirs.

— Sinon, elle mourra... Ça ne veut rien dire, commissaire. Vous vous prenez le chou pour rien, tentait de le rassurer Spagnolo, avec sa verve marseillaise.

— Tu n'imagines pas le nombre de dingues, hommes ou femmes, qui se passionnent pour des types comme lui, Spagno. Il peut avoir un fan, un imitateur.

Une heure plus tôt, alors que le Zodiaque était reconduit à son box pour les auditions de l'après-midi et que le président annonçait la reprise du procès, Keller avait vu Mathias regarder un journal posé sous son pupitre. Il avait vu Mathias relever les yeux, balayer la salle jusqu'à croiser son regard. Keller était sorti rapidement de la salle d'audience pour arriver jusqu'au box de l'accusé.

Il avait vu le journal. Des lettres étaient entourées ici et là, qui formaient trois mots. S... I... N... O... N...

— « Sinon elle mourra »... Qui ? Qui mourra ? Qu'est-ce que ça veut dire ?

— J'en sais rien, c'était là. Je te jure, Keller.

— Tu te fous de ma gueule ? Qu'est-ce que tu cherches ?

— Moi, rien. C'est une menace contre Esther. Elle est en danger.

L'incident avait créé un brouhaha dans le public. Du côté des parties civiles, Pierre Saint-André dévisageait Mathias en le fusillant du regard. L'audience fut suspendue pour une heure par le président.

Dans le couloir, Keller regardait de nouveau le journal. Les lettres étaient entourées sur les titres annonçant le procès du Zodiaque ! Bien entendu, il n'y avait aucune empreinte, si ce n'est celles de Mathias qui l'avait tenu en main. Son portable se mit à vibrer. C'était Esther.

— Quand ça ? Quoi, « tout recommence » ? [...] Quel message ? Je te rappelle.

Il écrivit quelques mots sur la nappe en papier, puis regarda Spagnolo, extrêmement surpris.

— Une gosse de huit ans a été enlevée sur les rives du lac Léman et Esther a reçu un message signé du Zodiaque.

— Quel message ?

— « Prouve que tu aimes ton frère. »

— « Sinon elle mourra », compléta Spagnolo.

Le soleil se couchait sur le lac Léman. Les lumières de la ville de Lausanne, située en face d'Évian, sur la rive suisse, émergeaient d'une brume rougeoyante. Esther était assise dans le bureau de la section recherches de la gendarmerie. Le regard vide et fixe. Choquée par le message qu'elle avait sous les yeux : « PROUVE QUE TU AIMES TON FRÈRE. » Autour d'elle, la section recherches était en pleine effervescence. Toutes les routes d'importance moyenne avaient été bloquées, toutes les voitures fouillées sans succès. Les autorités suisses étaient également mobilisées au cas où le ravisseur aurait tenté de franchir la frontière.

— Je ne crois pas qu'on ait fait sortir la gosse du territoire, dit Eva Kramer à Esther. Trop risqué. Trop aléatoire.

Elle dirigeait les recherches avec une motivation quasi obsessionnelle, veillant elle-même à ce qu'aucune route ne soit négligée, à ce que tous les lieux susceptibles d'être un refuge pour un ravisseur soient passés au crible. Elle prenait cette disparition aussi personnellement que si la victime avait été sa propre fille. Elle pensait qu'en ratissant toute la région, on pourrait la retrouver. Elle avait encore de l'espoir. Elle n'avait pas vécu la vengeance du Zodiaque…

Esther attendait encore que Keller la rappelle quand, soudain, l'activité bourdonnante du bureau fut couverte par un éclat de voix :

— Salut, la compagnie !

Esther reconnut ce timbre immédiatement. Le capitaine Spagnolo. Keller était à côté de lui. Il fixait Esther de l'autre bout de la salle. Elle put difficilement s'empêcher d'esquisser un sourire. Il la rejoignit sans un regard pour qui que ce soit d'autre.

— Keller…

— Je te l'ai dit : je serai toujours là pour toi…

Esther ne savait que dire à un homme qui avait fait quatre heures de voiture pour se porter à son secours. Elle avait du mal à se l'avouer, mais elle était touchée.

— Alors, c'est vous, Keller ? Le commissaire Antoine Keller ? demanda le capitaine Kramer.

Keller détourna le regard d'Esther pour découvrir la jeune gendarme qui lui tendait la main.

— Je suis le capitaine Eva Kramer. J'ai suivi de près l'enquête sur le Zodiaque. J'ai beaucoup d'admiration pour vous, commissaire.

— Moi aussi, j'ai beaucoup d'admiration pour vous, répondit Keller après l'avoir détaillée.

Esther avait senti que le courant passait entre les deux enquêteurs. Eva était tout à fait le genre de Keller – dure, passionnée, directe. Elle se demandait s'ils allaient s'entretuer ou coucher ensemble. Ou les deux…

Esther comprit vite que l'enlèvement n'était pas la seule raison du voyage de Keller. Il n'aurait pas pris le risque de venir empiéter sur un autre territoire. Il lui montra le journal découvert par Mathias, avec ses lettres encerclées de rouge, et le mit en parallèle avec le message découvert dans la chambre de la petite Lucie.

— « Prouve que tu aimes ton frère… sinon elle mourra. »

Esther était désemparée. L'affaire prenait une ampleur inquiétante. Déjà, il y avait eu la photo de Lucie retrouvée dans les affaires de sa mère, maintenant, cette menace en deux parties, l'une ici, à Évian, l'autre à Aix, au procès de Mathias. Esther avait senti le piège se refermer. Elle le sentait maintenant l'étrangler.

— Qu'est-ce que ça veut dire ? interrogea le capitaine Kramer.

— Ça veut dire qu'il faut employer tous les moyens pour retrouver la petite qui a disparu.

— Que croyez-vous que je fasse depuis vingt-quatre heures, commissaire ?

— Ce n'est pas à vous que je m'adresse, capitaine.

Seule Esther était capable de comprendre son allusion. Cela faisait référence aux mystères qui avaient accompagné la traque du Zodiaque. Quentin avait des prémonitions. Elle avait profité de son poste au FBI pour le faire examiner par des psychiatres et autres spécialistes, personne n'avait pu lui donner la moindre explication. Il n'était pas le seul à être sujet à de telles visions. On trouvait parfois ces phénomènes chez des proches de victimes de crimes violents, mais sans qu'on en comprenne ni les causes ni les modalités. Quentin était capable de ressentir qu'un crime violent allait se produire. Esther s'était toujours refusée à utiliser ce don, si toutefois ce n'était pas une damnation.

— Tu ne peux pas refuser. Pas dans ces conditions.

— Je n'ai pas le droit de faire ça à Quentin. Ce n'est qu'un enfant.

— Il a un don, Esther. Et si on ne l'utilise pas, une autre enfant risque de mourir !

Pour Keller, cela ne faisait aucun doute, c'était un don. Et ce « don » était une des multiples raisons de leur séparation. Esther savait que tôt ou tard, Keller n'aurait aucun scrupule à l'utiliser dans des circonstances où elle ne pourrait pas refuser. Ce moment était arrivé et Esther ne refusa pas.

Quentin, assis dans son lit, tenait des dessins faits par la petite Lucie Daguerre. Il avait revu Keller avec bonheur. Ils avaient échangé un magistral *high five*...

— C'est des dessins de la petite fille qui a disparu ? demanda Quentin.

Esther, troublée, ne se souvenait pas avoir parlé de la disparition devant lui. Peut-être Jérôme...

— Oui. Elle s'appelle Lucie. Elle a presque ton âge, mon chéri.

Quentin regardait les dessins. Ils représentaient des maisons, des arbres, des oiseaux.

— Y a pas de vie dans ses dessins. Il y a plus de vie dedans. La vie, elle est partie dans les étoiles.

— Tu es sûr ?

— Oui. La nuit d'hier. Ça s'est passé en dessous, dit Quentin.

— Où, en dessous ? En dessous de quoi ?

— En dessous de sa chambre.

Quentin reposa les dessins. Esther sut qu'il n'en dirait pas plus. Elle le serra dans ses bras, l'embrassa en remontant les couvertures sur lui. Il paraissait épuisé. Elle s'excusa. Il ne l'entendit pas, il dormait déjà.

— Allons-y, dit Keller. Tu me brieferas dans la voiture.

Quand la voiture de Keller se gara devant l'entrée de l'institut Daguerre, Esther lui avait fait un résumé complet de l'affaire.

Devant l'entrée austère et majestueuse de l'institut, Keller remarqua lui aussi la maxime en latin inscrite au fronton de l'école.

— Qu'est-ce que ça veut dire ?

— « Je suis mon propre maître ».

Sans avoir rien besoin de se dire, ils ressentirent la même impuissance face à ce qui leur apparaissait comme une machinerie criminelle. Une machinerie dont ils devraient comprendre, pour les démonter, tous les rouages.

Ils rejoignirent le capitaine Kramer qui les attendait et avancèrent jusqu'à l'entrée de l'institut. Alexis Daguerre les accueillit. Eva fit les présentations. Alexis semblait apprécier la présence de Keller.

— Et elle, qu'est-ce qu'elle fait là ? interrogea-t-il en désignant Esther.

— Mlle Esther Delaître participe aux recherches à ma demande, tenta de répondre Keller.

— Et c'est quoi votre légitimité ? Être la sœur d'un monstre ?

— Je collabore régulièrement à des enquêtes criminelles aux États-Unis, monsieur Daguerre. J'ai été formée par l'agent spécial Richard Carpenter, chef de la section parapsychologie du FBI à New York.

— On est en France, ici.

— Pour l'instant, il vaut mieux que tu restes en dehors de ça, Esther, dit Keller. Si vous voulez bien rester avec elle, demanda-t-il ensuite à Eva.

Comme à son habitude, Keller aimait travailler seul. Ça n'était un secret pour personne. Il ruminait en solitaire. Il avait besoin de sentir les situations et les êtres, de se laisser envahir par un climat, d'en ressentir les vibrations et les nuances. Peut-être supportait-il quand même la présence de son adjoint Spagnolo, parce que celui-ci savait s'effacer et respecter ce besoin de solitude sans se vexer. Ce qui était rare chez les flics…

Esther pouvait sentir le regard d'Eva sur elle. Elle semblait lire dans ses pensées. Pourquoi suis-je ici ? Pourquoi ma mère avait-elle la photo de cette petite fille ? Qui, dans mon dos, tire les ficelles ? Esther avait l'impression que les événements la précédaient et de perdre toute maîtrise sur le cours des choses. C'était cela, sans doute, devenir folle.

— Je trouve que vous avez du courage, lui dit Eva.

— Le courage, c'est quand on choisit, répondit Esther. Je n'ai pas choisi mon frère. J'ai longtemps ignoré son existence.
— Je sais. Mais beaucoup auraient été détruits par une telle découverte.

Elles aperçurent alors Keller qui revenait dans les jardins de l'institut, guidé par Bertrand Daguerre. Il leur fit signe de les rejoindre. Bertrand les conduisit jusqu'à une entrée creusée dans la roche, fermée d'une grille.
— C'est par ici.
— Merci.
Keller prit sa lampe torche des mains de Bertrand, lui signifiant que pour lui la promenade s'arrêtait là. La grille protégeait l'entrée des catacombes. Un réseau de souterrains creusé plusieurs siècles auparavant, puis prolongé pendant la Seconde Guerre mondiale, où des centaines de Juifs réfugiés de Hongrie avaient été cachés et sauvés. « Ça s'est passé en dessous », avait dit Quentin. Esther n'eut pas besoin d'explication supplémentaire.
Keller précédait Esther et Eva dans des couloirs voûtés et humides. Les catacombes étaient un endroit sinistre et impressionnant, terrifiant même. Ils essayaient de se guider dans un dédale de couloirs, un véritable labyrinthe. Ils décidèrent de se séparer. Keller fit signe à Eva et Esther d'aller d'un côté, lui partit de l'autre.
Eva fit signe à Esther qu'elle continuait seule. Après quelques centaines de mètres, Esther remarqua une lourde porte aux renforts métalliques. Elle découvrit une vaste salle vide. Au fond de cette salle, une autre porte ouvrait sur une seconde pièce. Elle balaya du faisceau de sa torche la pièce obscure. Et soudain, elle le vit…
C'était un jeune homme âgé à peine d'une vingtaine d'années. Il était recroquevillé sur lui-même en position fœtale, dans un coin de la salle, dans un état catatonique. Voyant qu'il était en état de choc, Esther s'approcha doucement. Il regardait la jeune femme mais semblait ne pas la voir.
— Il l'a tuée.

— Qui êtes-vous ?

— Il l'a tuée.

— Quoi ? Qui a tué qui ?

— Il l'a tuée. Le Zodiaque. Il l'a tuée. Le Zodiaque l'a tuée.

Esther s'approcha du jeune homme, doucement pour ne pas l'effrayer. Elle tendit la main pour le toucher, l'aider à se lever.

Soudain, d'un geste d'une vivacité incroyable, il saisit la main d'Esther. Il se jeta sur elle. Il criait, tremblait de tous ses membres. Il était effrayé et la peur redoublait ses forces. Esther essaya de se débattre. Elle chuta. Sa lampe torche roula sur le sol. Le jeune homme criait encore que le Zodiaque l'avait tuée.

Esther entendit un choc mat, puis son agresseur s'effondra lourdement. Eva venait de l'étaler d'un coup de lampe torche derrière la tête. Elle aida Esther à se défaire de l'emprise du jeune homme qui se recroquevilla aussitôt... Keller déboula à son tour. Il examina le visage d'Esther, vérifia si elle était blessée.

— Ça va ? Tu es blessée ? Il t'a frappée ? Qu'est-ce qu'il t'a fait ?

— Rien, ça va, ça va. Je crois qu'il est fou.

Keller regarda le type qui gisait à terre, quand la lampe torche d'Esther remonta sur la porte contre laquelle était assis le jeune homme. Un anneau du zodiaque y était peint en rouge.

Keller sortit son arme de service et poussa la porte. Elle donnait sur un escalier qui descendait plus profond encore.

Keller précéda Esther dans l'escalier, de plus en plus humide au fur et à mesure qu'il s'enfonçait dans la terre. Ils débouchèrent dans une sorte de crypte à l'intérieur de laquelle ils découvrirent...

... des symboles astrologiques, des articles de presse affichés çà et là, des photos de Mathias Rousseau, l'annonce du procès. Au centre de la pièce se trouvait une table de pierre entourée de sièges en bois où des individus avaient dû se rassembler... Esther montra une inscription : « La société du Zodiaque ».

— Ça ressemble à une sorte de société secrète.

— La société du Zodiaque… Comment peut-on être en adoration devant un tueur ?

— Regarde…

Esther désigna le thème astrologique dessiné sur un large poster de plus d'un mètre de haut, comme un parchemin déroulé contre un mur de pierre éclaboussé de sang séché.

— C'est le thème astrologique de Mathias.

— Viens. Sortons d'ici, dit Keller. Je crois que le procès du Zodiaque a du plomb dans l'aile.

7

Le jeune homme découvert dans les catacombes était allongé sur un lit, prisonnier d'une camisole, au centre d'une pièce blanche et matelassée. Il était en état de choc. Un psychiatre examinait sa pupille. Eva et Keller l'observaient de l'autre côté de la vitre qui sécurisait la chambre.

— Il s'appelle Frédéric Dessanti, dit Eva. Il a vingt-deux ans. C'est un étudiant de l'institut Daguerre.

— On a affaire à un fou, ou à un assassin…

— Ou simplement à quelqu'un qui a vu quelque chose qu'il n'aurait pas dû voir, reprit Eva.

— Ou alors il a vu le diable en personne, dit le psychiatre qui venait de sortir de la chambre matelassée et rejoignait les enquêteurs derrière la vitre. Il a subi un traumatisme comme on en trouve seulement chez des sujets victimes de torture ou d'attentats, ajouta-t-il.

— Comment peut-on le faire revenir à la réalité ? demanda Keller.

— En étant patient… Et, si vous êtes croyant, en priant.

— Et par un électrochoc ?

— Vous plaisantez, commissaire, on est en 2006, dit Eva.

— Il a raison, objecta le psychiatre. Ça pourrait le ramener. Mais ça pourrait aussi le tuer.

— On a impérativement besoin de savoir ce qu'il a vu, docteur !

— Vous n'en tirerez rien dans les heures qui viennent, commissaire. Il est en crise aiguë.

Le psychiatre s'éloigna, laissant les deux enquêteurs face à l'étudiant de l'autre côté de la vitre.

— Comment avez-vous découvert l'existence des sous-sols, Keller ? demanda Eva.

— Si je vous le disais, vous ne me croiriez pas.

— Pourquoi ne me faites-vous pas confiance ?

— Parce que je ne fais confiance à personne. Ça n'a rien de personnel.

Eva regarda Keller qui s'éloignait. Il était tel qu'elle l'avait imaginé. Elle aussi, à la place d'Esther, serait tombée amoureuse de lui. Mais, à la place de Keller, elle ne l'aurait jamais laissée partir…

— Bien, monsieur le procureur.

Keller était au téléphone, assis dans le bureau d'Eva comme si c'était le sien. Il regardait ses objets personnels. Il se dit qu'elle était toujours seule. Pas de petit ami, pas de famille, pas d'enfant… Juste son métier.

— Si nous avons un suspect, non, mais c'est en bonne voie. Entendu, mes respects, monsieur le procureur.

Keller raccrocha. Il se rendit compte qu'il tenait dans ses mains un objet enfantin, une boule de verre remplie d'eau qui simulait la neige tombante lorsqu'on la retournait. Keller jouait machinalement avec cet objet quand la porte s'ouvrit. Eva entra. Elle prit l'objet des mains de Keller et le reposa sans un mot sur son bureau.

— Parlez-moi de l'institut Daguerre. Qu'est-ce que vous savez de plus sur cette école ? demanda Keller.

— Rien de plus que ce qu'ils ont dû vous dire l'autre soir. Pourquoi ?

— Vous vous méfiez des Daguerre ou ils vous font peur ?

— Ni l'un ni l'autre, mais je n'ai pas pour habitude de traiter les victimes comme des suspects.

Keller se leva pour quitter le bureau.

— Vous allez où ?

— À l'institut Daguerre.

— Je vous accompagne.

— Merci, je travaille seul.

— Seul, vous n'irez nulle part, Keller ! Ici, vous êtes détaché : votre légitimité, c'est moi. L'enquête a été confiée à la section recherches de la gendarmerie, pas au SRPJ.

— J'oubliais, capitaine, reprit Keller en revenant sur ses pas. Je viens d'être chargé par le procureur général d'Aix d'un complément d'enquête sur l'affaire du Zodiaque. Et le Zodiaque, c'est mon enquête.

— Eh bien ici, c'est mon territoire.

— Et alors ? Vous allez me virer avec le goudron et les plumes ? Non, il va falloir travailler avec moi.

— Avec vous, peut-être. Mais pas pour vous ! Vous êtes flic, moi gendarme : vous n'êtes pas mon chef.

Eva soutenait le regard de Keller avec un aplomb qui l'excitait. Il pouvait sentir son souffle, son haleine très légèrement parfumée.

— Vous êtes peut-être un grand flic, mais sur le plan humain, vous êtes un raté total. Vous avez tenu la femme de votre vie dans vos bras et vous l'avez laissée partir.

— Vous parlez de ma mère, je suppose.

Keller tourna les talons et quitta le bureau. Il monta dans sa voiture et conduisit jusqu'à l'institut Daguerre. Il aurait dû passer voir Esther qui était retournée à l'hôtel Beau Rivage auprès de Quentin, mais il préféra se confronter de nouveau aux Daguerre.

Cette fois, au contraire de la nuit précédente, tous les membres de la famille étaient là, hommes et femmes.

— Oui, c'est bien un de nos étudiants, dit Alexis Daguerre en examinant la photo de Frédéric Dessanti.

Il passa la photo à son père. Pierre-Antoine Daguerre la regarda à son tour et leva les yeux vers Keller, qui l'interrogeait du regard.

— Mais encore ?

— Un garçon intelligent, mais un peu faible de caractère.

— Violent ?

— Pas à ma connaissance.

Dans le grand salon de réception, le reste de la famille se taisait. Hélène, la femme d'Alexis, soumise, était à côté de sa fille cadette, Sandrine, qui mâchait bruyamment un chewing-gum. Les parents de Lucie, Bertrand et Philippine, restaient à l'écart, attentifs. Léa, la fiancée de Jérôme Saint-André, semblait absente.

— Vous n'avez pas vu ce jeune homme approcher votre fille, rôder autour d'elle ? leur demanda Keller.

— Non, mais vous savez, je suis souvent à l'étranger, je... Pourquoi ?

— Qu'a-t-il fait, Dessanti ? demanda Bertrand.

— Nous ne savons pas encore. Nous l'avons retrouvé en état de choc dans les catacombes de l'institut !

— Que faisait-il dans les catacombes ? demanda Hélène.

— Cet étudiant a-t-il des antécédents de comportements bizarres, voire irrationnels ? Un intérêt pour l'ésotérisme, par exemple ?

— Non. Jamais eu écho, affirma Alexis.

— Et vous auriez eu écho d'une sorte de société secrète au sein même de votre école ?

— Pardon ?

— Vous savez, développer des croyances ésotériques peut être une compensation naturelle à un enseignement trop cartésien !

— Qu'est-ce que vous insinuez ?

— Que cette société secrète vous pose un sérieux problème, je l'admets... Mais ne me dites pas que vous n'êtes pas au courant de son existence, car ce serait une insulte à votre intelligence !

— Vous voulez dire une société style *skull and bones* comme dans les universités américaines ? demanda Pierre-Antoine Daguerre.

— Plutôt style « société du Zodiaque », en ce qui nous concerne.

— Mathias Rousseau est resté six mois ici, tout au plus, et c'était il y a plusieurs années...

— Et vous n'avez pas envie que cela s'ébruite, je le comprends, compléta Keller. Savez-vous s'il était membre de cette société occulte ?

— Je n'en sais rien.

— Mais vous admettez que cette société existe ? Alors, qui en fait partie ?

— Ils n'ont pas de carte de membre, commissaire, répondit sèchement Alexis.

Keller sentait qu'un poids pesait sur cette famille. Était-ce la disparition de la petite Lucie qui créait ce sentiment, ou quelque chose de plus profond, de plus sournois qui gangrenait les rapports entre ces gens ? Hélène serrait la main de sa fille cadette. Bertrand semblait dominé par son frère aîné. Alexis même semblait dominé par ses émotions.

— Écoutez, commissaire, il y a deux cents étudiants ici à l'institut, sans compter les professeurs, et…

— Parfait, interrompit Keller. Je veux leur parler.

Sur le parvis de l'institut Daguerre, l'ensemble des étudiants et étudiantes, en uniforme, étaient rassemblés par rangées de dix.

— Mesdemoiselles, messieurs, étudiants et professeurs…, dit Keller en se tournant vers une vingtaine de professeurs. Je suis le commissaire divisionnaire Antoine Keller. Aucun de vous n'ignore que la fille d'un des administrateurs de votre école et de son épouse, Bertrand et Philippine Daguerre, a été enlevée.

Keller passait dans les rangs comme un général faisant une revue des troupes. Il scrutait chaque regard, chaque réaction.

— Pour certains, continua-t-il, le mal est un jeu. Pour moi, c'est un ennemi. Vous êtes certainement tous plus intelligents que moi, mais vous devez savoir une chose…

Il croisait des regards. D'autres se détournaient avant qu'il ne les rencontrât. Parmi les étudiants, il en remarqua un qui soutenait son regard comme un affront. Keller le fixa et s'adressa exclusivement à lui. C'était un jeune homme blond au visage d'ange.

— Je suis plus obstiné que le plus têtu d'entre vous et aussi plus impitoyable que celui qui a enlevé cette enfant. Il y a, parmi vous, je le sais, un ou plusieurs fans du tueur du Zodiaque. Je ne compte pas sur le fait qu'ils se dénoncent, car ils se croient plus forts et c'est tout l'intérêt du jeu. Mais je veux juste les avertir…

Keller quitta le regard de l'étudiant et s'adressa à l'assemblée.

— J'ai arrêté Mathias Rousseau, le Zodiaque. J'arrêterai son fan ou son imitateur. Et je serai sans pitié.

Sans un mot de plus, Keller quitta le parvis de l'institut Daguerre. Il savait que sa démonstration de force ne ferait pas craquer un individu capable d'enlever une fillette. Il savait que la petite était morte. Il le sentait. Tout le monde le sentait d'ailleurs… Et s'il avait fait ce numéro, il était plus destiné à la famille Daguerre qu'au ravisseur de Lucie qu'il savait au-dessus de tout cela.

La découverte de cette société secrète avait bouleversé Esther. Keller ne l'avait jamais vue dans cet état de dépit. Il lui fallait bien reconnaître que partout où son frère était passé, le mal s'était répandu. Le mal engendrait le mal et elle avait beaucoup de difficulté à l'accepter.

— Combien de temps vais-je devoir encore payer, Antoine ? Combien de souffrances vais-je devoir supporter ? Jusqu'à la fin de mes jours, je serai la sœur du Zodiaque !…

— Le Zodiaque devrait être mort et enterré ! J'aurais dû buter ce salopard. Le débrancher quand il était dans le coma… Pourquoi a-t-il fallu qu'on lui sauve la vie, bordel de merde ?

— Si un type est fasciné par ses crimes, qu'il soit mort ou vivant ne change rien, tu sais.

— Tout ce que je sais, c'est que tu ne peux plus faire comme si ton frère n'existait pas, Esther.

Esther le regarda. Elle était touchée. Elle se sentit soudain proche de lui, très proche…

— Je ne voulais pas fuir, Antoine. Je voulais juste vivre. Comme tout le monde. Et sortir de ce monde de ténèbres.

— Tu n'as pas le destin de tout le monde, Esther. Je suis avec toi. Je t'aime.

— Il ne faut pas m'aimer, Antoine.

— C'est ce qu'il veut te faire croire. Mathias. Le Zodiaque. Ton frère jumeau. Il veut te faire croire que tu es comme lui !

— Je suis comme lui. Regarde, son thème est mon thème. Son destin est le mien. Le Zodiaque est en moi, Antoine !

Keller ne dit rien. De nouveau un mur venait de s'ériger entre eux.

— Si quelqu'un tue en son nom, c'est comme s'il tuait en mon nom, ajouta-t-elle. S'il tue pour lui, c'est comme s'il tuait pour moi. Et je te jure que je me battrai pour savoir qui c'est !

— Et si c'était Mathias qui tuait pour toi ?

— Tu le penses capable de commanditer un enlèvement depuis sa cellule ?

— Le Zodiaque est capable de tout.

— Tu vois, toi aussi, tu es fasciné par le Zodiaque. Toi aussi, quand tu me regardes, c'est lui que tu vois. Tu comprends pourquoi rien ne sera jamais possible entre nous. Ni aujourd'hui ni demain.

Le lendemain, Esther enterrait sa mère. Elle était seule dans le petit cimetière, sur les hauts de Marseille, à regarder le cercueil être absorbé par la terre. Elle n'avait pas voulu que Keller l'accompagne et les Saint-André ne la portaient pas dans leur cœur, surtout depuis qu'ils avaient appris qu'elle rendait régulièrement visite à Mathias. Au moment où elle jeta une rose blanche sur le cercueil, Esther se jura de découvrir pourquoi sa mère était morte. Elle savait que rien de ce qui s'était passé depuis son retour en France n'était naturel. C'était la volonté d'une intelligence diabolique et perverse. Grâce l'avait avertie, et ses mots, aujourd'hui, prenaient une résonance nouvelle. La photo de la petite Lucie avait-elle été placée sciemment dans ses affaires ou lui appartenait-elle ? Qu'avait-elle donc découvert ? De quoi avait-elle eu peur ? S'était-elle laissé pervertir par le Zodiaque ? L'avait-il envoyée à la mort au moment même où se déroulait son procès ?

— Silence ! Silence, s'il vous plaît !

Le président du tribunal d'Aix-en-Provence tapa trois fois sur son bureau pour obtenir le silence. Un huissier venait de lui glisser un pli. Il l'avait lu, puis avait replié la feuille à l'en-tête du ministère de la Justice dans son enveloppe... Une fois le silence obtenu, le président du tribunal annonça qu'un élément nouveau était intervenu qui obligeait la cour à ajourner *sine die* le procès de Mathias Rousseau.

— Huissiers, vous pouvez raccompagner le jury. Gardes, reconduisez l'accusé ! L'audience est suspendue. Les parties civiles peuvent me rejoindre dans mon bureau.

Un mouvement de frustration se fit sentir dans la foule. Du côté de la famille Saint-André, on s'interrogeait, en plein désarroi. Seul le principal intéressé, Mathias, restait impavide. Il laissa les gendarmes le menotter et l'emmener, pendant que Pierre et Juliette Saint-André, accompagnés de leur avocat, poussaient la porte du bureau du juge. Ils furent stupéfaits de se retrouver face à leur demi-sœur Esther. Elle les salua et leur expliqua que quelqu'un essayait peut-être d'influencer le cours du procès.

— Comment ça, l'influencer ? demanda Pierre.

— Un enlèvement a eu lieu, apparemment lié à l'affaire du Zodiaque.

— Un enlèvement ? Qui a été enlevé ? demanda à son tour Juliette.

— Une petite fille de huit ans.

— Où ça ? Ici ? Quel rapport avec notre procès ?

— Non, en Haute-Savoie, à Évian.

Juliette regardait son frère. Il avait l'air étonné.

— C'est là où tu vis aujourd'hui ? Peut-être que tu la connais. C'est qui, cette gamine ?

— Elle s'appelle Lucie Daguerre, dit Esther.

Pierre Saint-André se leva et sortit du bureau du juge en claquant la porte. Juliette le rattrapa dans le couloir.

— Pierre !

— Ces enfoirés de Daguerre vont nous faire chier jusqu'à notre procès.

— Pierre, une enfant a disparu…

Pierre Saint-André était un roc dont les meurtres de la fille, de la sœur et du père n'avaient pas entamé la dureté. Au contraire, sa douleur avait la texture de la pierre.

— C'est regrettable, Juliette, mais ça ne doit pas avoir d'incidence sur notre procès !

— Ces deux affaires sont peut-être liées, dit Esther qui les rejoignait. Vous connaissez la famille Daguerre ?

— C'est-à-dire… oui, pourquoi ? demanda Juliette qui avait toujours été plus compassionnelle que son frère.

— Je me fous de savoir pourquoi ! Ce salopard de Mathias a tué ma fille ! Ma petite fille… Il faut qu'il paie pour ce qu'il nous a fait.

Au bord des larmes, Pierre Saint-André se tut. Il se prit la tête dans les mains. Esther posa la main sur son épaule. Pierre comprit l'absurdité de sa colère face au deuil de sa demi-sœur.

— Il paiera, dit Esther. Mais, en attendant, il faut empêcher le ravisseur de la gosse de nous faire chanter. C'est pourquoi le procès a été ajourné.

Pierre avait décidé de rentrer chez lui. Là-bas, justement… là où l'enlèvement de Lucie avait eu lieu. Le procès arrêté, il n'avait plus rien à faire dans une région où il n'avait que de mauvais souvenirs… Solidaire, Juliette avait décidé de l'y accompagner. Et c'était pour elle l'occasion de revoir Quentin qu'elle adorait.

En fin d'après-midi, Juliette Saint-André ouvrit les volets de la maison d'Évian au milieu des vignes. Elle trouvait qu'elle était devenue sinistre.

— Quelle idée tu as eu de venir t'installer ici ?

— J'y suis bien. J'y suis seul… Et c'est tout ce dont j'ai besoin, répondit Pierre.

Esther était rentrée d'Aix-en-Provence avec eux. Elle avait prévenu Jérôme de leur retour. Il avait amené Quentin que Juliette, depuis, ne lâchait plus. Elle lui parlait des souvenirs de vacances qu'elle avait ici, quand ils étaient jeunes. Un paradis perdu qui, d'ailleurs, n'existait que dans son souvenir.

— Je peux aller voir en haut ?

— Bien sûr. Vas-y, mon garçon, vas-y.

Esther approuva d'un hochement de tête. Elle suivit Quentin du regard alors qu'il s'éloignait pour explorer la maison. Elle remarqua Jérôme qui s'approchait discrètement de Pierre pour lui parler à voix plus basse.

— Tu devrais quand même leur passer un coup de fil, non ?

— À qui ? Aux Daguerre ? Et puis quoi, encore ? Ils sont venus nous soutenir, nous, quand on souffrait ? On n'a tout simplement rien à voir là-dedans, Jérôme.

— Sauf que ma fiancée s'appelle Léa Daguerre.

— C'est ton problème.

Que s'était-il passé entre les Daguerre et les Saint-André ? s'interrogeait Esther. Après son coup de colère au procès, Pierre s'était refermé sur lui-même. Il n'avait rien voulu dire durant tout le voyage. Elle avait tenté de le questionner, mais il avait éludé systématiquement. Il ne connaissait pas les Daguerre, sinon lointainement, de réputation. Et, selon lui, cette réputation n'était pas bonne.

Et soudain, un cri glaça tout le monde. Quentin déboula en courant et tomba dans les bras d'Esther, incapable de dire un mot, secoué de sanglots.

— Qu'est-ce qui se passe, mon amour ? Qu'est-ce que tu as vu ?

— Parle, Quentin. Parle-nous, ajouta Juliette.

— La chambre du fond…

— La chambre de notre père ? demanda Pierre.

Esther s'engouffra dans l'escalier, alors que Juliette, certaine du pire, prenait Quentin dans ses bras. Pierre suivit Esther. Elle traversa un couloir pour se diriger avec crainte vers la porte du fond entrouverte. Elle s'arrêta, poussa lentement la porte. Elle remarqua d'abord les photos de famille encadrées au mur. Une chambre où rien ne semblait avoir bougé depuis des années.

— Non… Mon Dieu…

Sur le lit, Esther aperçut une forme sous un drap blanc. Esther s'approcha et souleva doucement le drap. C'était bien ce qu'elle redoutait. Elle réprima un haut-le-cœur. Le corps de la petite fille avait été disposé en position fœtale. Ses yeux, grands ouverts, étaient fixes à jamais. « On dirait un ange », pensa Esther. Elle reposa délicatement le drap par-dessus le corps. Derrière elle, Pierre ne bougeait pas. Quant à Jérôme, qui les avait rejoints, il restait muet de stupeur. L'horreur et l'incompréhension étaient totales. Le corps sans vie de l'enfant disparue avait été placé dans le lit de leur père. Là où, se souvenait Esther, Jérôme lui avait dit qu'elle avait peut-être été conçue…

— Il faut être un monstre pour faire une horreur pareille ! C'est pire que tout ce qu'on a subi…

Pierre était sonné. Sa maison était maintenant peuplée de policiers. Et comme pour signifier que le cauchemar des Saint-André recommençait, Keller était de retour. Le monstre qui avait tué cette petite fille s'était débrouillé pour les impliquer dans son scénario macabre.

— Pourquoi cette mise en scène ? Pourquoi chez nous ? C'est un affront… une monstruosité !

— Ou une provocation, suggéra Keller. C'est vous qui habitez ici, n'est-ce pas, monsieur Saint-André ?

— Oui, répondit Pierre.

— Vous connaissiez cette enfant ?

— Pas du tout. Tout ceci est une mise en scène sordide et absurde…

— Vous connaissez la famille Daguerre ?

— Vaguement, répondit-il.

Keller savait que ce n'était pas le moment de le questionner plus. Il n'obtiendrait rien. Mais il avait compris que le projet de l'assassin englobait les deux familles. Il rejoignit Esther devant la porte de la chambre où se trouvait le corps de l'enfant, livré aux techniciens de la police scientifique. Elle éprouvait une terrible souffrance.

— C'est monstrueux, dit-elle. C'est à cause de moi s'il l'a tuée.

Le regard d'Esther restait fixé sur un tableau au mur, représentant un couple en train de faire l'amour. Elle venait de le vérifier avec Pierre, ce tableau se trouvait normalement dans le grenier. Il avait été placé là par l'assassin de la petite Lucie et c'était à Esther qu'il s'adressait.

— Il paraît que c'est la chambre où j'ai été conçue, dit-elle.

Keller était persuadé qu'ils avaient affaire à un copycat, manipulé par Mathias.

— Depuis que Mathias est en prison, tu n'es pas allée le voir une seule fois, Esther. Tu n'as pas voulu assister à son procès. Tu le rejettes comme s'il était une erreur de la nature, alors qu'il est ton frère jumeau…

— Tu ne crois quand même pas que c'est lui qui tire les ficelles ?

— Je ne crois plus à rien. Mais j'ai appris à me méfier de tout.

— Alors commence à te méfier de toi-même, Keller.

— Tu es son obsession, Esther. Il ne te lâchera jamais.

— J'ai peur que lui soit devenu ton obsession.

— Regarde la situation en face, merde ! Ta mère est morte, une petite fille aussi, et le procès du Zodiaque est arrêté…

— Ça ne veut pas dire que Mathias est à l'origine de tout.

Esther se reprit en se rendant compte qu'elle était en train de se faire l'avocate d'un monstre.

— Il faut que je lui parle, Antoine. Si c'est lui qui a planifié ce meurtre depuis sa cellule, je le saurai.

— Si c'est lui qui a organisé ce meurtre, te faire venir à lui serait exactement ce qu'il veut.

— Et toi, qu'est-ce que tu veux, en m'empêchant de lui parler ? Tu protèges peut-être l'assassin !

— Tout ce que je veux, c'est te protéger, toi.

— Me protéger ou me posséder ?

— Ce n'est pas moi qui veux te posséder, Esther. Ce n'est pas moi qui ai tué une enfant et déposé son corps dans la maison de ton père.

Esther retrouva Quentin dans le jardin. Elle s'en voulait de l'avoir fait venir, mais elle aurait été incapable de rester là sans lui. Elle caressait son visage, ses cheveux, quand une voiture surgit dans la cour de la maison dans un crissement de pneus. Léa Daguerre bondit hors de la voiture et se jeta littéralement sur les policiers de l'Identité judiciaire en train de sortir un brancard, portant le petit corps dans un sac mortuaire.

— Je veux la voir ! Laissez-moi la voir !

Léa, ravagée par la douleur, se rua vers le corps sans vie et tenta de soulever la couverture qui le protégeait des regards. Elle ne pouvait pas croire qu'elle était morte. Ça n'était pas possible. Elle allait prendre Lucie dans ses bras, la serrer contre elle, et son cœur, pensait-elle, allait se remettre à battre. Jérôme s'interposa et l'enlaça au moment où elle voyait le corps de Lucie. Léa hurlait. Un hurlement déchirant…

Le corps de l'enfant fut emmené dans une ambulance. Léa était toujours étroitement enlacée par Jérôme qui la conduisit à l'écart afin de tenter de la réconforter. Keller et Eva n'avaient pas manqué de noter que Léa avait été la première sur les lieux. Avant les parents de la victime.

— Prenez les dépositions des Saint-André, capitaine. Emploi du temps, alibis, je veux tout savoir sur tout le monde le soir de la disparition de la petite. Je vais prévenir la famille Daguerre.

— C'est à moi de le faire, commissaire.

— Pas cette fois.

— Ecoutez, Keller, mettons nos forces en commun, et ne jouons pas l'un contre l'autre. Le seul à s'en réjouir serait l'assassin !

— Je veux juste vous éviter une scène pénible, capitaine Kramer.

En vérité, Keller voulait voir les parents de la petite Lucie avant qu'ils n'aient le temps de se remettre de la terrible nouvelle. Il était persuadé que la fillette avait été tuée par un proche. Quelqu'un qui ne la connaissait pas ne l'aurait pas couverte. C'était comme s'il avait voulu la protéger. Même dans la mort. La question était : pourquoi elle ?...

Pénible, la scène le fut assurément. Elle fut aussi riche d'enseignements. Keller trouva une famille dévastée par le chagrin, mais déchirée par des rivalités que la violence du meurtre de l'enfant libérait soudain. Philippine, la mère de la petite victime, reprochait à Pierre-Antoine d'être un faible. Pourquoi un faible ? se demanda-t-il. Faible avec qui ?

— J'essaie juste de préserver l'harmonie, se défendait le patriarche.

Alexis et Bertrand auraient voulu que Philippine reste muette, mais plus rien ne pouvait la faire taire. Pas même la présence de Keller dans la pièce.

— Moi aussi, dit-elle. Et j'ai accepté beaucoup de choses pour qu'on vive en harmonie dans cette famille.

— Je sais, Philippine, je sais.

— À présent, c'est fini. Lucie a été tuée. Je ne me sens plus liée par rien avec vous !

— Nous devrions être en train de prier, pas de nous déchirer.

La scène avait beau être terriblement cruelle et impudique, Keller ne voulait pas se dérober, car il avait d'autres objectifs : connaître la raison de la haine des Daguerre contre les Saint-André. Il voyait dans cette rivalité la cause du rituel macabre qui avait accompagné l'homicide sauvage de cette enfant.

— Je suis terriblement désolé, se lança-t-il, de devoir vous questionner en ces circonstances. Quels sont vos rapports avec la famille Saint-André ?

— Pourquoi ?

— Pour comprendre pourquoi votre petite fille a été tuée dans un rituel évoquant le Zodiaque et, qui plus est, dans une maison qui appartient à la famille Saint-André.

Personne ne répondit.

— Pourquoi ne lui dites-vous pas ? lâcha soudain Philippine. Il n'est pas au courant ?

— De quoi devrais-je être au courant, madame Daguerre ?

— Mais que Loïc a été le grand copain du Zodiaque, dans le temps.

— Loïc ?

— Mon fils aîné, répondit Alexis Daguerre.

Loïc Daguerre avait trente et un ans. Son père avait appris à Keller qu'Hélène, sa seconde épouse, n'était pas la mère de Loïc. La mère du jeune homme, une Italienne du nom de Giovanna, était partie très longtemps auparavant, abandonnant son enfant lorsqu'il avait à peine quatre ans. Loïc avait multiplié les bêtises : à son actif, trois arrestations pour conduite en état d'ivresse, outrage à agent et insultes publiques...

— Et, chaque fois, les relations de papa ont arrondi les angles, commenta Spagnolo qui lisait le compte rendu du STIC, le fichier couramment utilisé par les policiers, répertoriant toutes les infractions à la loi.

— Profession ?

— Investissements, placements et groupements d'intérêts...

— Je veux qu'il soit demain à huit heures dans mon bureau, lança Keller à Eva.

— Un, vous ne me donnez pas d'ordre, je vous l'ai déjà dit. Deux, vous n'avez pas de bureau.

— Un, j'allais vous en parler, capitaine. Deux, je pense que je vais m'installer ici, dit-il en désignant la pièce principale qui avait été aménagée en centre névralgique. J'aime bien être au cœur de l'affaire.

Dans un autre bureau, Esther était installée derrière un ordinateur. Elle étudiait le thème astrologique de la victime.

— Que faites-vous ? demanda Eva.

— Le thème de Lucie Daguerre.

— Connaître la victime, pour mieux cerner son meurtrier, dit Eva en la regardant travailler, intriguée. C'est pour exorciser vos propres démons que vous vous êtes lancée dans l'astrologie ?

— Probablement.

— Qu'est-ce que ça vous apprend sur la petite ?

— Que c'était une enfant discrète, solitaire, cultivant un monde imaginaire très riche, mais avec peu de contacts vers l'extérieur.

Esther montra la disposition des planètes dans le thème.

— Neptune, la planète du rêve, dans la « Maison Une », celle du « Moi ». Lucie était une enfant vulnérable, sans défense intime : elle a pu suivre quelqu'un tout en sachant qu'elle courait un danger.

— Quelqu'un qu'elle connaissait ?

— Possible. Mais il y a autre chose.

Esther, fixée sur l'écran, désignait un autre aspect du thème.

— Trop de planètes dans sa Maison Douze, la « Maison du secret »... Y compris son Soleil. Mais aussi Mars, Vénus et la Lune. En carré avec Pluton qui est le maître de sa « Maison Huit », la « Maison de la mort » !

— Qu'est-ce que ça veut dire, en langage clair ?

— Elle portait un secret trop grand pour elle... C'est peut-être pour cela qu'elle a été tuée.

Eva regardait le thème, ces symboles ordinaires devenus dangereux. Elle n'y comprenait rien, mais avait envie de croire Esther. Et s'il y avait quelqu'un qui pouvait lui parler de Lucie, c'était Léa. Elle avait semblé très liée à sa petite cousine et, bien qu'elle ait paru très affectée, il semblait à Esther qu'elle serait plus encline à lui parler que les parents de Lucie.

— Lucie était ma lumière. Ma raison de vivre, affirma Léa.

Elle était immobile, face aux montagnes qui bordaient le lac Léman, son beau regard fixe, ailleurs. Loin, très loin. Elle se trouvait à l'endroit même où Esther l'avait vue pour la première fois, quelques jours auparavant. Il y a un siècle, pensa-t-elle.

— Pourquoi faut-il que les gens fassent le mal ?

— Si on se pose cette question, Léa, on devient fou ! Crois-moi…

— Comment tu as fait, toi ?

— J'ai choisi de quitter le camp des victimes pour passer dans celui de ceux qui se battent.

— À cause de tout ce qu'a commis Mathias ?

— C'est absurde, oui, mais grâce à lui, j'ai découvert ma vocation : lutter !

Esther tenta de questionner Léa sur Lucie mais la jeune femme, curieusement, détourna les yeux vers le lac, se remémorant un passé lointain. Et, au lieu de parler de Léa, elle parla de Mathias.

— Mathias n'est pas responsable de la mort de Lucie.

— Qu'est-ce qui te permet de dire ça ?

— Tu sais, quand il est arrivé ici, il était différent. Déjà, il était beau comme un dieu.

— Que s'est-il passé ? Pourquoi est-il parti sans finir sa première année d'études ?

— Il a disparu du jour au lendemain. Il disait qu'il avait des choses à accomplir. Si j'avais su de quoi il parlait…

— Tu l'as bien connu ?

Léa eut du mal à supporter le regard d'Esther posé sur elle.

— Un peu, dit-elle. C'est mon frère Loïc qui nous a présentés. Ils étaient comme les doigts de la main tous les deux. Ils avaient même conclu un pacte !

— Un pacte ? Quel pacte ?

— Je ne sais pas. Mais à l'époque, entre eux, c'était à la vie, à la mort !

Loïc Daguerre aimait conduire. Il aimait en fait tout ce qui lui permettait de jouer avec les limites. Il était complètement irresponsable et aimait ça. Une casquette de base-ball vissée sur la tête, des lunettes de soleil, il avait le parfait look du fils à papa… Sur la route d'Évian, il eut tôt fait de repérer l'hélicoptère qui le suivait. Il avait explosé le radar en passant à cent trente kilomètres-heure dans un endroit limité à soixante. Sa voiture avait été immédiatement repérée. C'était la première fois qu'il se faisait suivre par un hélicoptère. Il était content. Il pouvait voir une flic qui, de l'appareil, lui lançait des avertissements, et il y répondait par un doigt d'honneur par la vitre baissée de sa voiture. Finalement, l'hélicoptère s'éloigna. Loïc avait gagné. Ces connards de flics avaient laissé tomber...

Il vit la herse en travers de la route, mais trop tard. Ainsi que la demi-douzaine de gendarmes armés qui l'attendait derrière. Son coup de frein fit partir la voiture en tête-à-queue. Elle finit sa glissade contre le bas-côté à deux doigts du vide. Les gendarmes, aussitôt, l'encerclèrent.

— Sortez de la voiture les mains en l'air, monsieur Daguerre. C'est un ordre !

Rien ne bougeait dans le véhicule. Eva, à peine sortie de l'hélicoptère, s'approcha du véhicule, arme au poing. Elle ouvrit la portière et découvrit le jeune homme, avec sa casquette et ses lunettes de soleil. Il la regardait, immobile.

— Mains en l'air, j'ai dit ! On ne bouge plus !

Eva baissa le canon de son arme. Elle le secoua. Loïc ne la regardait pas. Il ronflait.

— Il est vivant ?

— Il est complètement bourré, oui !

Dans la salle d'interrogatoire, Loïc Daguerre, sans sa casquette et ses lunettes cette fois, était interrogé durement par Eva. Il avait été vite dégrisé mais la regardait avec l'impression de ne pas savoir ce qu'il faisait là. Il prétendait ignorer la mort de sa petite cousine. Il devait bien être le seul en France. Ses dénégations ne le mèneraient pas loin, pensa Keller.

— Je crois qu'on tient notre client : Loïc Daguerre, dit-il à Esther qui venait d'être prévenue d'une arrestation.

— Le frère de Léa ?

— Ouais. Bien déjanté, le garçon. C'était le meilleur pote de Mathias lorsqu'il étudiait à l'institut ! Et figure-toi qu'il était également présent à son procès.

Keller la conduisit jusqu'à la salle d'interrogatoire. Esther regarda à travers la glace sans tain et fut prise d'un malaise qui lui noua l'estomac. Elle reconnut immédiatement l'homme qui était leur suspect numéro un. Si c'était lui le coupable, alors, c'était pire que tout ce qu'elle avait vécu…

8

— Qu'avez-vous comme preuves contre lui ? demanda anxieusement Esther. Il a avoué ?

— Pas encore. Mais déjà, il n'a pas d'alibi le soir de la disparition. Il était soi-disant dans un palace de Marseille. Il prétend avoir passé la nuit avec une femme mais il est incapable de nous donner son nom !

— Ce n'est pas possible, murmura Esther.

Elle regarda encore une fois le jeune homme malmené par Eva. C'était l'inconnu avec lequel elle avait couché à Marseille.

— Tu as raison : ce n'est pas possible ! Une femme qui couche comme ça avec un inconnu sans dire son nom, soit c'est une pro – et il prétend que non –, soit c'est un mirage. Parce que moi, je n'en ai jamais rencontrée !

— Sa sœur Léa m'a parlé d'un pacte qu'il avait conclu avec Mathias.

— Quel genre de pacte ?

— À la vie, à la mort...

Keller ouvrit la porte de la salle d'interrogatoire pour prendre le relais d'Eva. Ce pacte était une charge supplémentaire dont il comptait bien se servir.

— Parle-moi du pacte que tu avais passé avec le Zodiaque, Loïc...

— Doucement. À l'époque, c'était pas encore le Zodiaque !

— C'était quoi, ce pacte ?

— Si l'un de nous deux avait des ennuis, l'autre devait se porter à son secours. C'est tout. Tout le monde a joué à ça un jour ou l'autre, non ?

— Non. Quand est-ce que tu as vu Mathias pour la dernière fois ?

— Il y a des années. Quand il s'est barré de l'école.

— Jamais après qu'il est parti ? demanda Keller.

— Jamais. J'ai suivi ses exploits par les médias. C'est devenu une star !

— Pourquoi t'es allé à son procès, alors ?

— J'ai eu envie de lui montrer que je l'avais pas oublié…

— Et pour ne pas l'oublier, tu as créé la société du Zodiaque ?

— C'est quoi, ce truc ? Jamais entendu parler.

— Une bande de petits connards avec un QI hypertrophié qui glorifient le Zodiaque.

— Je ne glorifie personne. Mathias, c'était mon pote. Point barre.

— Même après qu'il a massacré une famille ?

— Il avait peut-être ses raisons pour se venger de sa famille ?

Keller, fixant Loïc, n'arrivait pas à sentir qui se cachait réellement derrière ces rodomontades. Il répondit à la provocation par la violence. Il prit Loïc par la chemise, comme s'il perdait ses nerfs, et le plaqua contre la table. Eva dut s'interposer. Loïc n'avait pas été déstabilisé d'un millimètre par cet accès de violence.

— On ne peut pas dire que les Daguerre se bousculent pour le défendre, leur Loïc, constatait Spagnolo.

— Tu veux dire qu'ils sont carrément prêts à le lâcher, oui, reprit Keller.

— S'il a fait le coup, dans un sens, ça se comprend…

— Ce n'est pas ce qui me trouble le plus, Spagno. Ce qui me trouble, c'est les parents de la petite : ils n'ont même pas demandé à aller la voir à la morgue. Et ça, en vingt ans de PJ, c'est du jamais vu !…

Le rapport du légiste semblait confirmer les premières intuitions de Keller : la petite Lucie avait été tuée par un proche. Son corps ne montrait pas de traces de violence, elle n'avait subi aucune atteinte sexuelle, ni *ante,* ni *post mortem.* Elle n'avait sans doute pas été tuée dans la maison de Pierre Saint-André. Elle avait respiré un mélange de poussières de sel qui s'était déposé dans ses poumons. Mais le pire résidait dans les radiographies de l'abdomen de l'enfant. Sur l'une d'elles, Keller découvrit l'image dense d'un anneau du zodiaque. L'assassin lui avait fait avaler un pendentif. La signature du Zodiaque.

— Comment est-elle morte ? lui demanda Esther.

— Étranglée avec une cordelette de lin, la nuit de sa disparition...

— À quelle heure ?

— Entre une heure et trois heures du matin.

— Loïc Daguerre n'est pas coupable de ce meurtre, affirma Esther.

— Pardon ?

— Son alibi est valable.

— Comment tu peux savoir ça ?

— C'est avec moi qu'il était cette nuit-là, Keller, à cette heure-là.

Keller se tourna vers Esther. En un dixième de seconde, il était devenu blanc comme un linge. Il avait envie de gifler Esther. Ou plutôt de se frapper lui-même, de se faire mal...

— Tu veux dire que c'est toi qui as couché avec ce trou du cul ?

— Je n'en suis pas fière, mais c'est la vérité. Je venais de reconnaître le corps de ma mère. J'étais anéantie. C'était une manière de me prouver que j'étais encore vivante. Ça ne t'est jamais arrivé ?

— De coucher avec le premier venu ? Jamais... Et toi, Spagnolo ?

— Avec le premier venu, je m'en souviendrais...

— Si je comprends bien, avec toi, il vaut mieux être un étranger que quelqu'un qui t'aime.

— Écoute, Keller, je ne suis pas la première femme à qui ça arrive ! C'était un réflexe de survie que j'ai immédiatement regretté.

— Et tu tombes sur notre principal suspect. Alors qu'il y a trois millions de Marseillais ! Tu le connaissais ?

— Non.

— Mais, à mon avis, lui te connaissait. Tu t'es bien fait baiser, au moins ?

Esther ne répondit pas. Keller retourna dans la salle d'interrogatoire avec des envies de meurtre. Il s'approcha de Loïc et, pour commencer, le gifla avec violence.

— Qu'est-ce qui vous prend ? Putain, vous êtes taré !

— Juste énervé. T'en veux une autre ?

Keller leva la main. Loïc baissa la tête, comme un môme, en essayant de se protéger avec ses avant-bras.

— On a retrouvé ton alibi. Et je pense que tu sais très bien de qui il s'agit. Pas vrai, Loïc ?

— O.K., ça va. C'est la sœur jumelle de Mathias.

— Comment t'es tombé sur elle ? Tu la connaissais ? Tu la suivais ?

— Je l'ai aperçue au bar de l'hôtel, toute seule. Je l'ai reconnue. Et j'ai eu le coup de foudre !

— Rien que ça ?

— Pourquoi, il ne fallait pas ?

— Non, il ne fallait pas ! Pourquoi tu ne m'as pas dit son nom si tu savais qui elle était ?

— Pour pas qu'un bourrin de flic s'empresse d'aller l'emmerder !

— T'es con, ou tu fais semblant ?

— Devine. Je suis libre, si j'ai bien compris. Je peux partir ?

— On va voir, tiens. Il y a un truc qui me chagrine depuis que je suis arrivé. Tu vas peut-être m'aider à comprendre...

— Je ne demande pas mieux.

— Toi qui connaissais bien Mathias Rousseau, comment un paumé comme lui s'est-il retrouvé étudiant dans un institut pour fils à papa ?

— Il n'y est pas arrivé par hasard, il était dans sa quête.

— Quel rapport entre sa quête et ta famille ?

— J'en sais rien. Mais je sais qu'il était là à cause des recherches qu'il menait sur son père.

— Son père ? Gabriel Saint-André ? Qu'est-ce que son père a à voir avec les Daguerre ?

— Mais, commissaire, ça fait des lustres que nos deux familles se détestent.

— Ils ne se détestent pas à cause de Mathias ?

— Vous rigolez ! Ça remonte à bien avant. Je crois que leur haine vient de très, très loin !

— D'où exactement ?

— Aucune idée. Et d'ailleurs, je m'en tape royalement si vous voulez savoir.

Quand Keller ressortit de la salle d'interrogatoire, Esther était retournée à l'hôtel. Après avoir demandé à Spagnolo de ne pas l'attendre, il démarra sur les chapeaux de roues, passa la frontière suisse et roula jusqu'à Lausanne.

Toutes les villes, même suisses, ont leurs bas-fonds. Ils sont simplement plus ou moins bas… Ceux de Lausanne étaient un petit quartier de quelques rues, coincé entre deux collines, près de la gare. Keller jeta son dévolu sur le Rideau Rouge, un club de strip-tease en sous-sol où venaient s'encanailler des hommes d'affaires en goguette. Il était au bar depuis une heure environ quand il repéra sa proie. Une jeune Eurasienne au corps de rêve qui, contrairement à la demi-douzaine de filles travaillant dans les lieux, n'avait pas l'air d'une professionnelle. Ou, du moins, pas encore… Il croisa son regard. Elle l'invita à la rejoindre dans un salon privé.

Keller, assis sur une chaise, regardait la sculpturale jeune femme danser devant lui en se déshabillant. Elle venait danser tout près de lui, presque à le toucher. Elle connaissait son métier.

— Tu t'appelles comment ?

— Antoine, et toi ?

— Moi, c'est Mekki. Tu veux le grand jeu, Antoine ? T'as de quoi payer ?

La fille retira son soutien-gorge et l'envoya voler. Elle s'assit à califourchon sur les genoux de Keller et, tout en dansant, approcha sa poitrine de son visage. L'extrémité de ses seins le frôlait, mais jamais ne le touchait. Elle connaissait vraiment son métier…

— Alors, Antoine. On va plus loin ou on en reste là ?

— Je ne sais pas, regarde dans ma veste si j'ai assez.

Mekki plongea la main dans la poche intérieure de Keller. Elle n'en ressortit pas d'argent, mais sa carte tricolore. Le charme retomba aussitôt. La fille se redressa et le regarda avec mépris.

— T'es rien ici, en Suisse, mon petit poulet, lui dit-elle.

— Tu crois ?

Keller l'attrapa par les cheveux, derrière la nuque, et lui tira la tête en arrière.

— Racolage, tentative de corruption d'officier de police, tu vas prendre un max, Mekki, si je te balance à mes collègues suisses.

— Pourquoi moi ? Je vous ai rien fait !

— J'aime une femme qui me rejette, Mekki. Ça me rend nerveux et un poil misogyne.

— J'en ai rien à foutre, moi ! Qu'est-ce que vous voulez ?

— Je ne suis pas de la région, j'ai pas d'indics sur place. Alors, je trouve qui je peux. Et je peux faire beaucoup pour toi.

Il lui promit des papiers, avec l'appui de ses collègues suisses, si elle l'aidait dans son enquête.

— Comment ?

— Tu verras à temps. Je te préviendrai.

Quand Keller revint à la section de recherches, il était deux heures du matin. Il entra sans frapper dans le bureau où le capitaine Eva Kramer était en train de compulser des dossiers. Elle le regarda, intriguée de le voir débarquer ainsi…

— Vous ne dormez jamais, Keller ?

— Jamais quand j'angoisse.

Eva sourit. Keller fit le tour du bureau, fermant un à un les stores.

— Que faites-vous ?

— Ce que vous voulez depuis le début.

— Vous êtes bien sûr de vous, Keller.

— Non, juste flic. Je sais lire certains signes…

Il s'approcha d'Eva. Elle ne le quittait pas des yeux. La bouche de Keller se rapprocha de la sienne. Les lèvres de Keller entrèrent en contact avec les siennes. Eva se laissa embrasser sans réagir. Sinon en défaisant un à un les boutons de son chemisier et en découvrant une poitrine volontaire. Ce n'est qu'alors que le baiser devint fougueux. Eva enroula ses jambes autour de la taille de Keller, qui la porta jusqu'à son bureau. Elle se laissa faire. Il finit de déboutonner son chemisier, découvrant puis embrassant son ventre plat.

L'instant d'après, ils faisaient l'amour couchés sur le bureau.

9

Esther avait la gorge nouée et luttait contre une terrible envie de pleurer. C'était son second enterrement en quelques jours. Sa mère, puis la petite Lucie. Tout se confondait. Sauf qu'il pleuvait sur le cimetière d'Évian… Il était situé près du lac Léman, coincé entre l'étendue étale et les montagnes abruptes qui semblaient plonger dans l'eau. Une chorale d'étudiants entonnait un chant en latin. Les voix de ces jeunes gens donnaient à l'horreur une aura de grâce qui bouleversait l'assistance.

La famille Daguerre avait voulu la cérémonie discrète et sans emphase. C'était très inhabituel. Esther avait remarqué que les victimes d'un crime, surtout lorsqu'elles étaient jeunes, avaient généralement droit à des funérailles imposantes. Ce n'était pas le cas de la petite Lucie. Il semblait y avoir de la honte chez cette famille à avoir été victime d'un meurtre… Loïc, en costume sombre et lunettes noires, était de retour au milieu de sa famille. C'était la première fois qu'Esther le voyait depuis sa sortie de garde à vue. Elle était troublée par sa présence, sachant bien que c'était la sienne qui était incongrue au sein de cette famille en deuil. Bertrand et Philippine, les parents de la petite victime, cachaient leur émotion derrière des lunettes noires. Alexis et Hélène, encadrés de leurs deux filles, Léa et Sandrine, étaient regroupés de l'autre côté du patriarche, Pierre-Antoine Daguerre.

Face aux Daguerre se tenait le clan Saint-André. Juliette et Pierre avaient tenu à accompagner Jérôme, malgré leur hostilité avouée envers cette famille. Keller observait avec intérêt les rapports entre les deux clans, attentif au moindre signe qui aurait pu être révélateur. Il connaîtrait bientôt la raison pour laquelle ces deux familles se détestaient. Certainement de vieilles rancœurs qui remontaient – elles finissent toujours par remonter –, mais lesquelles ? Il était convaincu que le meurtre de la petite Lucie n'était pas étranger à cette hostilité, mais pourquoi avait-on invité le Zodiaque dans la danse ?

Il regarda Esther qui restait à distance égale entre ces deux familles, ne se sentant d'aucun clan, d'autre parti que celui de la victime, dans son petit cercueil blanc. À la fin du chant, Léa vint s'agenouiller près du cercueil, et se mit à pleurer. Elle était dévastée. Jérôme s'approcha et la prit dans ses bras, s'efforçant de la tirer du côté des siens. Alexis quitta alors soudainement son rang pour aller chercher sa fille et la guider du côté des Daguerre. Léa, déchirée, s'en prit alors violemment à son père.

— Laisse-moi, papa. Je vous déteste ! Je vous déteste tous !

— Léa, je t'en prie.

Son père la ramena de force vers sa famille. Léa s'effondra dans les bras de sa mère. Le silence se fit total. Léa avait beau être une jeune fille sensible, quelque chose pesait sur ces funérailles, un secret terrible. Esther le sentait depuis qu'elle l'avait lu dans le thème de l'enfant. Et la brièveté de cette cérémonie, pensa-t-elle, en était un nouveau signe.

Les étudiants reprirent leur chant. À l'instant des condoléances, l'émotion rongeait tous les visages, ceux des Daguerre comme ceux des Saint-André. Ils se donnèrent l'accolade, échangèrent des poignées de main, des mots de réconfort…

— S'ils pouvaient s'entretuer, ceux-là, ils n'hésiteraient pas !

Esther se tourna vers la jeune personne qui lui parlait. Elle l'avait remarquée dans la famille Daguerre. C'était la seconde fille d'Alexis. Elle était très jolie, un peu provocatrice elle aussi, avec son petit menton proéminent qui allait de droite et de gauche au rythme du chewing-gum qu'elle mastiquait.

— Je suis Sandrine, la sœur de Léa. C'est toi qui as baisé avec mon frère Loïc dans un palace ?

— Je vois que les nouvelles vont vite…

— J'espère que t'es pas accro, parce que t'es mal barrée. Maintenant, je te dis ça, tu fais ce que tu veux !…

Sandrine fit éclater une bulle de chewing-gum et alla rejoindre son petit ami, un étudiant aux cheveux blonds. Alors que les familles regagnaient leurs voitures, Esther vit Loïc s'approcher d'elle. Sa cravate desserrée, il donnait l'impression de n'avoir pas été affecté par la douloureuse cérémonie, alors qu'Esther l'avait vu très ému quelques secondes auparavant. Il pouvait passer ainsi d'un état émotionnel à un autre sans transition.

— Bonjour, Esther. Je te dois ma plus belle nuit d'amour.

— Si j'avais su qu'on se reverrait, il ne se serait rien passé !

— Ça veut dire qu'il faut qu'on recommence ! C'est où tu veux, quand tu veux !

— Je ne refais jamais deux fois la même erreur.

Mais derrière sa provocation de façade, Esther sentait qu'il était vraiment touché.

— Je voulais te dire merci. D'avoir témoigné… Sans toi, je morflais.

— Allez, Loïc, tire-toi ! Ce n'est pas un lieu pour ça.

Keller avait suivi leur dialogue à distance. Il poussa Loïc vers la sortie du cimetière.

— Je ne serai pas là ce soir, si tu veux remettre ça avec lui. Je dois voir Mathias.

— Laisse-moi venir avec toi. C'est moi qui dois lui parler.

— Je t'ai déjà dit que c'était hors de question.

Keller rejoignit Spagnolo qui l'attendait dans la voiture.

Le lendemain matin, Keller entrait dans la cellule de Mathias Rousseau. De nouveau face à face, les deux hommes se jaugèrent en silence. Keller lui expliqua qu'une gamine de huit ans était morte. Il lui montra, dans une enveloppe étiquetée, le médaillon du zodiaque que l'assassin avait fait ingérer à sa petite victime.

Mathias regarda le médaillon, indifférent, puis Keller.

— La société du Zodiaque, ça te dit quelque chose ?

— Qu'est-ce que c'est ?

— Une organisation créée en ton honneur au sein de l'institut Daguerre. Ça, tu connais ?

— L'institut Daguerre, oui… La société du Zodiaque, non.

— Me prends pas pour un con. Eux, c'est toi, Mathias.

— Tu te trompes, Keller. J'ai fait des saloperies. Mais si je suis devenu une icône pour cerveaux dérangés, franchement, j'y suis pour rien. Tu vas pas me croire, mais si je pouvais revenir en arrière et effacer le mal que j'ai fait, je l'effacerais.

— T'as raison, Mathias, répondit Keller, je ne te crois pas.

Keller s'approcha de lui et lui montra la photo de Lucie retrouvée dans les affaires de sa mère. Il sembla touché par le visage de la petite fille.

— Regarde-la bien. C'est elle qu'on a tuée. Et ta mère avait sa photo sur elle quand elle est morte ! Pourquoi ?

— Je ne sais pas. Je suis prêt à payer pour mes crimes, Keller. Pas pour ceux des autres…

— Tu mens. Le mal te fait jouir. C'est ta raison de vivre. Qui l'a tuée, bordel ? ! T'as bien une putain d'idée ? !

Keller, saisi par un accès de colère, bloqua la tête de Mathias contre les grilles. Il serra sa prise, de plus en plus fort, sous le regard impavide des gardiens…

— Attends, murmura Mathias. Ce n'est pas le premier enlèvement dans la région.

Keller relâcha aussitôt son étreinte. Il regardait Mathias qui essayait d'inspirer de l'air…

— Il y a vingt-cinq ans, deux types ont déjà enlevé une petite gamine. On a soupçonné un des deux d'être un étudiant de l'institut Daguerre. Il s'appelait Vial. Michel Vial.

— Et alors ?

— On n'a jamais rien pu prouver. Et il n'a jamais balancé son complice ! L'un d'eux a pu récidiver.

— Comment tu sais ça ?

— Tout le monde le sait, seulement personne n'en parlera jamais, fais-moi confiance…

— Je ne te fais aucune confiance, Mathias.

Keller quitta la cellule avec un sentiment d'amertume. Il n'aimait pas cette situation de dépendance vis-à-vis d'un tueur, un manipulateur, mais, s'il y avait déjà eu un précédent, il fallait savoir ce qu'était devenu le ravisseur. Peut-être était-il encore dans la région ? Il vérifia dans le STIC. Ils n'avaient rien sur lui. Il appela Esther et lui demanda d'accéder au fichier central des délinquants sexuels de la gendarmerie.

La fiche signalétique de Michel Vial apparut sur l'écran. Il avait été condamné pour agression sexuelle le 6 janvier 1997. Il avait été libéré de la centrale de Grenoble au bénéfice d'une remise de peine pour bonne conduite, en août 2004. Deux ans auparavant. Elle griffonna l'adresse qu'il avait déclaré pour son suivi psychiatrique : route des Salines, à Abondance. C'était à vingt kilomètres d'Évian…

— Nulle part il n'est question de l'enlèvement d'un enfant, protesta Eva. Vous ne pouvez pas vous en remettre à la parole d'un condamné, que sait-il de ce qui s'est passé dans la région ?

Elle ajouta, pour preuve, qu'il n'y avait rien dans le dossier de ce Michel Vial sur un prétendu enlèvement d'une gamine dans la région. Esther lui expliqua que Mathias connaissait le crime comme personne. Il se pouvait qu'un meurtre n'ait pas été résolu et qu'il sache le nom de son assassin… Était-ce parce que ce n'était pas elle qui avait trouvé ce suspect ? Eva Kramer s'obstinait à ne pas accorder de crédibilité à cette piste. C'était pour elle une affaire qui remontait à plus de vingt ans et ne pouvait avoir le moindre rapport avec l'enlèvement de Lucie. Elle prétendit qu'Esther s'égarait.

— Ce n'est pas s'égarer que de tirer tous les fils !

Eva reposa la petite boule d'eau neigeuse avec laquelle elle jouait nerveusement depuis le début de la conversation. Elle semblait excessivement agitée.

— Et maintenant, vous me donnez des leçons ? Si c'est à cause de ce qui s'est passé entre Keller et moi, je trouve cela un peu déplacé.

Esther fut surprise par la remarque d'Eva. L'aveu de sa relation avec Keller était un dérapage parfaitement contrôlé.

— J'ignore ce qui s'est passé entre Keller et vous. Et je m'en fous. J'enquête sur la mort de Lucie.

— La mort de Lucie reste mon enquête, mademoiselle Delaître. Et vous êtes dans mon bureau.

— Oui, et je fais votre travail : vérifier toutes les pistes.

— Écoutez, finit par admettre Eva Kramer, je suis vaguement au courant de ce rapt qui date de vingt ans. Mais rien n'a jamais été prouvé. Et le suspect Michel Vial n'est certainement plus dans la région.

— Il a déclaré une adresse à Abondance.

— N'y allez pas. Ne vous occupez pas de ça.

Quelques minutes plus tard, au volant d'une voiture, Esther regardait les lacets de la route défiler à toute vitesse sous les pneus. Elle arrivait au sommet d'un col quand, soudain, elle aperçut un panneau : mine de sel… Esther comprit qu'elle était sur une piste. La victime avait des poussières de sel dans les poumons. Elle composa un numéro sur son portable et tomba sur une messagerie.

— Antoine, c'est Esther. J'ai peut-être trouvé l'endroit où Lucie a été tuée ! Une mine de sel du côté d'Abondance, au-dessus de la RN 116.

Esther redescendit la route et découvrit l'ancienne mine de sel à ciel ouvert. Des baraquements déglingués. Des engins qui n'avaient pas tourné depuis des années. Un endroit abandonné de tous, idéal pour séquestrer une victime et commettre un meurtre…

Elle sortit de la voiture et approcha de l'entrée du site, jetant autour d'elle des regards méfiants. Personne. Le silence total, à peine troublé par le bruit du vent.

— Y a quelqu'un ?

L'ouverture de la porte des baraquements fit voler des poussières et des fines particules en suspension dans l'air. Des monceaux de sel étaient entassés, depuis des années sans doute, près de machines d'excavation. Des ponts roulants, des broyeurs, des passerelles surplombaient un vide de plusieurs dizaines de mètres. Esther franchit la passerelle métallique et entra dans ce qui devait être un bureau. Elle découvrit alors une petite inscription sur une poutre en bois. ESTHER... Son nom avait été gravé en petites lettres. C'était un piège...

Elle s'apprêtait à sortir de la mine quand elle entendit des pas. Elle était certaine que l'assassin de Lucie était là. C'était son territoire et Mathias avait servi d'intermédiaire pour l'y attirer. Elle perçut de nouveau des bruits et courut pour sortir des bureaux. Elle retrouva la passerelle métallique qui surplombait le trou et s'y engagea pour s'enfuir lorsqu'une porte s'ouvrit derrière elle. Une silhouette se dressa dans le contre-jour.

— Je vous avais pourtant dit de laisser tomber. Mais vous êtes obstinée, hein !

C'était le capitaine Eva Kramer. Esther comprit son hostilité. Elle recula d'un pas sur la passerelle de métal. Eva avançait toujours dans sa direction.

— Qui est Michel Vial ? Où est-il ? Vous le connaissez ?

— Vial est mort. Ici même ! Dans un broyeur !

— Quand ?

— Quelques jours à peine après sa sortie de prison. Il s'est suicidé.

— Pourquoi ne m'avez-vous rien dit ?

— Je vous ai dit de vous mêler de ce qui vous regardait !

— Qui l'a tué ? Son complice ?

— On n'a jamais su s'il avait un complice. Ça n'a jamais été prouvé. C'est une histoire qu'il a sûrement inventée.

— Comment le savez-vous ? Vous saviez que j'allais venir ici. Vous m'avez attirée là... Pourquoi mon nom est-il écrit dans cette pièce ?

Esther reculait toujours face à Eva. Elle cherchait un moyen de fuir.

— Lucie avait du sel dans les poumons. C'est ici qu'elle a été tuée, elle aussi ?

— Ne reculez pas plus, c'est dangereux. Restez où vous êtes.

Esther recula encore d'un pas et le sol de la passerelle s'effondra sous ses pieds. Elle se rattrapa d'extrême justesse à la grille. Sa main glissait. Sous elle s'ouvrait un vide de plusieurs dizaines de mètres. Eva se précipita et lui attrapa le poignet. Elle essaya de la remonter.

— Qui êtes-vous ? demanda Esther

Et soudain, Eva sentit le canon d'une arme plantée sur sa nuque. Celui de l'arme de service de Keller…

— Elle va te dire qui elle est…

— Keller, non ! Si vous tirez, elle meurt !

— Remonte-la doucement. Tout doucement…

Eva aida Esther qui reprit enfin appui sur la passerelle. Keller regarda Eva et rangea son arme à sa ceinture. De sa main libre, il tenait la boule d'eau neigeuse d'Eva et la lui lança. Le calme revint enfin. Le silence aussi.

Keller avait retrouvé un article de journal qui parlait de cet enlèvement. Il avait compris le secret d'Eva en voyant la photo de la petite fille disparue. Elle tenait cette boule d'eau neigeuse entre ses mains d'enfant… Un titre annonçait : « Disparition mystérieuse d'une enfant. » Il ordonna à Eva de s'expliquer.

— La gamine séquestrée ici par Michel Vial, c'était moi.

— Quoi ?

Esther les regardait, tout en se remettant très doucement sur ses pieds. Eva était bouleversée. Des larmes avaient noyé ses yeux.

— J'avais sept ans. Pendant plusieurs semaines, ils ont abusé de moi. J'en ai réchappé par miracle… Mes ravisseurs étaient masqués. Je n'ai pas pu identifier formellement Vial. Ni son complice.

— Pourquoi n'avoir rien dit ?

— Parce que je n'ai pas envie d'être virée d'une enquête qui est devenue ma raison de vivre depuis des années.

— Depuis des années ? Mais de quelle enquête parlez-vous ? demanda Esther.

— De quelque chose qui dépasse de bien loin l'affaire du Zodiaque, finit-elle par lâcher. Il se passe des choses terribles à l'institut Daguerre. On y forme des tueurs.

10

— Promotion 1980. Michel Vial est ici, dit Eva.

Son visage était entouré d'un cercle rouge. Et, sur d'autres photos, d'autres étudiants étaient aussi entourés d'un cercle rouge. Six en tout.

— Ce sont tous des étudiants de l'institut Daguerre. Promotion 1998. Votre frère est là… Tous les autres sont aussi devenus des meurtriers.

— Comment ça, des meurtriers ?

— Tous les six. Isolément.

— Vous êtes en train de nous dire que six étudiants de l'institut Daguerre ont commis des meurtres ?

— Oui. Des meurtres sans mobile apparent. Celui-ci a ouvert le feu sur la foule en Allemagne il y a cinq ans. Celui-là a empoisonné toute sa famille il y a sept ans. Lui, un ingénieur, a tué deux collègues de travail sur un chantier en Asie il y a deux ans…

Le plus troublant était que tous ces meurtres s'étaient passés bien après que ces étudiants avaient quitté l'institut Daguerre. Et, parmi eux, il y avait Mathias… Certainement le plus sophistiqué d'entre eux. Mais surtout le seul à être encore vivant.

— Tous les autres se sont suicidés, précisa Eva, ou bien ont été abattus par les forces de l'ordre.

— Comment avez-vous recoupé tout ça ? demanda Keller.

— Quand le visage de votre frère a paru dans la presse, dit Eva en regardant Esther, il y a deux ans, je savais que je l'avais vu quelque part. J'ai alors découvert que l'institut Daguerre était le point commun entre mon ravisseur et lui. J'ai fouillé. Et après j'ai découvert les autres assassins...

— Qu'est-ce qui se passe dans cette école, nom de Dieu ? Comment expliquer que des jeunes gens tout à fait normaux deviennent dingues et passent subitement à l'acte ?

— Il se déroule quelque chose de maléfique, Keller, dit Esther, fascinée par ces visages, tous cerclés de rouge. Il faut que je parle à Mathias. C'est notre seule chance de comprendre ce qui se passe, puisque c'est le seul étudiant meurtrier qui soit encore vivant.

Esther eut conscience que cette découverte replaçait les meurtres de son frère jumeau dans de nouvelles perspectives. S'il avait été, Dieu sait comment, formé au crime à l'institut Daguerre, c'était peut-être la piste que leur mère avait suivie et qui l'avait conduite à sa perte...

— Non. On a un autre témoin vivant, dit Keller. Notre étudiant qui a pété les plombs, Frédéric Dessanti.

Il avait fait le même raisonnement qu'Esther et cette pensée lui déplaisait profondément. Il n'avait aucune intention d'accorder la moindre circonstance atténuante au Zodiaque. Même s'il avait contribué à les mettre sur la bonne piste...

L'étudiant n'était plus en crise aiguë depuis quelques heures. Le psychiatre avait dû le soumettre à un électrochoc dont l'effet avait été bénéfique.

— On peut lui parler ?

— À condition de ne pas se trouver dans la même pièce que lui. Toute présence humaine le bloque instantanément, précisa le psychiatre.

Toujours sanglé dans une camisole de force, il était seul dans une chambre. À travers la glace sans tain, Keller et Esther le regardaient observer son propre reflet. Ils étaient reliés à la chambre par un micro.

— Bonjour, Frédéric.

Le jeune remua en cherchant l'origine de la voix.

— Tu t'appelles bien Frédéric, n'est-ce pas ? Frédéric Dessanti. Quel âge as-tu ?

— Vingt et un, bredouilla l'étudiant.

— Depuis quand es-tu étudiant ici ?

— Deux ans.

— Tu as entendu parler du Zodiaque ?

— Oui.

Ils pouvaient percevoir une petite réaction de nervosité à l'évocation de ce nom.

— Et la société du Zodiaque, ça te dit quelque chose ?

— Oui.

— Tu appartiens à cette société ?

— Oui.

— Quel est son but ?

— Prévoir des dates…

— Des dates ?

— Des dates de meurtres.

— Comme celui de la petite Lucie ?

— Oui. Il devait tuer ce jour-là.

— Qui ?

— Mais le Zodiaque. C'était écrit. Il l'a lu dans son thème.

— Quel thème ? insista Keller.

— Celui du Zodiaque, répéta l'étudiant.

— Qui l'a lu ?

— Mais le maître… Le maître du Zodiaque.

— Quel maître ? Qui est le maître ?

Dessanti regarda son propre reflet. Puis, lentement, il pencha la tête en arrière.

— Tu m'entends ?

— Qui est le maître du Zodiaque ? Frédéric ?

Keller se tourna vers Esther. Tous deux observaient le curieux manège de l'étudiant qui se contorsionnait.

— Qui, Frédéric ? Qui est le maître ?

Esther n'obtint pas de réponse. L'étudiant se figea dans son étrange position, complètement renversé en arrière…

— Tu m'entends ? Réponds-moi, tu m'entends ? Il est reparti.

Soudain, le corps du jeune étudiant fut secoué de convulsions.

— Keller ! Il est en train d'avaler sa langue !

Dessanti bascula en arrière et tomba de sa chaise. Keller et Esther surgirent dans la salle où l'étudiant allongé était secoué de spasmes. Keller se jeta sur lui. Son visage était déjà cyanosé. Il tenta de lui retirer la langue de la gorge. En vain.

— Il est mort.

Esther le regardait, muette de stupéfaction. Une mort par étouffement prenait plusieurs minutes.

— Je n'ai jamais vu un suicide pareil… Il a avalé sa langue ! Comme ta mère…

— On ne se suicide pas comme ça. Il faut être dément ou possédé ! Qu'est-ce qui a pu se passer dans sa tête ?

C'était le grand vide. Un grand point d'interrogation. Comme s'il était parvenu à court-circuiter l'élan vital dans son propre cerveau. Ce qui était impossible.

— On n'a plus le choix, maintenant. Je veux voir Mathias. Je dois savoir pourquoi ma mère est morte !

— Debout, Mathias.

Keller venait de se faire ouvrir la cellule de Mathias. Il le soumit à une fouille rapide et efficace, le passa au détecteur de métaux et prit une précaution supplémentaire en plaçant des lunettes aveuglantes devant ses yeux.

— T'es sûr que c'est conforme aux conventions de Genève ?

— Ça tombe bien, c'est par là-bas qu'on va. Allez, en route.

Les mains menottées dans le dos, Mathias passa par un couloir sécurisé de la prison directement à un convoi de la police. Guidé par deux gendarmes du GIGN, il fut assis d'autorité sur la banquette arrière. Keller avait choisi de le déplacer lui, plutôt que de laisser Esther aller à sa rencontre dans sa prison. Il avait une arrière-pensée. Il pouvait leur servir…

Le fourgon blindé escorté d'un véhicule léger de gendarmerie entra dans la cour d'un ancien fort militaire… On ouvrit les portes et on fit sortir Mathias, flanqué de ses gardes. Au loin, on pouvait apercevoir les sommets enneigés des Alpes. Mathias, dont le regard était masqué, sentit juste l'air frais lui fouetter le visage…

Quand il ouvrit les yeux, il cligna des paupières, agressé par la lumière crue. Il découvrit alors son interlocutrice, celle qui occupait chacune de ses pensées. Celle qu'il attendait depuis si longtemps était là, en chair et en os. Bien réelle. Esther. Il la regarda en silence pendant quelques secondes.

— Pourquoi n'es-tu jamais venue me voir en prison ? Pourquoi ne t'es-tu pas montrée à mon procès ?…

— Je suis là maintenant.

— Parce que tu as besoin de moi. Qu'est-ce que tu veux ?

— Je veux savoir qui a poussé maman à se tuer. Si tu acceptes de m'aider, je ne témoignerai pas contre toi.

— Tu reconnais que j'avais des raisons pour tuer ?

— Même si ça n'enlève rien à la cruauté de tes actes.

Derrière un écran, Keller observait l'entrevue avec angoisse. Il vit Esther s'approcher de Mathias. Elle avait un ascendant réel sur lui et savait l'utiliser.

— Je ne suis pas un monstre, Esther. Quand j'ai commis ces meurtres, je n'étais pas moi-même. J'agissais sans savoir ce que je faisais. Il y avait une force intérieure qui me guidait, et qui me dépassait…

— Je sais. Il existe au sein de l'institut Daguerre une société secrète qui tue en ton nom, Mathias. Et cette société semble être tenue par un individu qui se fait appeler le maître. Tu le connais ? Tu sais qui c'est ?

Mathias la regarda sans ciller. Son expression s'adoucit légèrement.

— Bien sûr que je sais qui c'est. Je l'ai même rencontré.

Esther sembla un instant soulagée. Soudain, Mathias se tourna vers la caméra grâce à laquelle il savait que Keller les observait.

— Toi aussi, tu le connais, Esther. Il est tout près de toi.

Esther regarda à son tour la caméra…

— Mais pas là où tu pourrais le croire.

En un quart de seconde, Mathias s'était défait de ses liens et une lame de cutter était apparue dans sa main. Il bondit pardessus la table qui le séparait d'Esther et l'attira à lui. Elle hurla, mais trop tard. Une des mains de Mathias se referma sur elle, alors que l'autre appliquait la lame du cutter contre sa carotide.

— Si tu bouges, c'est fini.

Esther était prise au piège. Elle comprit que chacun de ses pas avait été conditionné pour qu'elle se retrouve à la merci de son frère jumeau, le Zodiaque.

DEUXIÈME PARTIE

L'œuvre du mal

1

La voiture filait sur la route qui serpentait entre des montagnes aux sommets enneigés. Esther conduisait. Crispée sur le volant, elle roulait vite. Trop vite.

— Ralentis, dit Mathias. J'ai pas envie de devoir buter un gendarme pour rien.

Ce qu'elle redoutait comme sa plus indicible peur venait de se produire. Elle était assise à côté de son frère jumeau, Mathias, totalement à sa merci. Sur le siège passager, Mathias ouvrit la boîte à gants, prit l'argent déposé par les policiers à sa demande. Il se para des lunettes de soleil de Keller et se regarda dans le rétroviseur, affichant un sourire de circonstance. Il était libre !

— Cool...

Enfin seulement, après une bonne dizaine de kilomètres, il se tourna vers Esther.

— Deux ans, putain...

Son sourire se transforma en un rictus de haine.

— Deux ans, répéta-t-il. Deux ans que je suis enfermé dans une putain de cage et jamais t'es venue me voir !

— Je ne pouvais pas. Je te le jure, Mathias.

— Je suis quoi, moi. Une bête qu'on laisse crever, un monstre, un animal ? Non, je suis ton frère, Esther. Ton putain de frère jumeau ! Le même sang coule dans nos veines.

— Tu es mon frère, Mathias. Mais tu es aussi un assassin.

— Uniquement par amour.

Esther, qui, jusque-là, gardait le regard soigneusement fixé sur la route, se tourna vers Mathias. Elle vit la tristesse dans son œil. Elle comprit qu'il avait décidé d'en finir avec elle. Si elle voulait sauver sa vie, il fallait qu'elle lui redonne espoir. L'amour qu'il éprouvait pour elle était son seul atout et, en même temps, le plus terrible piège qui pouvait lui valoir les pires souffrances.

Esther essaya de rassembler ses esprits en se concentrant de nouveau sur la route. Une voiture arrivait en face d'eux, un 4×4 noir. Mathias saisit soudain le volant d'une main, et braqua d'un coup sec tout en tirant le frein à main de l'autre. La voiture fit une embardée, obligeant celle d'en face à piler. Le conducteur, furieux, sortit en gueulant.

— Vous êtes complètement malade…

Il ne finit pas sa phrase. La vision d'une arme de poing dirigée vers son front le fit taire.

— À genoux, connard !

Mathias fit signe à Esther de monter dans le 4×4. Il fouilla le conducteur qui tremblait comme une feuille, lui prit son portable, ses papiers, ceux de la voiture et lui asséna un coup de crosse violent. Mathias n'avait pas perdu ses réflexes. Ils ne le retrouveraient jamais. Il était le Zodiaque.

— Roule !

Le 4×4 s'était engagé dans un chemin forestier caché par des chênes séculaires. Mathias avait demandé à Esther de quitter la route principale pour échapper à une éventuelle traque par hélicoptère. Une larme involontaire coulait sur la joue d'Esther. Elle savait qu'il avait l'intention de la tuer. Le chemin se terminait en cul-de-sac.

— Arrête-toi là et ne bouge pas !

Mathias contourna la voiture et ouvrit la portière d'Esther.

— Sors.

Mathias pointa son revolver en direction de la forêt.

— Avance.

— Mathias…

— Je te demandais pas de m'aimer, juste de reconnaître mon droit à exister. Même notre mère est venue me voir !... Elle a voulu savoir ce que j'avais enduré durant toutes ces années !

Mathias se souvenait avec émotion des visites de leur mère au parloir. De son regard aimant, de l'autre côté de la vitre blindée.

— Si j'avais su que tu existais, je t'aurais cherché, lui avait-elle dit. Je te jure, Mathias, qu'elle m'avait dit que tu étais mort à la naissance. Ma propre mère m'a privée de mon enfant.

— Tu mens ! Tu m'as abandonné ! Tu savais que j'existais !

— Si je l'avais su, je t'aurais aimé, Mathias... La preuve, aujourd'hui encore, je t'aime. Et je t'aimerai jusqu'à la fin de mes jours...

Mathias s'était laissé convaincre de sa sincérité. C'était la première fois qu'il voyait un amour dont il ne doutait pas.

Face à Esther, Mathias se laissait envahir par l'émotion. Sa lèvre tremblait malgré sa détermination, ses yeux s'embuaient.

— Maman avait de la pitié pour moi, dit-il à Esther qui marchait devant lui. Toi, rien. Avance...

Esther fit encore quelques pas. Elle voulut se retourner vers lui, il l'en empêcha.

— Maman a sans doute été assassinée, Mathias. Quelqu'un l'a poussée à se tuer.

— Impossible. On ne s'étrangle pas volontairement en avalant sa langue.

— Je sais que c'est incroyable, mais un étudiant de l'institut Daguerre s'est suicidé de la même manière devant moi.

— Tant pis. C'est trop tard. Arrête-toi.

Esther s'immobilisa. Elle regarda la forêt qui s'étendait devant elle à perte de vue. Elle se dit qu'on mettrait des semaines, peut-être des mois à retrouver son corps. Cette pensée lui insuffla la force d'une dernière tentative.

— Juste avant que je prenne l'avion, maman a voulu me prévenir de ne pas me rendre à ton procès.

— Pourquoi ? demanda Mathias.

— Elle m'a dit que si je témoignais contre toi, tout recommencerait ! Et quand je suis arrivée en France, elle était morte. Qu'est-ce que maman savait, Mathias ?

— Je l'ignore.

— Tu sais forcément des choses, Mathias. Elle est venue te voir en prison. Elle t'a parlé…

Les paroles de sa mère résonnaient dans sa tête.

— Tout ce gâchis aurait pu être évité, Mathias.

— Comment ? Qu'est-ce que tu veux dire ?

— On t'a conditionné pour tuer. On t'a poussé à te venger. Bientôt, je saurai tout.

— Moi, c'est dans tes yeux que j'avais besoin d'exister…

— Tu as tenté de me tuer, Mathias.

— Et c'est toi qui m'obliges à le faire aujourd'hui.

Esther ferma un instant les paupières, sentant la menace de l'arme de Mathias dans son dos. Puis elle pivota vers son frère et affronta son regard. Elle vit qu'il souffrait. Elle sentait qu'il pouvait la tuer

— Si tu dois me tuer, aie au moins le courage de le faire en face… Pense à Quentin qui n'aura plus personne pour l'aimer. Comme toi, tu n'as jamais eu personne.

Silence. Mathias garda son arme braquée sur Esther. Son index poussa légèrement la détente.

— Baisse les yeux.

— Non.

— Baisse les yeux, je te dis !

— Je ne baisserai jamais les yeux devant toi.

La mâchoire de Mathias se contracta. Les veines de son front se dilataient. Ses yeux étaient presque révulsés. Il éprouvait une souffrance inouïe. La dernière pensée d'Esther fut de se dire qu'elle avait tout tenté. Sa mort était inéluctable. Elle n'était même pas triste. Elle pensait juste à Quentin. Quel gâchis…

Trois détonations retentirent. Une nuée d'oiseaux s'envola. Mathias tomba à genoux et se mit à pleurer.

2

Le capitaine de gendarmerie Eva Kramer observait Keller : froid, calculateur, rationnel. Il devait être furieux d'avoir laissé s'évader son ennemi intime, le Zodiaque, mais n'en montrait rien. Il organisait les recherches, essayant calmement d'anticiper sur ce qu'allait faire Mathias.

— Que s'est-il passé ? demanda Eva. Comment a-t-il pu se retrouver en possession d'une arme ?

— Apparemment, un complice lui a fait passer un cutter.

— Un complice ? Où ? Comment ?

— J'en sais rien. Mais je suis sûr que Mathias va essayer d'entrer en contact avec lui.

— J'aurais dû m'opposer à cette rencontre, dit Eva.

— Tu préférerais qu'on attende tranquillement la prochaine victime ?

— Qu'est-ce qui te dit qu'il y aurait eu une prochaine victime ?

— Cette évasion, répondit Keller avec certitude. Elle prouve que le Zodiaque a un complice et qu'il est le commanditaire du meurtre de la petite Lucie…

On leur signala l'agression d'un conducteur sur la route de la Suisse, retrouvé près de la voiture de Keller abandonnée. L'homme était vivant mais inconscient.

— Cette fois, on ne sait plus au volant de quel véhicule ils roulent, dit Eva.

— Vous êtes connectés au système GPS d'Europole ?

— Oui, bien sûr, pourquoi ?

— Parfait.

Keller monta dans sa voiture. Eva le regarda démarrer. Un tueur extrêmement dangereux détenait la femme que cet homme aimait et il ne pensait qu'à son enquête : soit Keller n'avait aucun sentiment, soit il était plus dur que les plus durs d'entre eux. Elle ne put s'empêcher d'éprouver une certaine admiration pour lui, une excitation qui lui donna un frisson dans le bas des reins. Elle aurait voulu être cette femme qu'il aimait. Elle savait que le destin en avait décidé autrement. Elle pouvait juste le lui prendre. Ou la lui prendre.

À la section recherches de la gendarmerie d'Évian, Eva et Keller traversèrent un bureau paysager où la pression était palpable. C'était reparti : routes bloquées, filtres, postes-frontières surveillés… Les recherches du Zodiaque mobilisaient toutes les énergies. On savait, depuis que le conducteur de la voiture volée avait repris connaissance à l'hôpital, que le fugitif roulait dans un 4×4 noir immatriculé dans le Rhône. Le plan Épervier avait été lancé sur tout le département. Même la police suisse était sur ses gardes…

— Ce sera inutile, dit Keller.

Eva le vit se connecter sur le système GPS. Il tapa un code.

— Comment crois-tu le repérer ? demanda-t-elle.

— C'est peut-être un GPS programmé pour détecter les *serial killers* ! plaisanta son adjointe.

Sur la carte de la région, un point lumineux clignotait.

— Le Zodiaque est à l'hôtel des Trois-Couronnes, à peine à dix kilomètres d'ici.

Eva était saisie. Comment Keller avait-il pu mettre un mouchard sur le corps même de Mathias ?…

— Comment l'as-tu localisé ?

— Par un émetteur placé dans le seul objet dont je ne me sépare jamais : mon flingue. C'est trop grave pour un flic de perdre son arme.

— On y va !

— Non. On attend.

Keller regardait le petit point clignotant sur la carte GPS. Eva le dévisagea avec stupeur.

— On attend quoi ? Qu'il tue Esther, si ce n'est pas déjà fait ?

— Jamais il n'osera toucher à un cheveu de sa tête !

— Tu n'as pas le droit de lui faire prendre un tel risque.

Keller pivota pour désigner à Eva les photos du meurtre de la petite Lucie.

— Une enfant de huit ans a été tuée et son assassin a reproduit exactement le *modus operandi* du Zodiaque. Pire : il lui a fait avaler son médaillon avant de l'étrangler ! Alors, je veux savoir si Mathias Rousseau est derrière ce meurtre. Si c'est le cas, il va essayer de retrouver son complice ou son admirateur...

— Et si Mathias n'est pas impliqué ?

— Deux possibilités : soit il essaye de se tirer, auquel cas on le reprend. Soit, ce que j'espère, il essaye de savoir pourquoi quelqu'un veut le remettre dans le jeu...

— C'est pas un jeu, Keller.

— Pour le maître du Zodiaque, si : tuer est un jeu.

— Et pour toi ? Tu prétends que tu aimes Esther et tu es prêt à la laisser avec un fou furieux...

Le 4×4 noir était garé sur le parking d'un hôtel de luxe, anonyme au milieu d'autres voitures. Mathias était vêtu d'un costume d'été en lin, d'une chemise blanche et de lunettes noires qui faisaient de lui un touriste presque ordinaire. Il monta dans l'ascenseur. Au troisième étage, il traversa le couloir et ouvrit la porte d'une chambre.

Esther était allongée, bâillonnée, le poignet droit attaché par des menottes au pied du lit. Elle ouvrit de grands yeux en le voyant s'approcher d'elle. Il lui caressa doucement la joue. Elle fut parcourue d'un frisson. Il n'avait plus l'air menaçant, ce qui le rendait encore plus dangereux. Il défit les menottes, lui permettant de s'asseoir, et détacha son bâillon.

— Ma colère est passée. T'as plus rien à craindre de moi.

Plus tôt, dans la forêt, il avait tiré à trois reprises en l'air. Il était tombé à genoux et s'était mis à pleurer à chaudes larmes. Elle aurait pu profiter de son effondrement pour s'enfuir, mais elle aussi voulait savoir…

Ils s'étaient ensuite garés sur le parking de l'hôtel, et avaient pris une chambre. Mathias l'avait attachée sur le lit. Il s'était déshabillé devant elle, sans pudeur. Esther avait détourné le regard quand elle avait aperçu la silhouette de Mathias, dans la salle de bains, derrière le verre dépoli de la douche. Sortant de la douche pour se glisser dans un peignoir, il avait utilisé avec bonheur les produits de luxe disposés devant le miroir. Il s'était passé de la lotion sur le thorax, le cou, le visage, puis il était sorti s'acheter des habits « civils », selon ses mots…

— Je suis tellement heureux de te revoir. Tu ne peux pas savoir… C'est comme si on ne s'était jamais quittés.

— C'est toi qui as fait tout ça pour en arriver là ! Tu as fait tuer une enfant pour me forcer à aller vers toi…

— Tu crois que c'est moi qui ai commandité le meurtre de la gosse depuis ma cellule ?

— Qui t'a aidé à t'évader ? demanda Esther.

Assis sur le lit, il semblait presque intimidé de se retrouver à ses côtés.

— Son assassin s'est adressé à moi, dit Esther. Il m'a écrit : « Prouve que tu aimes ton frère. » Pourquoi un étranger voudrait-il me forcer à t'aimer ? Ça n'a pas de sens.

— Sauf pour un collectionneur, répondit Mathias. Un malade fasciné par moi, par le Zodiaque… C'est logique qu'il ait envie de te posséder.

Mathias caressa l'épaule d'Esther qui, par réflexe, recula.

— Mathias, il existe à l'institut Daguerre une organisation secrète d'étudiants qui a fait de toi son icône. Ils se réunissent dans les catacombes de l'institut !

— Tout aurait pu être tellement différent entre nous. Si on s'était connus enfants, si on avait grandi heureux, on serait inséparables aujourd'hui…

— On ne refait pas l'histoire, Mathias…

— Tu as raison. Je suis un meurtrier, un fou, un monstre…

Mathias rattacha Esther au pied du lit.

— Qu'est-ce que tu fais ?

— Je me tire ! La Suisse est juste à quelques kilomètres… Une fois de l'autre côté du lac, c'est la liberté…

— Mathias ! Attends… Il y a autre chose ! Tu n'es pas le seul étudiant de l'institut Daguerre à avoir commis des meurtres. Six anciens élèves ont tué en quelques années.

— Comment ça, six anciens élèves ? Et je serais un parmi ces six ?

— Et un septième a peut-être tué Lucie Daguerre.

Mathias s'interrompit alors qu'il fourrait son calibre dans sa ceinture.

— Elle a été étranglée. Elle avait un médaillon du zodiaque dans l'estomac. Et notre mère avait la photo de cette enfant sur elle. Pourquoi ? Mathias, que s'est-il passé quand tu étais à l'institut Daguerre ?

— Il ne s'est rien passé.

— Pourquoi t'es-tu retrouvé dans cette école d'élite ?

— Par hasard.

— Avec toi, rien n'est jamais un hasard. Je sais que tu poursuivais ta mission…

— Ma seule mission, c'était de te retrouver. C'était de te faire comprendre ce que j'avais enduré. Mission accomplie !

Deux véhicules du GIGN se garèrent sans bruit à l'arrière de l'hôtel. Une demi-douzaine d'hommes armés descendit de chacun des véhicules. Eva, seule femme parmi le groupe d'hommes, en civil mais armée et parée d'un gilet pare-balles, était à la tête du commando. Elle n'avait pas convaincu Keller de la laisser agir : elle lui avait imposé cette intervention. Tant pis si elle gâchait ses plans…

L'équipe du GIGN se déploya autour de l'hôtel et s'infiltra méthodiquement par les différentes portes. Sur la route, le lieu avait été repéré et l'intervention minutieusement mise au point. À la réception, ils avaient identifié Mathias grâce à sa photo et leur avaient indiqué le numéro de sa chambre. La porte numéro 323 vola en éclats sous le coup de bélier. Les hommes du GIGN jaillirent dans des cris. Ils découvrirent Esther attachée au lit. Seule. Mathias s'était envolé…

Eva se précipita et défit les menottes qui la retenaient prisonnière. Puis elle s'occupa de dénouer le foulard qui l'empêchait de parler.

— Mathias vient de s'enfuir. Il va passer en Suisse.

Sur l'écran de l'ordinateur connecté au GPS d'Europole, le point lumineux était immobile. Keller était suspendu à son parcours sur l'écran. Spagnolo venait de lui passer Esther au téléphone.

— Tu m'as foutu les jetons, bon sang ! Il t'a parlé, tu sais ce qu'il va faire ?

— Je crois qu'il n'est pour rien dans le meurtre de Lucie. Il va passer en Suisse et filer.

— On le suit. Il est arrêté près de la frontière.

— Comment ça, vous le suivez ?

— Par GPS.

Sur l'écran, le point lumineux approchait du Rhône, frontière entre la France et la Suisse. Il franchit le pont, puis, à mi-chemin, s'immobilisa de nouveau. Il revint soudain en arrière. Keller balança un coup de poing sur la table. Il en était sûr, bon Dieu ! Le Zodiaque avait décidé de rester.

— Qu'est-ce qui se passe ? Qu'est-ce qu'il fait ?

— Il a fait demi-tour juste avant de traverser la frontière.

— Antoine ? Parle-moi ! Où va-t-il ?

Le point lumineux glissait lentement le long du lac, sur la route qui va à Évian. Mathias était maintenant au volant.

— Il revient vers Évian. Il fonce tout droit vers l'institut Daguerre, nom de Dieu !

Keller coupa la communication, se leva et prit l'arme de service de son adjoint.

— Ne le perds pas de vue, Spagno. On reste en contact.

— Je préviens l'institut ?

— Appelle-les et invente n'importe quoi… Improvise, sois créatif !

La voiture de Keller se gara devant l'entrée de l'institut Daguerre qu'on évacuait au son des sirènes d'alarme et dans la plus grande panique. Spagnolo lui confirma que, selon le GPS, le Zodiaque était à l'intérieur des bâtiments. Keller fila, parmi le désordre et la panique, à contre-courant des étudiants qui se rangeaient dans la cour selon la procédure d'évacuation d'urgence. Keller regardait parmi les étudiants s'il ne croisait pas le visage de Mathias.

— Commissaire ? Qu'est-ce que c'est que cette histoire de fuite de gaz à l'institut ?

C'était Pierre-Antoine Daguerre, inquiet, qui venait d'interpeller Keller.

— Il n'y a pas de fuite, monsieur Daguerre. Le Zodiaque s'est évadé de prison… Il est dans vos murs !

— Le Zodiaque ! Mon Dieu… Où est ta fille ? demanda aussitôt Pierre-Antoine Daguerre à son fils aîné.

Alexis ne répondit pas. Il était immobile, paralysé par la peur, incapable de bouger. Ses mains tremblaient le long de son corps.

— Alexis, tu m'entends ? ! Où est ta fille ?

— Oui, papa. Je ne sais pas…

Spagnolo informa Keller que le Zodiaque se dirigeait vers l'aile nord de l'institut. Qu'était-il venu faire ici, bon Dieu ?

— Qui peut me guider à l'intérieur ?

— Bertrand ! Accompagne le commissaire ! demanda Pierre-Antoine à son fils cadet qui venait de les rejoindre à son tour.

Les deux hommes s'éloignèrent en direction de l'institut. Ils croisèrent Hélène Daguerre, qui sortait au milieu de la foule. Elle fut aussitôt prise à part par son mari, paniqué.

— Hélène ! Où est notre fille ? Elle est ici ?

— Laquelle ?

— Mais Léa, bien sûr !

— Pourquoi ?

— Le Zodiaque est dans nos murs.

— Mon Dieu, Léa ? ! Léa ? !… Léa ? !…

Hélène fut soudain glacée de frayeur. Elle se mit à chercher sa fille parmi les étudiants rassemblés dans la cour. Elle courait, bousculait les uns, poussait les autres, cherchant désespérément… Elle découvrit sa fille cadette, Sandrine, en compagnie de son petit ami, Fabrice.

— Sandrine, ma chérie ! Tu as vu ta sœur ?

— Je crois qu'elle était dans la chambre de Lucie.

— Pourquoi, madame Daguerre ? demanda Fabrice.

— Ça n'est pas une alerte au gaz. Le Zodiaque est ici ! Il s'est évadé de prison !

Sandrine et Fabrice firent aussitôt demi-tour, eux aussi, à rebours des étudiants qui évacuaient l'institut. Ils décidèrent de chercher Léa et retournèrent à l'intérieur. Ils la virent soudain qui surgissait d'un escalier. Elle semblait perdue, dans un état second.

— Léa ! T'es pas au courant, le Zodiaque s'est évadé !

— Mathias ?

— Il paraît qu'il est ici, ajouta Sandrine, qui parut déçue de la réaction de sa sœur. Quoi, c'est tout l'effet que ça te fait ?

— Lucie est morte, Sandrine.

Sa jeune sœur la regarda avec un air un peu allumé qui fit peur à Léa.

— Je sais. Et maintenant, c'est mon tour, dit Sandrine.

— Qu'est-ce que tu racontes ?

— Il est venu là pour moi.

— Mais qu'est-ce qui te prend, Sandrine ? Sandrine !

Trop tard, sa jeune sœur avait disparu.

— Je suis au bout de l'aile nord, Spagno, dit Keller.

Son oreillette fixée à l'oreille gauche, son flingue dans la main droite, il se trouvait devant la porte fermée d'une bibliothèque.

— Il est là, commissaire. Au bout de l'aile nord, dit Spagnolo en guidant Keller. Sur votre droite.

Keller fit signe à Bertrand Daguerre de reculer puis se plaça contre la porte. Il tourna sans bruit la poignée et balança un grand coup de pied dans le montant. La porte s'ouvrit d'un coup. Keller braqua son arme à droite, à gauche, en face… Personne. La salle de lecture était totalement vide. Il comprit alors leur erreur.

— Merde ! Il est en dessous ! Dans les catacombes, bon Dieu. On s'est fait avoir !

Keller et Bertrand retournèrent sur le parvis où tous les étudiants et professeurs étaient maintenant rangés par classe dans la cour d'honneur de l'institut. Disciplinés et respectueux des consignes, ils étaient calmes et ordonnés. Alexis, Philippine et Hélène Daguerre aidaient les professeurs et d'autres membres de l'administration à comptabiliser les présences. Hélène était rassurée par la présence de Léa à ses côtés. Fabrice, le petit ami de Sandrine, arriva seul. Léa le vit. Elle eut peur, mais n'osa rien dire de la réaction étrange de sa jeune sœur…

Keller précédait Bertrand Daguerre dans un escalier de pierre qui menait directement vers les catacombes. Il venait d'avoir Eva au téléphone. Elle arrivait avec des renforts. Esther était avec elle.

— Oh ! mon Dieu, dit soudain Bertrand en s'accroupissant.

Il venait de découvrir une gourmette.

— C'est celle de Sandrine.

— Sandrine ?

— La fille de mon frère.

— Retournez là-haut, monsieur Daguerre, je descends. Spagnolo, tu m'entends ? Mathias a peut-être enlevé une ado, Sandrine Daguerre. Spagno, tu me reçois toujours ? Où est-il ?

Keller, arme au poing, avançait dans un couloir souterrain des catacombes. Il descendit l'escalier qui menait à l'antre de la société du Zodiaque. Il s'arrêta devant la porte surmontée d'un thème astrologique. Les scellés que les gendarmes avaient posés avaient sauté. Keller éteignit sa lampe torche. Il était maintenant dans l'obscurité totale. Il savait que le Zodiaque était derrière la porte, il pouvait entendre sa respiration. Il voulait savoir ce qu'il cherchait, ce qu'il voulait. Il poussa doucement la porte et l'aperçut…

Mathias avait fait pivoter le plateau qui recouvrait l'espèce d'autel. Il lisait une sorte de papyrus ancien à la lumière d'une torche.

— On peut savoir ce que tu cherches ?

Mathias se retourna. Keller était face à lui. Arme au poing.

— La promenade est finie, Mathias. Où est-elle ?

— Je l'ai laissée à l'hôtel.

— Je te parle de Sandrine. Pas d'Esther, connard !

— Qui ?

— Sandrine Daguerre. Elle est où, bordel de merde ?

— J'en sais rien, Keller. Je sais pas de qui tu parles.

— C'est ce qu'on va voir. Tourne-toi face au mur.

Mathias leva les mains. Keller avançait dans sa direction.

— Où est-elle ?

— Je te dis que je sais pas de quoi tu parles ! Mais j'ai compris ce qui se passe, Keller.

Keller l'obligea à pivoter et à poser les mains à plat contre le mur. Mathias avait une arme, Keller était bien placé pour le savoir. Où l'avait-il planquée ?

— J'ai reçu un thème astrologique en prison, avec un horoscope. On me disait que j'allais tuer quelqu'un dans la nuit du 2 août. J'ai pris ça pour le délire d'un illuminé. Mais il l'a fait !

Keller lui prit des mains le papier qu'il lisait. C'était un thème astrologique.

— Et maintenant, il va continuer. Il va y avoir un autre meurtre.

— À genoux !

— Il va y avoir un autre meurtre. Quelqu'un va mourir dans cinq jours si on ne fait rien. Ce tueur est un barge, Keller !

— À genoux, je te dis !

— Il est plus dangereux que moi. Il tue pour des raisons purement astrologiques. Je suis ta seule chance de l'arrêter, Keller.

Au moment de se mettre à genoux, Mathias agrippa une poignée de terre sur le sol. Keller le vit, mais trop tard. Aveuglé par la poussière, il eut le réflexe de se jeter de côté au moment où Mathias ouvrait le feu. Keller répliqua à l'aveuglette. Mais

Mathias avait filé. Keller le poursuivit. Il l'aperçut qui courait à toute vitesse entre ombre et lumière. Mathias se retourna et ouvrit le feu à deux reprises en direction de Keller pour protéger sa fuite.

Alertée par les coups de feu, Eva fit signe à Esther de rester derrière elle. Elles venaient d'entrer dans les catacombes, suivies d'une cohorte de membres du GIGN armés de fusils d'assaut.

— Répartissez-vous, bloquez toutes les issues, il est coincé comme un rat !

Les hommes armés obéirent. Les deux jeunes femmes avançaient seules dans le dédale de tunnels, de couloirs, d'escaliers. Eva fit jouer la culasse de son arme de service.

— Restez là, dit-elle à Esther.

Eva descendit dans un second couloir. Il lui semblait qu'elle approchait de la salle où se trouvait la société du Zodiaque. Soudain, une silhouette armée apparut en face d'elle.

— On ne bouge plus ou je tire !

— Non ! Ne tire pas ! C'est moi, Keller.

Eva baissa son arme. Hors d'haleine, les deux flics se dévisageaient. Ils avaient failli s'entretuer.

— Il était là, nom de Dieu ! Par où il est passé ?

— Il est comme chez lui, ici, dit Eva. Il connaît le moindre recoin de ces foutus couloirs.

Esther, contrairement aux ordres, progressait dans un couloir des catacombes. Elle pouvait entendre battre son cœur. Soudain, sa lampe torche croisa une silhouette. Elle était repliée sur elle-même, comme l'étudiant devenu fou. Ses habits étaient déchirés. C'était une adolescente. Elle reconnut la jeune sœur de Léa.

— Sandrine ?

Sandrine Daguerre tremblait de tous ses membres. De froid et de peur…

— Sandrine ! Ça va ? Parle ! Parle-moi.

Esther l'aida à se relever et se défit de sa veste pour la couvrir... Sandrine ne parvenait pas à parler. Esther caressa ses cheveux blonds pour la rassurer. Elle était dans un état de choc qui rappelait celui dans lequel l'étudiant Frédéric Dessanti avait été retrouvé.

— Qu'est-ce qui s'est passé ?

— C'est le Zodiaque, dit-elle entre ses dents.

— Qu'est-ce qu'il t'a fait ?

— Il m'a enlevée.

— Il a abusé de toi ?

— Il m'a forcée à descendre.

— Viens, sortons.

Esther prit Sandrine par la main et l'accompagna hors de ce lieu étrange et inquiétant.

Quand Keller sortit à son tour des catacombes, il vit Esther qui tenait Sandrine contre elle, accroupie et enveloppée dans sa veste. Il fut soulagé de constater que l'adolescente était vivante. Mais pourquoi Mathias l'avait-il enlevée ?

— Mathias nous a échappé.

— Mais Sandrine est vivante, répondit Esther.

— Ça va aller, mademoiselle ? On va vous reconduire chez vous.

Esther et Keller échangèrent un regard. Il leur semblait qu'il y avait de nouveau des années qu'ils ne s'étaient pas revus. Ils se prirent dans les bras l'un de l'autre. Esther eut conscience que ses sentiments pour Keller étaient encore intacts. Elle n'avait fait que les étouffer.

— Je suis désolée, Antoine. Si je n'avais pas insisté pour le voir, Mathias serait encore en prison !

— L'important, c'est que toi, tu sois encore en vie, répondit Keller.

— J'ai quelque chose...

Eva, derrière eux, les observait. Elle tenait une sorte de vieux parchemin.

— Voilà ce que Mathias Rousseau était venu chercher...

Elle montra le thème astrologique que Mathias avait découvert. Esther remarqua qu'une configuration planétaire était entourée en rouge. Le thème portait aussi une date, le 12 juillet.

Esther avait reconnu ce thème sans la moindre hésitation. Ce thème astrologique était le sien. Elle comprit qu'ils venaient de découvrir le mobile du meurtre de la petite Lucie.

3

Cette fois, on est vraiment sans filet, pensa Keller en entendant son adjoint lui dire que le signal sur l'écran de l'ordinateur venait de s'éteindre. Cela faisait plusieurs minutes que Spagnolo l'observait. Le point était resté fixe, au milieu du Rhône, pendant quelques secondes, jusqu'à ce qu'il disparût. Mathias avait dû se débarrasser de l'arme en la jetant dans le fleuve. Pour la première fois, Esther put lire une vraie angoisse sur le visage de Keller. Jusque-là, malgré l'évasion de Mathias, il avait donné l'impression de dominer la situation. C'était fini.

Le plan Épervier avait été aussitôt relancé. Tous les axes principaux allaient être bloqués, gares, aérogares, postes-frontières… Le portrait de Mathias estampillé « Individu extrêmement dangereux » suivi d'un numéro d'appel d'urgence allait être distribué dans tous les lieux publics. Soixante équipes de gendarmes quadrilleraient la région… En vain, pensa Keller. Il savait que le Zodiaque était trop fort. Il savait mieux que quiconque déjouer la surveillance de dizaines de policiers. Il avait le crime dans le sang. Et Keller l'avait remis en liberté…

Après avoir essuyé la colère de la famille Daguerre, Keller dut leur annoncer que l'agresseur de Sandrine leur avait échappé. Il tenta de nouveau de savoir pourquoi il s'en prenait à eux, mais n'obtint aucune réponse. Il leur demanda de prendre les mesures les plus énergiques pour se protéger, leur proposa l'assistance des autorités officielles, qu'ils refusèrent.

— Le Zodiaque m'a annoncé une prochaine victime quand on était dans les catacombes. Il m'a affirmé que, je cite : « elle » allait mourir dans cinq jours !

— Qui va mourir, commissaire ? demanda Alexis. Il ne vous l'a pas précisé, dommage.

Keller ne releva pas l'ironie. Il savait qu'il avait perdu une manche. Avec le Zodiaque, c'étaient aussi ses espoirs de faire parler les Daguerre qui s'étaient envolés.

Qui allait être tué ? C'était aussi la question qui obsédait Esther. La réponse était peut-être dans le thème astrologique qu'elle regardait. Ce thème qu'Eva avait retrouvé dans les catacombes. Ce thème qui était le sien, mais aussi celui de Mathias.

— Si Mathias sait qu'il va y avoir un prochain meurtre dans les cinq jours, c'est qu'il l'a lu dans son thème.

Esther prit la feuille et montra qu'une configuration avait été entourée dans la sixième Maison de Mathias.

— C'est sa Maison de l'enfance. Elle est en Vierge…

— Jusque-là, tout va bien, plaisanta Eva.

— Dans cette Maison Six se trouvent la Lune, planète des émotions, et Saturne, planète des limites, de la perte. Liée à la Maison Huit, la Maison de la mort, par Pluton, qui est en carré avec cette configuration.

— En carré ?

— À 90 degrés. Or, le 2 juillet à deux heures du matin, la pleine lune a activé cette configuration en se joignant à Pluton, le maître de la Maison Huit.

— La Maison de la mort, enchaîna Eva.

— Le 2 juillet à deux heures, c'est le jour et l'heure auxquels la petite Lucie a été tuée. Le légiste a été formel !

— Moralité ?

— Moralité, il était « écrit » que Mathias devait tuer une enfant, le 2 juillet à deux heures du matin…

— Tu veux dire que la petite a été tuée à cause de la pleine lune et du thème de Mathias ? demanda Keller.

— Je veux juste dire que le thème astrologique de Mathias est le modèle que suit l'assassin. C'est ça qui le guide. C'est son mobile. On a affaire à un spécialiste de l'astrologie qui lit dans le thème de Mathias ce qu'il doit accomplir. Quand et qui il doit tuer.

Silence.

— C'est de la folie !

— Et dans cinq jours, c'est Mars qui active la configuration meurtrière.

— Est-ce qu'il y a un moyen de comprendre qui il va tuer ? demanda enfin Eva après un silence.

— On peut lire beaucoup de choses dans un thème, vous savez. Le meurtrier en fait une interprétation extrême, folle, mais en même temps très logique à sa manière : c'est en quoi il prétend être un maître. Le maître du Zodiaque…

— En somme, on a cinq jours pour comprendre sa logique… Faute de quoi il tuera à nouveau ?

— La seule question que je me pose, c'est pourquoi il s'en prend aux Daguerre, dit Keller qui réfléchissait tout haut. Une petite fille, puis une adolescente ! Qui sont-ils pour lui ? Et pourquoi cette haine entre vos deux familles ?

— Keller, répondit Esther, je ne suis pas sûre que Mathias soit complice du meurtre de la petite Lucie.

— Alors pourquoi a-t-il enlevé Sandrine ?

— Ça reste à prouver. À part ses habits déchirés, elle ne portait aucune trace de lutte. Non, je crois plutôt que Mathias est allé à l'institut Daguerre parce qu'il cherche lui aussi l'assassin.

— Et toi, tu cherches quoi, à le blanchir ?

— Jamais de la vie. Mais nous pistons quelqu'un qui se considère comme le maître du Zodiaque. Ne lui donnons pas une chance de plus de s'en sortir en nous trompant de cible ! N'oublie pas ce qu'Eva a découvert : Mathias n'est qu'un assassin parmi six étudiants sortis de l'institut Daguerre.

— En attendant, il est dans la nature et il faudra bien le reprendre un jour ou l'autre, dit Eva pour remettre tout le monde d'accord.

La voiture de Keller s'arrêta à l'entrée de l'hôtel Beau Rivage où il raccompagnait Esther. Deux policiers suisses étaient positionnés dans une voiture devant l'entrée. Discrets, mais très efficaces, ils surveillaient les allées et venues, sans effrayer la clientèle du palace. Au passage, Keller leur montra sa carte de police.

Dans le hall, un employé de l'hôtel leur apporta un message destiné à Esther. Esther prit le papier replié et lut :

— « Première mission accomplie. Le Zodiaque est libre. Merci, Esther… Tu aimes ton frère. »

Elle fut parcourue d'un nouveau frisson. Ils étaient le jouet d'un terrible manipulateur.

— Quand avez-vous reçu ce coup de fil ? demanda Keller.

— Ce matin, vers dix heures, à ma prise de service, dit l'employé.

— C'était une voix d'homme ou de femme ?

— Ni l'un ni l'autre : c'était une voix d'enfant ! Mais j'ai eu l'impression qu'il récitait.

Ils savaient que Mathias était avec Esther à cet instant-là. Keller lâcha quelques mots de dépit.

— Putain de maître du Zodiaque…

— J'ai entendu que vous aviez laissé filer le Zodiaque ? dit Cindy, la baby-sitter américaine de Quentin.

Quentin venait de courir vers Keller et Esther, et sa mère le serrait dans ses bras. Non seulement Keller ne pouvait que les regarder, touché par une situation dans laquelle il n'avait plus sa place, mais en plus il devait essuyer l'ironie de la baby-sitter.

— N'ayez crainte, lui répondit-il, l'hôtel est sous bonne garde.

— *I know. I'm not afraid*. C'est juste un *serial killer*…

Cindy amena Quentin dans la chambre. Esther attendit que la porte se soit refermée pour balancer le message sur la table basse du salon.

— Première mission... Ça veut dire qu'il va y en avoir une autre ! Qu'est-ce qu'on me veut, cette fois ? Pourquoi suis-je au cœur de tout ça ?... Qui est fasciné à ce point par le Zodiaque pour me replonger dans le même cauchemar ?...

Keller semblait s'installer. Il défit sa veste, s'allongea à côté d'Esther. Elle le lui fit remarquer.

— Tant que Mathias est dans la nature, je ne te quitte plus.

— Il aurait pu me tuer dix fois, Antoine. Il ne l'a pas fait.

— Ça ne veut pas dire qu'il a débranché de toi. Bien au contraire...

— Et toi, tu ne serais pas en train d'en profiter pour te rebrancher ?

— Moi ? demanda Keller en esquissant un léger sourire et en prenant Esther dans ses bras.

Elle se défit de son étreinte.

— Il paraît que tu as couché avec le capitaine Eva Kramer ?

— Juste pour voir l'effet que ça faisait avec un gendarme !

— Et c'était comment ?

— Purement sexuel, mais dans le genre, assez exceptionnel.

— Tu dis ça pour me rendre jalouse ou juste pour me provoquer ?

— Devine. Et puis, entre flics, ça compte pas. Et toi, t'as bien couché avec Loïc Daguerre !

— Mais je t'ai pas fait une déclaration d'amour le lendemain.

Esther repoussa Keller. Le jeu était terminé. Plus sincère, elle enchaîna :

— Si un jour on devait se retrouver toi et moi, ce serait parce qu'on a surmonté les obstacles qu'il y a entre nous.

— Le seul obstacle, c'est Mathias, et tu le sais. Il ne supporte pas que quelqu'un d'autre te touche.

— Le principal obstacle, c'est que tu n'arrives pas à te sortir ça de la tête. Fauteuil ou canapé ?

— Porte, répondit Keller. Je prends la porte...

Et il quitta la suite.

Esther, seule, s'allongea sur le lit. Elle avait peu de chances de dormir. Elle laissa son esprit divaguer. Elle avait cru vivre le pire lors des crimes que le Zodiaque avait commis contre sa famille. Elle se souvenait avoir d'emblée ressenti la gravité de la situation : si on jouait ainsi avec elle, ce n'était pas le fait d'une obsession gratuite, c'était sa propre existence qui était en jeu. Résultat, elle avait découvert qu'elle avait un frère jumeau, Mathias, déclaré mort-né. Leur propre mère, Grâce, ignorait son existence. Il avait été élevé comme une arme par sa grand-mère, une arme pour se venger de leur père, Gabriel Saint-André. Alors qu'Esther, bien qu'élevée dans le secret, avait été choyée comme une perle… Mathias l'avait utilisée comme le levier de sa vengeance. Aujourd'hui, Esther avait ce même sentiment qu'une vengeance aussi terrible était en route. Une vengeance dont elle était l'outil et peut-être même encore la cible…

Le lever du jour sur le lac était un moment d'une exceptionnelle beauté. L'air était d'une transparence parfaite et les couleurs d'une pureté qui semblait les réinventer.

Esther surveillait Quentin qui nageait en compagnie de sa baby-sitter. Elle vit arriver Léa, accompagnée par son frère Loïc. Elle se dirigeait vers la table où Jérôme, déjà en costume, prenait son petit déjeuner en lisant la presse financière.

— Ta famille t'a enfin laissée sortir ? dit Jérôme un peu sèchement.

Mais il se reprit très vite et cacha son amertume en prenant Léa dans ses bras. Ils s'embrassèrent furtivement. Loïc, en retrait, adressa un petit sourire à Esther. Il montrait toujours ce même détachement intriguant.

— Comment tu vas, mon amour ?

— Comme ça… J'essaie de surmonter cette horreur.

— Et malgré tout ça, je te trouve magnifique. Et très courageuse…

— Tu es gentil.

Jérôme fut interpellé par son avocate qui lui rappelait un rendez-vous téléphonique avec la City. Il s'excusa auprès de Léa et la pria de déjeuner avec lui. Loïc s'interposa sur son chemin.

— Bonjour, je suis Loïc, le frère de Léa. Je suis dans la finance, comme vous, et je…

— Loïc ?

— On s'est croisés à l'enterrement, dit Loïc en souriant.

— Oui, bien sûr. Excuse-moi, Loïc, le devoir m'appelle.

Jérôme rejoignit son avocate après avoir serré furtivement la main de Loïc.

Léa regardait Quentin barboter avec sa baby-sitter avec un regard étrangement fixe. Certes, le meurtre d'une petite nièce était terrible mais, à la manière dont Léa vivait cette horreur, Esther eut l'intuition qu'un autre problème travaillait la jeune femme.

— J'ai l'impression de la voir partout. Lucie. C'est fou ce que ton fils me la rappelle !

— Tu sais, Léa, si tu as besoin de parler, de te confier, je veux que tu saches que je suis là.

Esther sentit que Léa allait lui parler quand Loïc intervint.

— T'as même pas trente ans et t'as déjà un môme aussi grand, fit-il remarquer à Esther.

— Sa mère était ma demi-sœur, répondit Esther. Elle et son mari sont morts, tués par Mathias.

— T'es belle, intelligente, et tu te sacrifies pour les autres… T'as bien un défaut caché, non ?

— Au moins un : quand un mec me plaît, il m'arrive de m'envoyer en l'air avec lui et de le regretter après.

— Attention, répondit Loïc, je suis très capable de te demander en mariage.

— Méfie-toi, je sais dire oui, mais je sais aussi dire non…

Dans la piscine, Quentin nagea jusqu'à Esther. Elle s'accroupit près de lui pour l'embrasser. Quentin se retourna pour nager dans la direction opposée. Il se figea, brusquement immobile !

— Quentin ?

Un corps flottait dans l'eau sur le ventre. Un corps de femme.

— Là. Dans l'eau…

Esther comprit et plongea dans la piscine pour en sortir son fils. Il était en train de perdre pied. La peur soudaine qu'il venait d'éprouver aurait pu provoquer sa noyade. Cindy s'approcha, inquiète. Personne n'avait rien vu. Esther entourait l'enfant d'un drap de bain. Elle savait qu'il avait eu une vision.

— Quelqu'un s'est noyé.

— Qui ? C'était qui, mon amour ?

— Je n'ai pas vu son visage. C'était une femme…

Esther regarda l'eau étale de la piscine et serra Quentin contre elle. Elle croisa le regard de Léa qui semblait stupéfaite. Esther fit asseoir Quentin sur un banc. Elle aperçut soudain le journal posé près de la table. Les gros titres annonçaient l'évasion du Zodiaque. Certaines lettres étaient entourées au feutre rouge : S… I… N… O… N…

— « Sinon, S mourra », murmura Esther.

Esther regarda autour d'elle mais ne vit que des clients de l'hôtel. Léa, effarée, vit à son tour le journal.

— S… Qui c'est « S » ?

— Ça pourrait être Sandrine. Notre petite sœur, dit Loïc.

— Et bien sûr, personne n'a rien vu, ni rien entendu, s'énervait Keller, lançant le journal sur le bureau.

Ils étaient tous rassemblés dans le bureau de la section recherches. Keller fulminait. Il ne supportait plus d'être manipulé et devenait de plus en plus nerveux. Aucune des pistes qu'il avait lancées n'avait servi à quelque chose : le Zodiaque était en liberté et le maître gardait la main. Jusqu'à quand ?…

— C'est un lieu public, Antoine. N'importe qui a pu prendre le journal de Jérôme et écrire ce message !

— Ce qu'il y a de bien, c'est qu'on se sent vraiment en sécurité avec vous ! lança Loïc.

— Tu veux retourner en garde à vue, toi ? !

Eva saisit le journal et lut le nom créé par les lettres entourées.

— On voulait savoir qui il va tuer, il nous l'annonce.

Le problème, c'est sinon quoi ? Que veut-il en échange ? Comment l'empêcher de commettre ce meurtre ?

— Il nous a manipulés une fois pour faire sortir Mathias, que veut-il de moi, cette fois ? Quelle est la contrepartie ?

— À mon avis, on ne va pas tarder à le savoir, dit Keller. Il va y avoir tôt ou tard un nouveau message… Il va te demander quelque chose, Esther. Et là, on pourra peut-être entrer dans son jeu et le retourner à notre avantage !

— En attendant, il faut protéger Sandrine Daguerre.

— Pourquoi Mathias s'attaquerait-il à notre sœur ? demanda Léa.

Accompagnée par sa mère, Sandrine Daguerre fut conduite par Spagnolo dans la salle d'interrogatoire où l'attendait Keller.

— Bonjour, madame Daguerre, bonjour, Sandrine… Installez-vous.

La mère et la fille prirent place côte à côte. Keller, lui, s'installa en face d'elles. Il regarda Sandrine et sentit en elle, à la manière dont elle soutenait son regard, une adolescente entêtée et fébrile.

— Tu es mineure, Sandrine, ta mère a demandé à assister à l'audition. Je l'y ai autorisée.

— Qu'est-ce qu'il y a ? J'ai rien fait !

— Tu as subi une tentative d'enlèvement et je dois prendre ta déposition.

Elle ne répondit pas. Elle mâchait son chewing-gum. Hélène, à côté d'elle, savait qu'elle n'avait pas de prise sur sa fille. Elle n'en avait plus depuis longtemps, si elle en avait jamais eue. Sa cadette semblait avoir hérité du caractère fort et borné de son père, Alexis.

— Bien. Comment Mathias s'y est-il pris pour t'entraîner dans les sous-sols de l'institut ?

Sandrine regardait Keller et ne dit rien, renfermée dans son silence d'adolescente butée.

— Parle, ma chérie. Dis au commissaire ce qui s'est passé.

Sandrine resta muette. Keller l'imita. Il jouait le même petit jeu qu'elle. Il esquissait un léger sourire, signe d'une patience qui serait de toute façon plus importante que la sienne.

— Il m'a pas forcée. Je suis descendue toute seule en bas. J'avais rendez-vous avec lui.

— Quoi ? Mais qu'est-ce que tu dis ? s'affola sa mère.

— Tu fais partie de cette société du Zodiaque, n'est-ce pas ? demanda Keller.

— C'était écrit dans le thème du Zodiaque qu'il devait tuer quelqu'un.

— Et quelqu'un a tué Lucie à sa place, Sandrine.

— C'est ce que le Zodiaque aurait fait s'il était libre. C'était écrit dans ses planètes…

— C'est faux, dit Keller. On ne tue pas à cause de son thème astrologique ! Qui vous fait croire ça ? Qui vous monte la tête comme ça ?

— Personne ne nous monte la tête. Tout est écrit, je vous dis !

— Et qui décide ce qui est écrit ? Qui interprète pour vous le thème de Mathias ?

— Personne ! C'est à chacun de décider pour soi. Chacun est son propre maître…

— Et qu'est-ce que tu as lu dans ton thème astral, Sandrine ?

Sandrine regarda Keller et se tut. À côté d'elle, sa mère, effarée, était blanche comme un linge.

— J'ai lu que j'allais mourir. C'est moi qu'il va tuer. La prochaine victime, c'est moi.

— Mais mon Dieu, c'est de la folie, Sandrine ! Est-ce que tu te rends compte de toute cette folie ?…

— C'est la vérité, maman. C'est écrit.

Hélène, dans un sursaut, prit sa fille par les épaules et la secoua. Elle pleurait et Sandrine restait insensible à la douleur de sa mère.

— Qui t'a dit ça, Sandrine ? Mon Dieu ! Qui est le monstre qui veut la mort de ma fille ?... s'écria Hélène au milieu de sanglots.

Sandrine se ferma complètement, au point qu'Hélène vit qu'elle n'obtiendrait rien d'elle et dut la relâcher...

— Je t'aime, ma petite fille. Je ne veux pas te perdre...

Aux côtés de son mari, Hélène pleurait encore. Elle se sentait impuissante, paralysée par la peur et la détermination absurde de sa fille. Alexis, lui, restait calme. Ce n'était pas un sentimental.

— Comment ma propre fille a-t-elle pu se laisser entraîner là-dedans ?

— C'est comme un jeu de rôle. Elle est à un âge où on est attiré par des expériences extrêmes.

— Jamais elle n'aurait pu tomber dans ce genre de pratique stupide et avilissante. La vérité, c'est qu'on l'y a entraînée.

— Vous pensez à quelqu'un en particulier ?

— Ce n'est pas mon rôle. Je pense à ma fille !

— Nous pouvons la protéger le temps d'avancer dans l'enquête, dit Keller. Mais il faut nous aider.

— Je ne vais pas faire enfermer ma fille. Et je n'ai aucune confiance en vous. Tout ça, c'est votre faute, dit-il en pointant un doigt accusateur vers Esther. Si cette société du Zodiaque existe, c'est parce que votre frère l'a créée !

— Vous semblez savoir des tas de choses sur mon frère, monsieur Daguerre, je me trompe ?

— Je l'ai observé quand il était étudiant. J'ai compris qu'il ne renfermait que de la haine. Et je n'ai pas été très surpris d'apprendre, à l'occasion de ses crimes, qu'il était un bâtard de Saint-André.

— Vraiment ? Eh bien moi aussi, je suis une bâtarde de Saint-André, monsieur Daguerre. Pourtant, je me bats pour savoir qui a tué Lucie !

— Personne ne vous y oblige !

— Dès notre première rencontre, et sans me connaître, vous m'avez traitée comme une moins-que-rien. Pourquoi ? Qu'avez-vous contre moi ou ma famille ?

— Il n'y a aucun problème entre ma famille et la vôtre, mademoiselle. Mis à part vous…

Au fond de lui-même, Alexis savait. Il savait d'où ça venait, les menaces, le chantage, les meurtres. Cela venait des Saint-André. Il était persuadé qu'ils utilisaient le Zodiaque comme une arme contre eux. Mais qui était au courant ? Qui, parmi eux, tirait les ficelles ?

Alexis accepta finalement de mettre sa fille sous surveillance. Deux policiers allaient désormais la protéger.

— C'est entre ces deux familles que tout se joue. N'oublie pas qu'on a retrouvé le corps de la gosse dans la maison de ta famille. Et le seul pont entre eux, c'est ton frère : c'est le Zodiaque !

Spagnolo venait de dresser deux arbres généalogiques côte à côte. Les Daguerre et les Saint-André. Un homme, un seul, se trouvait en position médiane, c'était Mathias. Le seul point d'interrogation était son lien avec les Daguerre.

— Tu oublies la société du Zodiaque dans les sous-sols de l'institut.

— Je ne sais pas ce que fabrique cette société du Zodiaque.

— Elle fabrique des tueurs : voilà ce qu'elle fabrique !… Ils sont six. Six étudiants de l'institut Daguerre à être devenus des meurtriers, en plus de Mathias !

— Et si Mathias n'est qu'un parmi six ou sept, alors il n'est plus tout à fait responsable, n'est-ce pas ? Responsable, mais pas coupable, on connaît la formule…

— Tu crois que je cherche à l'exonérer de ses crimes ?

— Je crois que tu n'assumes pas qu'il soit ton frère jumeau…

— Au lieu de te monter la tête contre Mathias, tu ferais mieux de le retrouver, Keller. Parce que si quelqu'un peut nous mener au maître, c'est lui !

La nervosité gagnait car une menace pesait dont on ne savait pas ce qui pourrait l'éloigner. Que devaient-ils faire qui pourrait éviter la mort programmée de Sandrine Daguerre ?

Ils ne tardèrent pas à le savoir. Esther quittait la gendarmerie quand elle découvrit un journal placardé sur le parebrise de sa voiture. Des lettres étaient de nouveau cerclées de rouge.

— « Tu dois tuer Keller… » lut-elle avec effroi.

Esther s'apprêtait à retourner dans le bâtiment quand elle aperçut Eva qui en sortait elle aussi.

— La voilà, la partie manquante du message.

— Il vous ordonne de tuer Keller, lut à son tour Eva.

— Sinon, Sandrine Daguerre mourra.

Les deux femmes se regardèrent. Elles étaient aussi choquées et désemparées l'une que l'autre…

— Je vais prévenir Antoine, dit Esther.

— Non !

Pour Eva, ce serait une erreur qui pourrait lui être fatale. Esther ne comprenait pas. Ça n'était pas n'importe qui, c'était Keller qui était menacé de mort. Pourquoi faudrait-il le laisser dans l'ignorance ?

— Je commence à bien connaître Keller, dit Eva. Il serait capable de tout foutre en l'air, uniquement par provocation !

— C'est vous qui essayez de tout foutre en l'air, capitaine Kramer ! Vous faites tout ce qui est en votre pouvoir pour vous interposer entre lui et moi.

Le conflit couvait depuis un certain temps. Il éclata. Les deux femmes, rivales, s'affrontèrent soudain ouvertement.

— Je fais mon travail, dit Eva.

— Et ça fait partie de votre travail de coucher avec lui ?

— Pour commencer, c'est plutôt lui qui a couché avec moi ! Je n'ai pas vraiment eu à le forcer. Quant au plaisir que je peux avoir avec un homme, il ne m'a jamais bouleversée si vous voulez tout savoir…

L'aveu, quoique troublant, eut pour résultat de calmer la jalousie d'Esther. C'était sans doute l'effet recherché.

— Je suis désolée… Tout cela est absurde.

Esther se prit la tête entre les mains, essayant de mettre de l'ordre dans ses pensées. Il y avait dans la nature un fou fasciné par le Zodiaque qui l'avait utilisée pour le faire libérer et qui maintenant voulait se servir d'elle pour tuer Antoine !

— Pourquoi voudrait-il tuer Keller ? interrogea Eva.

— Parce que c'est l'homme qui a arrêté le Zodiaque !

— Raison de plus pour ne rien lui dire. Notre meilleure chance de sauver la vie de Keller est de faire confiance à Mathias. Nous commençons à avoir la preuve que Mathias lui-même cherche ce soi-disant maître du Zodiaque, continua Eva. Alors profitons de lui. Nous devons respecter la loi, lui pas… Cela lui donne des moyens que nous n'avons pas, ne serait-ce que pour savoir ce qui se passe du côté de l'institut Daguerre, puisque c'est de là que tout part. Il va agir, j'en suis convaincue.

Esther semblait partagée. D'un côté, il y avait le journal avec la menace, de l'autre, elle se disait que quoique très dangereuse, cette stratégie pouvait s'avérer redoutablement efficace.

— Si Sandrine Daguerre meurt, je ne me pardonnerai jamais de n'avoir pas tout tenté.

— Il nous reste quatre jours. Si dans quarante-huit heures Mathias ne nous met sur aucune piste, alors nous préviendrons Keller, proposa Eva. Ne croyez pas que nous soyons rivales, Esther.

— Nous ne pouvons pas être rivales, puisque c'est fini entre Keller et moi.

Esther retira sa main de celle d'Eva. Il y avait quelque chose qui la troublait toujours chez la jeune gendarme, son mélange de dureté et d'attention qu'elle montrait à son égard. Elle remonta dans sa voiture et démarra. Elle roulait en direction de l'hôtel du Lac quand elle reçut l'appel de Loïc. Il lui demandait de le rejoindre sur un terre-plein situé sur la rive française du lac, à une douzaine de kilomètres d'Évian. Sa voix était anxieuse. Pour une fois, il n'était plus dans ce rapport de séduction qu'il déployait constamment. Il y avait urgence, elle l'avait senti... Esther redoutait un piège, mais décida de se rendre quand même au rendez-vous.

Elle ralentit en repérant la voiture de Loïc, et gara la sienne à proximité.

— Loïc ?

Loïc apparut entre deux arbres d'une petite forêt de chênes.

— Qu'est-ce que tu fais là ? Qu'est-ce que tu veux, Loïc ?

Il n'eut pas le temps de répondre, plaqué contre un arbre par Mathias...

— Il dit que tu étais avec lui quand Lucie est morte ? demanda Mathias en rage. C'est vrai ?

— C'est vrai, répondit Esther.

Mathias relâcha Loïc et le laissa tomber sur le sol. Il n'avait jamais eu confiance en Loïc. Ce pacte, il ne l'avait jamais pris au sérieux. Loïc n'était pour lui qu'un attardé affectif, pas fiable. Il était persuadé que ce type avait pu se raconter une histoire qui l'avait poussé à tuer sa propre cousine. Il avait pu vouloir faire justice pour le Zodiaque, d'autant, pensait Mathias, qu'il n'ignorait rien du secret de la naissance de Lucie.

— Je ne suis pour rien dans le meurtre de la petite, Esther. Moi aussi, je veux trouver le malade qui m'a écrit en prison ! Il voulait me prouver que mes crimes étaient inscrits dans mon thème depuis le premier jour. Il prétendait que j'étais programmé pour tuer.

— Et c'est pour ça qu'il continue à ta place ? demanda Esther.

— Ce salopard est le mal à l'état pur ! répondit Mathias en avançant vers elle.

Esther remarqua que son frère tenait une enveloppe en kraft. Il la lui tendit.

— Tiens ! Tu comprendras que je veux t'aider, Esther.

Esther prit l'enveloppe. Mathias recula jusqu'à la voiture de Loïc, monta et démarra. Esther s'agenouilla vers Loïc qui, à terre, se tordait encore de douleur, plus humilié que blessé.

— J'ai bien cru qu'il allait me tuer. C'est la deuxième fois que notre nuit d'amour me sauve la mise...

— Je vois que tu reprends vite le dessus, dit Esther en ouvrant l'enveloppe.

— Qu'est-ce qu'il y a dedans ?

Elle contenait des fiches signalétiques d'étudiants, des noms et prénoms avec photos, dont celle de Mathias. Les autres étaient les fiches des six étudiants qui avaient commis des meurtres. Thierry Paire – Pascal Créa – Patrice Lafontaine – Philippe Panatas – Xavier Jossent et... lui-même. Ces fiches contenaient la date et le lieu de naissance, mais aussi l'heure de naissance de ces jeunes gens. Esther comprit comment et pourquoi Mathias s'en était emparé. Il s'était introduit la nuit dans l'institut Daguerre pour pirater la base de données. Et il voulait montrer à Esther que quelqu'un, dans l'administration de l'école, avait fait leur thème astrologique !

Le thème astrologique de chacun de ces étudiants était éloquent. Ils possédaient tous une même caractéristique astrologique criminogène. Deux, en fait... Une même séquence revenait sur les divers thèmes. Mars en carré avec Pluton dans la Maison de la mort, Maison Huit... Ou Pluton en opposition avec Mars en Maison Douze, Maison des secrets. Il y avait en chacun d'eux la potentialité à devenir un meurtrier. Ce qui ne voulait pas dire que tous ceux qui avaient cette caractéristique devenaient forcément des tueurs, mais, en l'occurrence, quelque chose ou quelqu'un avait activé ces séquences pour permettre le passage à l'acte !

Esther, regardant les photos des six meurtriers sur leurs fiches, s'arrêta sur celle de Mathias... Elle comprit qu'Eva avait raison. Lui aussi voulait retrouver le maître du Zodiaque. Celui qui, pour une raison encore mystérieuse, avait peut-être fait de lui un tueur. Et, en ce moment, il était leur meilleur atout... Ce que Keller n'admettrait jamais. Ou, en tout cas, qu'il n'était pas prêt à admettre.

— Tu es en train de suivre la même pente que ta mère, dit Keller à qui Esther venait de montrer ses résultats. Tu te prends de sympathie pour un tueur sous prétexte qu'il est ton frère. Comme elle l'a aimé parce qu'il était son fils.

— Non, j'essaie juste de comprendre pourquoi deux personnes déjà sont mortes. Ma mère et Lucie.

— Face à un pervers de la trempe du Zodiaque, il ne faut jamais rien lâcher et ne jamais baisser sa garde. Et c'est ce que tu es en train de faire…

Mathias, portant des lunettes et un costume noirs, traversait le lac Léman sur la navette entre Évian et Lausanne. Il composait un numéro sur un téléphone portable… Juliette était avec ses frères, Pierre et Jérôme. Ils déjeunaient sur la terrasse de l'hôtel Beau Rivage, quand son portable sonna. Elle répondit discrètement.

— Juliette ? C'est Mathias.

Juliette, blême, se mit aussitôt à l'écart de ses frères en marchant vers le lac.

— La cassette… Il faut que je la récupère.

Elle savait de quelle cassette il s'agissait. Elle l'avait reçue par la poste trois mois auparavant. Mathias, qu'elle était allée voir en prison, lui avait demandé de la garder précieusement. Elle ne savait pas qui la lui avait envoyée et n'avait pas eu la curiosité de la regarder.

— J'en ai besoin. Je te rappellerai demain à dix heures.

Mathias raccrocha. Juliette coupa son portable et rejoignit ses frères. Ils avaient tous deux remarqué son trouble.

— C'était qui ? demanda Jérôme.

— Rien, c'était rien. Une erreur.

Aucun d'eux n'ignorait qu'une erreur durait rarement plus de quelques secondes. Sa conversation en avait duré plus de trente. Mais surtout, ils ne savaient pas, pas plus que Juliette, qu'ils étaient sur écoute. Ainsi que tous les membres de la famille Daguerre. C'était une des premières mesures qu'avait prises Eva après l'évasion de Mathias.

Eva retrouva Keller au bar d'un club de strip-tease, le Rideau Rouge, une bouteille devant lui. Il observait de loin une jeune danseuse asiatique qui faisait son show de *lap dancing*.

— Comment tu m'as retrouvé ?

— Lausanne n'est pas une si grande ville. J'ai commencé par les hôpitaux pour finir par les boîtes de strip-tease.

— Te méprends pas, Eva, je travaille.

— Je ne paierai pas ta note de frais, dit-elle en regardant la bouteille aux deux tiers vide.

— Je te manque à ce point ? Qu'est-ce que tu veux ?

— On vient de ferrer le Zodiaque sur écoute téléphonique. Il a passé un coup de fil à Juliette Saint-André. Elle détiendrait une cassette vidéo qui lui appartient.

— Une cassette vidéo ?

— Oui. Il veut la récupérer.

— Quand ?

— Demain à dix heures. On pourrait tuer le temps d'ici là ?

Keller et Eva firent l'amour sur le bateau où vivait Eva. Cette fois, ils avaient pris le temps de se déshabiller. Rien à voir avec l'étreinte animale dans le bureau d'Eva. Keller caressait son corps. Elle semblait éprouver un plaisir profond et intense. Même si Keller pouvait deviner qu'elle n'était pas vraiment avec lui, à cet instant, Eva laissait reposer sa tête contre la sienne, touchante, vulnérable. Keller lâcha ce qui lui pesait sur le cœur depuis l'évasion de Mathias.

— C'est moi qui ai placé le cutter grâce auquel Mathias s'est enfui.

— Qu'est-ce que tu racontes ?

— C'est clair, non ? C'est moi qui ai aidé le Zodiaque à se tirer.

Eva se dégagea des bras de Keller. Cela voulait dire que son évasion n'était qu'une mascarade.

— Le seul moyen de le faire parler, se justifia Keller, c'était de le pousser à agir.

— Et Esther était d'accord ?

— Pas au courant. Elle se serait trahie.

— Il faut te faire soigner, Keller. Tu es un malade mental !

— Je traque un malade, nuance. Et je suis forcé d'employer ses méthodes si je veux avoir une chance de le faire tomber.

— Avec tes méthodes, on a juste réussi à remettre le Zodiaque en liberté.

— Ça n'était pas forcément le but. Mais il va nous aider à retrouver l'assassin de la petite Lucie !

Eva s'en voulut doublement de devoir taire la menace qui pesait sur la tête de Keller. Il avait été franc avec elle. Et en plus il l'avait fait jouir...

Le lendemain à dix heures, Juliette Saint-André attendait sur la place de la cathédrale de Lausanne. Elle tenait nerveusement son sac dans lequel se trouvait la cassette vidéo, jetant de petits coups d'œil autour d'elle, guettant l'arrivée de Mathias.

Elle regardait sa montre quand, sans qu'elle l'ait vu arriver, un homme en rollers portant un masque de hockey lui arracha son sac des mains. Mathias.

— Nooooon ! Au secours !

La réaction des passants autour d'elle fit saisir à Juliette qu'elle était cernée de flics. Mathias aussi l'avait compris, c'est pourquoi il avait ainsi mis en scène son arrivée. Il fila dans une ruelle en pente, poursuivi par deux flics. Nicole, l'adjointe d'Eva, neutralisa Juliette.

Mathias fonçait dans les rues en pente de la ville, prenant des risques inconsidérés, évitant les passants, les voitures, et finit par semer ses poursuivants. Il se dirigeait vers la gare. Il fallait l'intercepter avant qu'il l'atteigne, sinon il risquait de se perdre dans la foule... Eva sortit en trombe de sa voiture et fonça derrière Mathias. Keller conduisit jusqu'en bas de la colline et attendit. Il vit arriver Mathias à fond sur ses rollers et se contenta d'ouvrir sa portière. Le patineur n'eut pas le temps de freiner et percuta la portière de plein fouet.

— C'est fini, Mathias ! La cavale est terminée !

Keller lui arracha son masque. L'homme qui gisait à terre n'était pas Mathias Rousseau, mais un jeune Noir. Il prétendit avoir été payé pour voler un sac. C'était sans doute vrai. Mathias savait parfaitement que tout le monde était sur écoute. Il s'était méfié. Il restait à savoir ce qu'il y avait sur cette cassette et pourquoi Mathias tenait tant à la récupérer…

Keller la plaça dans un magnétoscope et s'installa face à l'écran. Il fut d'abord surpris par les images qu'il découvrit. Puis il comprit… Il comprit que Mathias, au contraire de ce que l'on avait pu penser, n'avait pas l'intention de récupérer cette cassette. Au contraire, cet enfoiré avait tout fait pour qu'elle lui parvienne…

4

— Il a massacré la moitié de sa famille et elle lui rend encore des services, commentait Spagnolo en observant Juliette Saint-André derrière la glace sans tain de la salle d'interrogatoire.

Elle se sentait terriblement seule, se demandant quel sort lui réservait Keller. Elle se doutait bien qu'il n'en resterait pas là. Pour la seconde fois de sa vie, elle était du côté du Zodiaque contre la loi. Il était capable de tout. Juliette regarda Keller qui pénétra dans la pièce.

— Bonjour, madame Saint-André.

Juliette ne répondit pas.

— Il vous a insultée, trahie et a massacré votre famille... Je n'arrive pas à croire que vous aidiez encore Mathias.

— Il m'a menacée !... Il a menacé Quentin !

— Uniquement pour que votre avocat vous sorte d'ici. Le problème, ajouta Keller, c'est que c'est nous qui avons l'enregistrement de votre conversation. Et, dans l'administration, un enregistrement, ça peut se perdre.

— C'est dégueulasse !

— Pourquoi Mathias voulait-il récupérer cette cassette ?

— Je n'en sais rien. Je ne lui ai pas demandé. Je ne sais même pas ce qu'il y a dessus.

Elle n'allait pas tarder à le savoir. Keller mit la cassette dans un lecteur et l'invita à regarder l'image. Une caméra tremblante filmait des gosses en train de jouer dans un square public. Puis, maladroitement, la caméra s'approcha et zooma sur une enfant. La caméra la suivait à son insu, qui jouait, se promenait. Le film était inquiétant. Il pouvait être l'œuvre d'un pédophile en chasse. Juliette eut un choc en découvrant le visage de l'enfant. C'était la petite Lucie Daguerre.

Sur la bande-son, on entendit une voix qui interpellait la petite fille. C'était une voix de femme.

— Lucie ? Lucie ?

La fillette se retourna vers la personne qui la filmait. Elle ne semblait pas la connaître, mais elle s'approcha quand même… La caméra zooma sur son visage. Le visage de l'enfant, un instant flou, se fit tout à coup plus net. On entendit peu distinctement une question posée par la femme qui la filmait. La réponse de la petite Lucie n'était pas tellement plus claire. L'image bougea en tous sens. Puis la cassette s'interrompit…

Keller se tourna vers Juliette Saint-André. Elle était pâle, sous le choc. Elle était en possession d'un film où figurait la victime d'un meurtre.

— Pourquoi avez-vous filmé la petite Lucie Daguerre ? demanda Keller à Juliette.

— Mais je n'ai filmé personne ! Ce n'est pas moi qui ai réalisé cette vidéo !

— Vous êtes en possession d'une cassette sur laquelle se trouve la victime d'un meurtre et vous prétendez n'y être pour rien ?

— On me l'a envoyée ! On m'a envoyé cette cassette. Et Mathias m'a demandé de la conserver !

— On ? Qui vous l'a envoyée ?

— Je n'en sais rien. Je ne savais même pas ce qu'il y avait dessus !

— Dommage, répondit Keller, car si vous l'aviez regardée, on aurait peut-être évité un meurtre.

— Vous ne croyez tout de même pas que…

— Qui filme, sinon vous ?

— Ce n'est pas moi ! Je ne suis pas complice de ce meurtre atroce ! On a retrouvé la petite dans la maison qui appartenait à mon père, comment pouvez-vous croire que je sois impliquée dans cette horreur ?

— En matière d'horreur, chère madame, je croyais avoir tout vu. Mais depuis que j'enquête sur le Zodiaque, je m'attends chaque jour à voir repousser les limites…

Keller sortit de la salle d'interrogatoire. Il avisa Spagnolo qui revenait du laboratoire de police scientifique.

— Les gars du labo ont fait un premier nettoyage de la vidéo.

La cassette avait été transférée sur un CD qu'il plaça dans un ordinateur. Les enquêteurs se rassemblèrent devant l'écran plasma où apparut l'image en gros plan de Lucie qui regardait la caméra. Cette fois, ce qu'elle disait était bien audible. Le choc fut brutal.

— Mon papa, il tue des gens.

Keller réécouta trois fois, quatre fois, cinq fois l'enregistrement, mais c'était toujours les mêmes mots qui revenaient avec certitude

— Mon papa, il tue des gens.

La petite Lucie Daguerre accusait son père. Keller comprit que Mathias était encore plus fort qu'il ne l'imaginait.

— L'enfoiré de Zodiaque, sourit Keller, il voulait qu'on récupère cette cassette. Cet enculé veut nous aider.

Keller se dit que tôt ou tard, il aurait besoin du témoignage de la femme qui filmait, que ce soit Juliette Saint-André ou non. Il y avait peut-être un moyen de savoir à qui la gosse parlait. Il gela l'image sur un très gros plan de Lucie. Il grossit le visage quatre fois, jusqu'à en isoler un quart. C'était son œil qui l'intéressait.

Du moins, un reflet dans cet œil, sur lequel se dessinait la silhouette de la femme qui filmait. En travaillant sur l'image, on pourrait peut-être l'identifier. Spagnolo était bon pour retourner au labo…

Conduit dans la salle d'interrogatoire, Bertrand Daguerre dut s'asseoir en face d'Eva qui l'attendait. Il n'était pas à l'aise. Il transpirait.

— Bonjour, monsieur Daguerre, dit Eva.
— Je peux savoir ce que je fais ici ?
— Asseyez-vous, s'il vous plaît. Vous vous appelez Bertrand Daguerre, vous avez quarante-deux ans. Marié à Philippine Daguerre, trente-six ans. Vous êtes le père de Lucie, décédée le 2 juillet dernier. Assassinée.
— Qu'est-ce que vous voulez ?
— Vous montrer un film.
— Quel film ? De quoi parlez-vous ?
Eva enclencha le DVD sur un ordinateur portable qu'elle tourna dans la direction de Bertrand.
— C'est Lucie… C'est ma petite fille !
Bertrand semblait bouleversé de revoir l'image de sa fille.
— Qui a fait ce film ? Quel est le pervers qui a filmé ma fille ?
Puis, quand la petite regarda la caméra et dit : « Mon papa, il tue des gens », Bertrand se rassit à sa place, muet, tremblant, incapable de dire un mot…
— Qu'est-ce que… Qu'est-ce qu'elle a dit ?
— Vous l'avez entendu comme moi. Elle a dit : « Mon papa tue des gens. »
Bertrand resta muet, ne réagit pas. Eva attendit, puis lui demanda simplement d'où venait ce film.
— C'est celui qui a fait ce film qui devrait être là ! Pas moi !
— Elle vous accuse. Vous êtes son père, n'est-ce pas ?
— Oui, bien sûr.
— Où étiez-vous lorsqu'elle a disparu ?
— J'étais avec ma femme. Je vous l'ai dit. Elle l'a confirmé. Elle a déjà témoigné.
— Quand elle verra cette cassette, peut-être cessera-t-elle de vous couvrir. Avouez que vous l'avez tuée ! C'était un accident. Et, dans la panique, vous l'avez maquillé en meurtre.
— Pourquoi je l'aurais tuée ? C'était ma fille !
— Parce qu'elle a compris qui vous êtes vraiment, monsieur Daguerre : un pervers. Je comprends pourquoi votre famille a voulu étouffer cet enlèvement, il y a plus de vingt ans…
— Quel enlèvement ?

— L'enlèvement, la séquestration et le viol d'une petite fille de sept ans. Une petite fille abusée nuit et jour pendant plusieurs semaines, jusqu'à avoir envie de mourir. Ça ne vous rappelle rien ?

— Ce n'était pas moi ! Je ne suis au courant de rien !

— Moi, si, répondit Eva.

Pour rien au monde elle n'aurait révélé que cette petite fille, c'était elle, mais elle était peut-être face au complice de Michel Vial. Un de ses ravisseurs… Eva scruta la réaction de Bertrand Daguerre et tenta de percevoir ce qu'il pensait. Il baissa le regard. Il mentait. Elle en était sûre. Il releva les yeux…

— Laissez-moi parler à ma femme. Je vais tout expliquer, mais avant, j'ai besoin de lui parler.

La tension retomba. Eva sourit. Elle échangea un regard avec Keller qu'elle savait en train de l'observer de l'autre côté de la glace sans tain.

L'arrestation et la mise en garde à vue de Bertrand provoquèrent un séisme dans la famille Daguerre. Philippine, sa femme, observait les réactions de son père et de son frère. Allait-on le lâcher ? Ils en étaient capables. Allait-on le laisser payer pour un crime qu'il n'avait pas commis ? C'était pourtant de leur faute si Bertrand en était là, avec leurs petits arrangements minables. Elle conclut qu'il fallait percer l'abcès et se rendit au poste de police sans attendre.

Keller et Eva l'autorisèrent à entrer dans la salle d'interrogatoire. Ils la virent se jeter dans ses bras.

— Il faut que tu leur dises tout, Bertrand.

— Je ne peux pas faire ça.

— Tu n'as pas à payer pour quelque chose que ta famille t'a forcé à faire !… Il va falloir que tu cesses de leur céder toujours et tout le temps. Il va falloir leur montrer qui tu es, Bertrand, je te l'ai dit cent fois ! Mais là, c'est grave… Bien trop grave.

En évoquant un secret devant les policiers qu'elle savait à l'écoute, Philippine voulait forcer son mari à le révéler. De quelle dissimulation parlaient-ils ? Keller regardait ce couple dont il avait trouvé la réaction anormale à la mort de Lucie : ni l'un ni l'autre n'était allé voir le corps de leur enfant. Il commençait à se dire que ce qu'Esther avait lu dans son thème astrologique était peut-être vrai, la petite victime portait un secret trop grand pour elle. Et, pensa-t-il, savoir qui la filmait allait sans doute leur donner une indication précise sur la nature de ce secret… En attendant, Bertrand Daguerre continuait de résister à la demande de sa femme. Il ne pouvait trahir sa parole, ni la mémoire de Lucie…

En quelques heures, le laboratoire avait réussi à nettoyer l'image. Le reflet dans l'œil de Lucie montrait clairement la personne qui la filmait. Les contours du visage se dessinaient avec précision. C'était bien une femme.

— Mon Dieu, murmura Esther.

Keller regardait Esther en coin. Il surveillait sa réaction. Elle était pétrifiée. Il était allé la chercher dès qu'il avait eu le résultat de l'expertise. Cela la concernait plus que quiconque.

— C'est ma mère !

C'était indiscutablement Grâce Delaître.

— Pourquoi ma mère a-t-elle filmé cette petite fille ?

— Et pourquoi sont-elles mortes toutes les deux ? interrogea Keller.

Esther, soudain, comprit la nature du secret inscrit dans les gènes et dans le thème de la petite fille. Tout devint clair. Elle s'en voulut de ne pas l'avoir compris avant.

— Ce n'est pas Bertrand Daguerre que la petite Lucie accuse. Elle accuse son vrai père, dit Esther.

— De qui veux-tu parler ?

— De Mathias, affirma Esther. C'est pour cela que ma mère avait la photo de Lucie. C'est pour cela qu'elle l'a filmée clandestinement. Parce qu'elle est la fille naturelle de Mathias.

Loïc confirma que c'était bien Mathias qui avait mis enceinte sa demi-sœur Léa. Il l'avait violée quand elle avait seize ans. C'était pour cela, en vérité, qu'il avait été chassé de l'institut Daguerre comme un malpropre. C'était aussi pour cela qu'Esther avait essuyé une telle hostilité. Un viol suivi de la naissance d'un enfant naturel justifiait la détestation que lui vouait Alexis Daguerre. Cela ne s'arrêterait donc jamais. Mathias avait tué et, maintenant, elle apprenait qu'il avait violé. Cela changeait tout. Ce n'était plus seulement un jeune orphelin abandonné qui s'était vengé de son père, il portait le mal. En filmant Lucie, Grâce montrait qu'elle l'avait compris. Elle qui voulait tout savoir de son fils, qui voulait comprendre ce qu'il avait vécu, ne rien ignorer de ce fils maudit qu'on lui avait pris à la naissance, avait découvert sa paternité. Et c'était peut-être ce qui l'avait tuée. Elle s'était laissé aspirer par ce trou noir…

— J'aurais dû me rendre compte que ma mère allait se perdre. J'aurais dû l'aider à s'en sortir.

— Elle n'avait aucune chance de s'en sortir, Esther. Mathias est un tueur pervers et manipulateur.

— Et moi, continua Esther, moi… je n'ai pensé qu'à ma propre petite vie.

— Tu dois continuer de penser à toi, lui dit Keller.

— Comment pourrais-je penser à ma vie quand on tue des gens autour de moi ? Ma vie, c'est me battre !

— C'est aussi aimer.

— Je n'ai pas le droit d'aimer.

Keller regarda Esther, lui caressa doucement les cheveux. Alors Esther ne put lui cacher la vérité plus longtemps :

— Antoine…. C'est toi qui es maintenant dans la ligne de mire de l'assassin !

— Moi ?

— J'ai reçu l'autre partie du message. Le maître du Zodiaque me donne l'ordre de te tuer, sinon Sandrine Daguerre mourra.

— Pourquoi ne m'as-tu rien dit avant ?

— On a jugé qu'on pouvait aller plus vite. Sans t'affoler…

— « On » ? Qui, « on » ?

— Le capitaine Kramer et moi.

Keller devint blanc comme un linge. Furieux, il fit irruption dans la salle d'interrogatoire et autorisa Bertrand Daguerre à rentrer chez lui. Sa garde à vue était terminée. Puis il se planta devant Eva. Être menacé de mort ne le dérangeait pas. Ce qui le rendait fou furieux, c'était qu'on le lui ait caché. Keller ne supportait pas de ne pas avoir les cartes en mains. Il voulait décider, quitte à se tromper. Mais s'il détestait une chose, c'était bien de subir.

— La prochaine fois que tu me caches le moindre indice, Eva, je te fais virer de l'enquête !

— Tu n'en as pas les moyens, Keller. Si je tombe, tu tombes aussi !

— Tu crois que tu me tiens à cause d'une minable histoire de cul ?

— J'ai mieux. Qu'est-ce que dira le parquet quand ils apprendront que c'est toi qui as volontairement fait évader le Zodiaque ?

Eva avait choisi, pour dire cela, le moment même où Esther entrait à son tour dans la salle d'interrogatoire. Elle avait bien calculé son coup. Si elle avait voulu défaire ce qui restait d'attachement entre les deux anciens amants, elle ne s'y serait pas pris autrement. Esther regarda Keller, sombre, incrédule, décontenancée.

— C'est vrai ?

— Il fallait que je sache, Esther.

— Mathias a failli me tuer, Antoine ! Il s'en est fallu d'un rien. Il a posé son revolver sur ma tête !

— Il n'aurait jamais osé...

— Tu as joué avec ma vie, espèce de salaud !

— Je traque un monstre.

— Et le danger, c'est de devenir un monstre soi-même !

Esther quitta la salle d'interrogatoire en claquant la porte. Eva regarda Keller, fataliste.

— Tu es vraiment une belle petite salope !

— Fallait pas coucher avec moi, Keller. Parfois, il faut savoir résister à la tentation. Je te l'ai dit : avec moi, c'est tout ou rien.

La hargne d'Eva, sa jalousie excitèrent Keller. Il ressentit une bouffée de désir pour cette femme et s'en voulut. Il savait bien que c'était le désespoir qui la faisait agir. Elle avait subi le pire de la vie à sept ans et, depuis, se servait de cette sexualité détraquée comme une arme pour maltraiter les hommes. Or il était un homme qui, par dépit amoureux, avait eu envie d'être maltraité. Il avait profité d'Eva. N'était-ce pas la moindre des choses qu'il reçoive la monnaie de sa pièce ?

Après les avoir renvoyés dos à dos en se disant que ces flics étaient vraiment tordus, Esther s'était rendue à l'institut Daguerre. Si Keller et Eva réglaient leurs comptes, elle devait garder le cap de l'enquête. Et cette enquête la menait devant la photo de Mathias, au milieu des centaines d'autres étudiants de toutes les promotions diplômées de l'institut Daguerre.

À côté d'elle, Pierre-Antoine Daguerre semblait ému. Il venait de jurer à Esther que, quelles que soient ses origines, il aimait la petite Lucie comme si elle avait été l'enfant de l'amour. Il y avait dans sa manière un peu trop précieuse quelque chose qui inquiétait Esther. Une façon de la regarder, de s'intéresser à elle et, en même temps, de la tenir à distance qui faisait qu'elle ne savait jamais comment se comporter avec lui. Quand il voulait être amical, il la mettait mal à l'aise. Quand il semblait la regarder avec méfiance, elle se demandait ce qu'il cachait. Et, par-dessus tout, il avait toujours l'air de s'excuser auprès d'elle.

Il lui expliqua que Léa était mineure quand Lucie était née. Elle n'était pas en âge d'élever une enfant. Et lui-même respectait trop la vie pour forcer sa petite-fille à en interrompre une. Il croyait plus à l'acquis qu'à l'inné, d'ailleurs, précisa-t-il. Que Lucie fût la fille biologique de Mathias ne présumait en rien de son avenir. Il ajouta que Bertrand et Philippine avaient accepté d'assumer ce secret. Ils étaient partis à l'étranger quelques mois et revenus avec Lucie bébé après que Léa avait accouché en secret. Léa pouvait voir Lucie autant qu'elle le voulait, précisa Pierre-Antoine.

— Mais pas avouer qu'elle était sa mère…

Pierre-Antoine ne répondit pas. Submergé par la douleur, il se passa la main sur le visage.

— Mathias, ajouta Esther, n'est pas responsable de la mort de Lucie, monsieur Daguerre.

— Comment pouvez-vous être sûre de ça ?

— Ce n'est pas un assassin, lui dit-elle, mais six, qui sont sortis de votre université.

— Pardon ?

— Six de vos étudiants ont commis des actes criminels au cours de ces dernières années. Ce sont les faits. Quelque chose ou quelqu'un dans l'entourage de votre école pousse des jeunes gens au meurtre. Et il y a peut-être un septième assassin dans la nature, celui de votre petite-fille Lucie !

Elle cita leurs noms, montra leurs photos sur le mur des diplômés, décrivit de mémoire les meurtres qu'ils avaient commis. Pierre-Antoine Daguerre était effaré.

— Vous utilisez l'astrologie dans vos méthodes de recrutement, je ne me trompe pas ?

— Nous utilisons tout ce qui peut nous permettre de cerner la personnalité de nos futurs étudiants. L'astrologie, mais aussi la graphologie, la morphopsychologie. Pourquoi ?

L'homme qui réalisait les thèmes astrologiques en vue du recrutement des étudiants était un professeur qui s'appelait Karl Fournier. C'était un ami proche d'Alexis Daguerre. Ils s'étaient connus une vingtaine d'années auparavant et cela avait été, entre eux, une grande histoire d'amitié. À cinquante ans, Fournier était un homme qui alliait une intelligence aiguë et un physique puissant. C'était sans aucun doute un dur au visage marqué, mais son œil traduisait une vive acuité intellectuelle. Cet homme, d'un regard, vous évaluait. Il donnait ses cours dans l'amphi ouest. C'était là qu'il trouva Esther en train d'étudier. Ses lunettes sur le nez, elle passait en revue, sur un ordinateur portable, les thèmes astrologiques de tous les étudiants de l'institut. Il lui demanda ce qu'elle y cherchait.

— Une configuration particulière qui serait la marque de l'assassin. Et vous, qu'y cherchiez-vous quand vous avez fait ces thèmes ?

— Juste à mieux les connaître. Ce n'est pas un de nos critères de recrutement. Nous ne pratiquons pas ce type de discrimination, mais nous aimons avoir tous les éléments pour évaluer nos étudiants.

Fournier l'observait, intrigué.

— Vous travaillez vraiment pour le FBI ?

— Consultante seulement, monsieur Fournier. Pourquoi ? Ça vous étonne ?

Esther s'arrêta sur un thème. Une configuration semblait retenir son attention : celle d'un étudiant dénommé Fabrice Laval !

— Vous le connaissez ?

— Assez, oui, pourquoi ?

— Quotient intellectuel très élevé. Attirance pour le mystère, dit Esther. Tendance à vivre dans l'abstraction, un peu comme dans un jeu vidéo…

— Vous aussi, vous le connaissez, on dirait !

— Son thème est éloquent. Parlez-moi de lui, professeur Fournier.

— Un jeune homme brillant, un peu à part, plutôt versé dans le gothique.

— Le gothique ?

— Le romantisme violent. Absolu. Il prétend que tout est écrit dans les planètes.

— Vraiment ? Ça n'est pas vraiment l'ambiance de l'école.

— C'est une université, pas une paroisse. Nous formons des businessmen, pas des enfants de chœur. Mais, si vous voulez un conseil, allez-y mollo, c'est le petit ami de Sandrine Daguerre.

Au nom de Sandrine, Esther releva les yeux vers Fournier. Fabrice Laval devenait un cas intéressant. Esther avait remarqué ce jeune homme blond au teint très pâle, à côté de Sandrine, lors des funérailles de la petite Lucie. Son cas et ses planètes valaient bien qu'on s'y intéressât.

— Fabrice Laval ?

Esther s'approchait d'un petit groupe d'étudiants qui bavardaient dans la cour d'honneur. Fabrice était parmi eux. Sa tenue et ses cheveux peroxydés en faisaient un cas à part dans le panorama des étudiants de l'institut Daguerre. Son allure contrastait surtout avec sa personnalité. Du moins avec ce qu'Esther en savait tant par son thème que par les indications de Fournier.

— On peut se parler ?

— J'ai cours dans dix minutes.

— J'en ai pour moins que ça, répondit Esther. J'ai juste une question à vous poser. Vous croyez vraiment que tout est écrit dans les planètes ?

— Oui. Et chacun doit s'efforcer de vivre au plus près de la charte de sa naissance.

— Même si cela fait de lui un assassin ?

Fabrice ne répondit pas immédiatement. Il revint sur ses pas. Esther avait réussi à le provoquer.

— Surtout si cela fait de lui un assassin, répondit-il.

Il était encore plus allumé qu'elle le pensait. Il esquissait un petit sourire. Elle n'aurait su dire pourquoi, mais ce jeune étudiant lui donnait le frisson tant il lui rappelait son frère, Mathias : son dédain, sa supériorité, sa souffrance aussi…

— Tout n'est que logique, ajouta Fabrice. L'univers n'est qu'une somme de chiffres qui se composent dans des ordres précis. Et s'il n'y a que des chiffres, il n'y a pas de morale. Pas de bien, ni de mal. N'est-ce pas ?

— Vous seriez capable d'interpréter un thème, Fabrice ? continua Esther. Après, je vous laisse à vos cours.

Fabrice Laval prit le thème astrologique que lui présentait Esther. Il sourit de nouveau, en l'étudiant succinctement.

— Voilà une existence tourmentée, inspirée par un esprit de vengeance qui remonte à une vie précédente. Une vie antérieure si on croit à l'astrologie karmique, celle d'un ascendant si on croit à l'astrologie occidentale… Pour un homme, bien sûr.

— Et pour une femme ?

— Avec ce thème astrologique, vous ne vous en sortirez jamais ! Vos amours auront toujours un petit parfum de mort, affirma Fabrice.

— Comment savez-vous qu'il s'agit de mon thème ?

— Ne me prenez pas pour un ignare, vous croyez que je n'ai pas reconnu le thème du Zodiaque ? C'est votre frère jumeau, non ?

Il la regarda et lui sourit une dernière fois.

— Excusez-moi, j'ai du travail.

Esther se rendit compte qu'elle le retenait par le bras.

Fabrice Laval avait les mêmes caractéristiques astrologiques dans son thème que les six étudiants meurtriers. C'était le petit ami de Sandrine Daguerre. Il était passionné d'astrologie à un point pathologique et, donc, forcément comme elle dans cette société du Zodiaque. Pouvait-il être le soi-disant maître du Zodiaque ou n'était-il qu'un allumé de plus ?... Esther hésitait à prévenir Keller. C'était sa vie qui était en jeu et, en même temps, on ne pouvait pas mettre un jeune homme sous surveillance du seul fait des planètes ayant présidé à sa naissance !... Il avait beau être le petit ami de Sandrine Daguerre, celle-ci était en sécurité, enfermée dans sa chambre avec deux flics devant sa porte.

Deux jours plus tard, Sandrine Daguerre était morte. Comme elle-même l'avait annoncé...

5

Mathias fut le premier à apercevoir le corps flottant dans la piscine de l'hôtel. C'était une jeune femme dont les cheveux blonds s'étalaient autour de la tête. Elle était nue. Immobile dans l'eau. Il était tôt. Ni les clients ni le personnel de l'hôtel ne l'avaient encore remarquée. Il ne savait pas depuis combien de temps elle était là. Il hésita. Il aurait dû s'enfuir, mais sortit de sa planque pour secourir Sandrine. Il la tira de l'eau, commença à lui faire un bouche-à-bouche et un massage cardiaque.

Comme s'il avait été attiré par la scène dont il avait eu la prescience, Quentin apparut au bord de la piscine déserte. Il précédait sa baby-sitter de quelques secondes. Il vit Mathias en train de tenter de secourir Sandrine. Mathias le regarda. Il avait tué le père et la mère de cet enfant, deux ans auparavant.

— Vite, petit ! Va prévenir les secours !

Quentin fit demi-tour et fila dans la chambre prévenir Esther. Mathias continuait son bouche-à-bouche. Le corps de l'adolescente était froid. Il n'y avait plus d'espoir… Il fallait qu'il arrête, qu'il parte, sinon il allait se faire reprendre… Il continua. Il était toujours agenouillé près du corps de la jeune adolescente quand Keller surgit.

— Mathias ! Lève les mains !

Mathias se redressa. Il ne savait plus depuis combien de temps il tentait de sauver Sandrine. Le temps, en tout cas, qu'Esther prévienne Keller… Elle était avec lui.

— Recule, Mathias ! Recule-toi !

— Je l'ai pas tuée, Keller. J'ai rien pu faire… C'est pas moi, Keller… Je te le jure ! Je voulais la sauver.

— À genoux ! Ne bouge pas d'un millimètre. Et maintenant, à plat ventre. Mains dans le dos, Mathias.

Esther courut vers l'adolescente allongée et reprit le bouche-à-bouche commencé par Mathias. Elle se releva presque aussitôt. Des larmes d'impuissance et de rage coulaient sur ses joues. Mathias se couchait afin que Keller lui passât les menottes…

— C'est trop tard, Antoine. On ne peut plus rien faire…

Elle découvrit alors que les mains de Sandrine étaient liées par une chaînette. Au bout de cette chaînette se trouvait un médaillon du zodiaque…

— C'est à peine croyable. Sandrine était persuadée qu'elle était la prochaine victime. Et elle est morte au jour et à l'heure prédits…

— C'était elle ou toi, Antoine.

— J'aurais préféré que ce soit moi, dit Keller.

Dans le spa envahi d'enquêteurs où Mathias était surveillé par une demi-douzaine de gendarmes suisses, Hélène Daguerre avançait comme un robot vers le corps de sa fille, allongé sur un brancard.

— Ma fille… Je veux voir ma petite fille.

Hélène dut s'effondrer sur le corps de sa fille pour croire à la réalité de sa mort.

Comment Sandrine s'était-elle retrouvée dans cette piscine ? Comment avait-elle pu quitter sa chambre, surveillée nuit et jour ? Où avait-elle rencontré son assassin ? L'avait-il enlevée ou l'avait-elle retrouvé après sa fuite ? Une seule chose était certaine : Sandrine Daguerre voulait être une victime du Zodiaque, elle avait réussi. Et pourtant, elle ne s'était pas suicidée. Elle n'aurait pas pu nouer seule cette chaîne dans son dos. Esther était totalement désemparée en s'approchant de Mathias qu'Eva s'apprêtait à embarquer avec l'aide des policiers suisses.

— J'ai agi de façon dégueulasse avec toi par le passé, mais crois-moi, Esther, je n'aurais jamais pu tuer ou faire tuer ma propre petite fille !

— Depuis quand sais-tu ?

— Un an. C'est notre mère qui l'a appris. C'est elle qui l'a filmée pour que je la voie…

Mathias était bouleversé. Il semblait dévoré par la rage. Il résista alors qu'il allait être embarqué par les flics. Il voulait qu'Esther le croie. Elle le regarda s'éloigner, menotté dans le dos et flanqué de quatre policiers.

— Je ne les ai pas tuées, Esther, s'écria-t-il. Ni Lucie ni Sandrine ! Je te le jure !

Sandrine était la deuxième victime du maître du Zodiaque et, pour la deuxième fois, cette mort établissait un lien entre les deux familles. Le corps de Lucie avait été disposé dans la maison de famille des Saint-André, Sandrine Daguerre avait été noyée dans la piscine de l'hôtel où résidait Jérôme. Il y avait une volonté délibérée de l'assassin de monter ces deux familles l'une contre l'autre. Saurait-on jamais pourquoi elles se détestaient à ce point ?

— Combien de temps encore allez-vous nous persécuter ? demanda Juliette Saint-André à Keller qui les avait convoqués à la section de recherches.

— Je ne vous persécute pas, madame Saint-André. Mais je continuerai à faire mon travail tant que vous n'aurez pas compris la leçon du Zodiaque…

— Quelle leçon ?

— Voilà deux ans, pendant que Mathias supprimait des membres de votre famille, votre père a tu les causes de sa vengeance.

— Mais vous êtes odieux !

— Il a raison, Juliette, intervint Pierre Saint-André. Mais cette fois, c'est différent. Nous n'avons rien à nous reprocher, Keller.

— Bon, écoutez, commissaire, ne venez pas envenimer des rapports déjà assez compliqués avec ma future belle-famille.

Tuer Lucie et Sandrine, c'est aussi s'attaquer à nous, dit Jérôme.

Keller comprit qu'il ne saurait rien de plus. Si c'étaient les Saint-André qui se vengeaient, ils étaient tous solidaires contre les Daguerre.

La famille Daguerre apprit la mort de Sandrine avec plus de consternation que de stupeur. Eux aussi, déjà, commençaient à s'habituer. La stratégie du maître commençait à fonctionner : ils n'allaient pas tarder à se rejeter la responsabilité des meurtres. Tuer sans pitié les plus innocents était une stratégie dont la perversité consistait à transformer l'assassin en victime : quel préjudice pouvait-il donc avoir subi pour rendre autant de souffrance ? Seule Léa, peut-être, ne serait jamais à la merci de ce syndrome. Elle aimait trop Lucie et sa perte était incommensurable. Elle passait des heures dans la chambre de sa fille, regardait ses dessins, touchait ses poupées. Voyant Esther dans l'embrasure de la porte, elle les reposa comme si elle était prise en faute.

— J'ai appris pour Lucie, Léa. Je sais que tu étais sa mère.

— C'est comme si je l'avais perdue une seconde fois. Elle est partie sans savoir…

— Tu n'as pas à te sentir coupable, Léa. Ce n'est pas facile de surmonter un viol.

Léa regarda Esther, comme si elle voulait lui dire quelque chose qu'elle n'osait lui révéler. Esther sentit que les choses n'étaient peut-être pas aussi simples. Mais il était trop tôt. Elle lui dit juste qu'elle n'avait plus rien à craindre de Mathias. Il n'était plus une menace pour elle, il avait été arrêté.

— Je ne crains rien de Mathias, dit Léa. Mais je ne peux pas retourner vers Jérôme. Pas maintenant…

6

D'ordinaire, le spa de l'hôtel Beau Rivage était bondé en fin d'après-midi. Ce soir-là, le lendemain du meurtre de Sandrine, il était vide. Cela tombait bien, Jérôme avait besoin d'être seul. Il avait besoin de se laver le cerveau. Il plongea. Sous l'eau, il vit un corps de femme. Il prit peur, remonta à la surface. Ce n'est qu'en sortant la tête de l'eau qu'il découvrit... une cliente qui, comme lui, se baignait sereinement.

C'était une jeune femme eurasienne. Jérôme lui sourit, et elle répondit à son sourire. Elle lui plut. Keller avait compté là-dessus. Lui aussi lui plut, mais ça, c'était prévu. Il lui avoua qu'elle lui avait fait peur.

— À cause du meurtre ? demanda-t-elle.

Il pensait qu'elle n'était pas au courant, ce qui aurait expliqué qu'elle se baignât avec tant d'indolence. Non, décidément, en plus de ses avantages, cette jeune femme avait des tripes.

Ils plaisantèrent sur l'influence du comportement criminel sur la fréquentation des piscines, puis elle sortit de l'eau, dévoilant un corps aux proportions parfaites dans un maillot de bain qu'on ne pouvait imaginer plus minuscule. Jérôme ne résista pas. Il l'invita dans sa suite à prendre une coupe de champagne.

— Vous vous appelez comment ? demanda-t-il.

— Mekki.

Il savait que c'était une professionnelle. Il ne savait pas

qu'elle était devenue, à cause de Keller, une professionnelle de l'extorsion de renseignements.

Ils ne burent pas de champagne. À peine entrés dans sa suite, Jérôme déshabilla Mekki et l'attira vers le lit. Ils firent l'amour sans s'embrasser. Il sentait la courbure de ses fesses contre son ventre, alors que ses mains enrobaient sa poitrine. Mekki se cambrait, allait d'avant en arrière, jouant de son corps comme d'un outil de perversion. Keller ne s'y était pas trompé, elle était très forte pour simuler le désir. C'était ce que Jérôme voulait depuis qu'il l'avait vue dans l'eau du spa, la posséder. C'était physique. C'était un besoin. Depuis la disparition de Lucie, Léa le tenait à distance et il ne supportait pas ce rejet. Certes, il comprenait qu'elle fût choquée, surtout maintenant qu'il savait que cette enfant était la sienne, mais il savait surtout qu'elle était récupérée par sa famille. Et cela, c'était inacceptable. Il se foutait des vieux conflits de clans, tant qu'ils n'avaient pas d'incidence sur sa vie…

Mekki simula un orgasme au moment où elle sentait Jérôme en train de faiblir. Il retomba lourdement sur elle et resta immobile quelques minutes. Elle lui fit remarquer qu'il semblait en manque de chaleur humaine. Il lui avoua qu'il avait des problèmes avec sa fiancée. Elle était en train de le quitter.

— À cause, dit-il, d'une vieille histoire d'amour entre nos deux familles qui a mal tourné…

Une histoire d'amour qui avait mal tourné, se demandait Keller. Quelle histoire d'amour aurait pu avoir lieu entre ces deux familles avant de mal tourner ?

La société du Zodiaque, et tout ce délire autour de l'astrologie, n'étaient que la partie visible de l'iceberg. Il y avait quelque chose de plus profond, de plus sournois, de plus personnel… Les racines du mal étaient à coup sûr dans cette histoire d'amour. À l'enterrement de Sandrine Daguerre, Keller passait en revue tous les visages : Juliette, Pierre et Jérôme Saint-André, Bertrand, Philippine, Hélène, Alexis,

Pierre-Antoine Daguerre… Le coupable était parmi eux, Keller en était persuadé. Il devait jubiler devant le portrait de Sandrine dressé pour la cérémonie.

L'attention d'Esther restait constamment fixée sur Fabrice Laval, le petit ami de Sandrine, debout parmi la foule des étudiants. Il la vit en train de la regarder et la salua avec un petit sourire. Esther pouvait comprendre ce que ce sourire signifiait : « Je vous l'avais bien dit, nul n'échappe à son destin ! »

À la sortie du cimetière, Keller vit Pierre Saint-André s'approcher d'Hélène Daguerre. Délicatement, il prit la mère de la victime par les épaules.

— Je suis terriblement désolé, Hélène… Je vous demande d'accepter toute ma sympathie…

— Merci, Pierre.

— J'ai perdu une fille, moi aussi, du même âge que la vôtre. C'est terrible à dire, mais j'ai beaucoup appris à cause de ça. Sur la souffrance. Sur la mort. Mais sur la vie aussi.

— La perte ne rend pas meilleur, Pierre, dit Alexis qui, derrière eux, venait de s'approcher en silence. C'est trop tard pour te sentir coupable. Et, maintenant, laisse ma femme tranquille !

Jérôme, de son côté, profita du rassemblement pour essayer d'approcher Léa. Il lui dit qu'elle lui manquait. Elle lui fit des excuses, reconnaissant qu'elle lui avait menti, sur sa vie, son passé, sur sa fille Lucie…

— C'est toi qui souffres, Léa. Moi, je t'aime.

— Ça veut dire que tu me pardonnes ?

— Non seulement je te pardonne, mais je veux plus encore que tu deviennes ma femme.

Léa se crispa. C'était trop tôt, beaucoup trop. À cause de Lucie. Elle s'interrompit et se mit à pleurer. Il lui dit que le temps permettait de surmonter la perte. Il l'avait éprouvé, lui aussi, et de la main de Mathias aussi.

— Ce n'est pas Mathias qui a tué Sandrine, lâcha Léa avec une étrange conviction. Mathias n'a rien fait.

— Si, je sais ce qu'il t'a fait quand tu avais seize ans, je…

— Tu ne sais pas ce que j'ai vécu, Jérôme, l'interrompit-elle. Je sais que tu m'aimes, mais toi, tu ne sais pas tout… Tu ne sais rien !

Léa s'éloigna et rejoignit sa mère. Jérôme la regarda partir. Il savait qu'il était en train de la perdre pour de bon. C'était insupportable. Il aimait Léa, mais ce n'était pas le fond du problème car, pour un homme comme lui, l'orgueil était plus important que l'amour. Il ferait tout ce qui lui était possible pour qu'elle lui revienne. Pour cela, il devait comprendre pourquoi elle avait réagi ainsi au nom de Mathias.

— Tu sais que ce n'est pas moi qui ai tué Sandrine, Keller, dit Mathias d'une voix calme et posée, assis dans la salle de garde à vue de la section de recherches.

Il fumait doucement la cigarette que lui avait proposé Keller. Keller était venu, pensant que Mathias, qui avait tout appris sur la famille de son père, Gabriel Saint-André, pouvait savoir quelle histoire d'amour avait pu les lier aux Daguerre.

— Si je l'avais tuée, tu ne m'aurais pas serré en train de la ranimer. J'ai fait des tas de choses dans ma vie que je ne pourrai jamais racheter. Mais je veux collaborer à l'enquête.

— Je ne collabore pas avec les assassins, Mathias.

— J'aurais pu me tirer, je ne l'ai pas fait.

— Tu aurais dû. Tu vas retourner à Aix et, dès que ce putain de maître du Zodiaque aura été serré, ton procès reprendra.

— Tu ne te demandes pas comment la petite Daguerre a réussi à se sauver de sa chambre malgré les deux plantons qui campaient devant sa porte ?

— Tu l'as aidée ?

— On l'a aidée, corrigea Mathias. Et je peux même te dire qui.

Il prit un dessin qu'il avait posé sur sa couchette et le donna à Keller.

— C'est lui.

C'était le portrait au crayon de Fabrice Laval, le petit ami de Sandrine.

Assis face à Keller, dans la salle d'interrogatoire, Fabrice Laval ne perdait rien de son aplomb et gardait ce sourire étrange toujours figé sur son visage. Il confirma qu'il avait aidé Sandrine à sortir de sa chambre. Il précisa qu'elle avait été très courageuse puisqu'elle avait risqué une chute de plusieurs mètres.

— Je l'ai accompagnée chez Jérôme Saint-André. Puis je suis rentré à l'institut.

— Tu as des témoins ?

— Non, et vous ?

— Pourquoi Sandrine voulait-elle se rendre chez Jérôme Saint-André ?

— Pour parler à sa sœur Léa. Je l'ai juste aidée à filer de chez elle. Ses parents l'enfermaient.

— Ce qui lui est arrivé n'a pas l'air de beaucoup te toucher. C'était ta petite amie pourtant, non ?

— À quoi bon souffrir des événements auxquels on ne peut rien changer ? Sandrine devait mourir, c'était écrit. Tout est écrit. Elle le savait.

Keller avait le sentiment d'être face à un genre de malade qu'il ne connaissait pas. Rien ne l'affectait. Il était inutile de le questionner. Fabrice Laval vivait dans une autre dimension de la réalité.

— Et c'est toi qui l'as tuée ?

— Non. C'est le Zodiaque qui l'a tuée.

— Allons bon ?

— C'était écrit dans son thème. Il est plus fort que vous, vous verrez.

— Et toi, t'es quoi ? Son élève ? Son maître ?

— Moi ? J'ai rendez-vous avec lui demain matin, à huit heures.

— Comment ça, un rendez-vous ?

— Il viendra me voir à l'institut.

— Ben voyons. T'es sacrément secoué, mon pauvre garçon.

— Vous verrez, c'est écrit. Je vais rencontrer le Zodiaque demain à huit heures. Dites à sa sœur jumelle qu'on se retrouvera dans l'amphi ouest. Moi et le Zodiaque !… Ce sera le jour de ma vie !

7

L'intérieur de la chambre de Fabrice apparaissait sur un des moniteurs du centre de surveillance de l'institut Daguerre, truffé de caméras. Il y en avait partout, dans les couloirs, les salles, la cafétéria, et il n'avait pas été très compliqué d'en planquer une dans la chambre qu'occupait Fabrice et de la relier au système central de surveillance. Esther avait accepté le rendez-vous. Huit heures dans l'amphithéâtre ouest.

À 7 h 55, Fabrice finissait de s'habiller. Il s'était réveillé à sept heures et avait pris une douche. Il avait lu presque toute la nuit et ne s'était endormi que vers quatre heures du matin.

À 7 h 56, Esther entrait dans l'amphithéâtre ouest, au milieu des étudiants qui commençaient à arriver et à s'installer pour leur cours.

À 7 h 58, un homme entrait dans l'amphithéâtre : le professeur Fournier. Était-ce lui que Fabrice devait rencontrer ?

À 8 heures, le téléphone sonna dans la chambre de Fabrice. Il répondit. Il ne dit tout d'abord rien, pas même « allô », puis simplement deux mots qui firent trembler les flics d'effroi.

— Oui, maître.

Fabrice raccrocha. Il ouvrit un tiroir, prit une petite clé et quitta sa chambre. Eva s'efforçait de le suivre dans l'institut Daguerre, sur les écrans, passant d'une caméra à l'autre. Elle le perdit, puis le retrouva qui avançait mécaniquement dans les couloirs, croisant d'autres étudiants qui le saluaient et à qui il ne fit aucun signe, ni n'adressa aucun mot. Il souriait toujours.

Il s'arrêta dans un couloir, devant un placard réservé à l'entretien.

Il en ouvrit la porte avec sa clé, souleva quelques affaires – des seaux, des balais, des produits de nettoyage – et, caché derrière une pile de linge, découvrit ce qu'il était venu chercher...

Derrière les écrans, Eva cherchait la caméra qui lui aurait permis de récupérer Fabrice. Et soudain, il apparut à l'image.

Il tenait un pistolet automatique dans chaque main.

— Nom de Dieu, s'écria Keller. Il va faire un carnage.

— C'est le numéro sept, dit simplement Eva.

Le temps que Keller et Eva quittent la salle de surveillance, Fabrice sortait d'un ascenseur et apparaissait dans le couloir principal. Il se mit à tirer en l'air. Il visa tout ce qui bougeait. La panique fut totale et immédiate. Des étudiants couraient dans tous les sens. Certains étaient blessés, d'autres criaient. Fabrice, lui, continuait son parcours macabre.

Dès les premiers coups de feu, Esther était sortie en courant de l'amphi ouest. Elle se précipita en direction du hall principal, croisant des étudiants paniqués...

— Un malade tire sur tout ce qui bouge ! Ne restez pas là !

Et soudain, Esther se retrouva face à Fabrice Laval.

Elle leva les mains en l'air, recula. Fabrice Laval marchait vers elle, la forçant à retourner en direction de l'amphithéâtre. Ils entrèrent. Il avisa la demi-douzaine d'étudiants qui s'y étaient réfugiés ou n'avaient pas eu le temps d'en partir, ainsi que le professeur Karl Fournier. Fabrice poussa Esther à l'intérieur et bloqua la porte de la salle d'un simple tour de clé. Au milieu de cette situation de chaos, Fabrice faisait preuve d'un grand calme et d'une maîtrise de soi totale. Esther aussi. Mais elle avait été formée pour ça.

— Qu'est-ce que tu veux, Fabrice ?

— Appelle le flic. Je crois que tu connais son numéro.

Autour de l'institut, c'était un vrai déploiement militaire. Des hommes du GIGN descendaient en courant des camions et fonçaient vers les entrées. Des ambulances du SAMU évacuaient les blessés, certains en marchant, d'autres sur des civières. Tout le monde se rassemblait sur le parvis. Keller apprit que Fabrice Laval détenait une quinzaine d'étudiants...

— Je croyais que vous l'aviez mis sous surveillance ? demanda Pierre-Antoine Daguerre à Keller.

— Il nous a pris de vitesse.

— Il a reçu un coup de fil, précisa Eva. Quelqu'un lui a donné l'ordre d'agir !

— Qui ?

— On le saura bientôt : il était sur écoute.

Pierre-Antoine Daguerre regardait en direction de l'institut où Fabrice détenait ses otages. Le portable de Keller sonna.

— C'est moi, Antoine, dit Esther. J'ai un message de la part de Fabrice Laval.

— Qu'est-ce qu'il veut ?

— Le Zodiaque.

— Comment ça, le Zodiaque ?

— Il dit que si Mathias n'est pas libéré dans une heure, il commencera à exécuter des otages.

— Esther ? Esther ?

La ligne avait été coupée. Keller comprit que Fabrice Laval avait tout planifié : ce fou furieux avait bel et bien rendez-vous avec le Zodiaque, sauf que c'était lui qui s'était arrangé pour le faire venir. Keller regarda dans la direction de l'amphithéâtre. Il devinait le calvaire d'Esther et celui des étudiants enfermés. Eva était allée rejoindre le groupe d'intervention. Ils étaient en train d'essayer de passer un câble en fibre de verre sous la porte afin d'observer l'intérieur de la salle.

Keller devait décider seul. Que faire ? Fallait-il céder au chantage et amener Mathias ou prendre le risque d'un carnage ? Quel était le plan de cet allumé ?

Une heure venait de passer. Les étudiants étaient morts de peur. Fabrice prit Esther et décida de l'amener près de la fenêtre. Il était prêt à l'exécuter. Il regarda par la fenêtre et... c'est alors qu'il le vit... Mathias... Mathias Rousseau, le Zodiaque, était là. Il était menotté, surveillé par une demi-douzaine de snipers armés, mais il était là. Keller avait tranché. Il avait donné une chance à Mathias de prouver qu'il n'était pas l'assassin de Sandrine. Mathias lui avait juré d'essayer de raisonner le forcené. On installa un écouteur sur une oreille de Mathias, de sorte qu'il puisse parler et entendre sans qu'on ait besoin de défaire ses menottes.

— Fabrice ? Tu m'entends ?

— Super. Et toi ?

— Laisse sortir tout le monde. Joue pas au con...

— Quand ils t'auront libéré.

— Pourquoi ?

— Telle est la volonté du maître, répondit Fabrice.

— Ne fais pas comme moi, Fabrice. Je regrette. Je regrette ce que j'ai fait !

— Tu pouvais pas faire autrement : ce sont les planètes qui nous guident.

— On va parler des planètes, mais avant je vais te demander une faveur : pose ton arme. Toutes tes armes, Fabrice.

— C'est moi qui vais te demander une faveur, Mathias. Passe-moi le flic, là, Keller.

Fabrice se retourna vers Esther comme pour appuyer l'ordre. Il lui donna le téléphone portable, pour pouvoir la menacer plus aisément.

— Dis à Keller qu'il doit faire exactement ce que je lui ordonnerai, sinon, je te bute.

— Keller, j'écoute ?

— C'est moi, Antoine.

— Dis-lui de prendre son flingue et d'enlever toutes les balles, sauf une !

— Il veut que tu enlèves toutes les balles de ton revolver sauf une, répéta Esther à Keller. Qui doit rester dans le canon.

— Dis-lui de donner son arme au Zodiaque.

— Il veut que tu donnes ton arme à Mathias, répéta Esther.
— Dis-lui de se mettre à genoux.
— Il veut que tu te mettes à genoux, Antoine.
Keller, méthodiquement, avait vidé le chargeur de son revolver, sauf une balle, dans le canon.
— Dis au Zodiaque de le tuer, demanda Fabrice à Esther.
— Quoi ?
— Dis-lui de le tuer ! Dis-lui ou c'est moi qui te tue.
— Qu'est-ce qu'il veut ? demanda Keller.
— Il veut que...
— Quoi ? Il veut quoi ? Parle, je t'en supplie.
— Il veut que Mathias te tue...
— Dis-lui qu'il ne doit pas avoir peur de mourir, dit Fabrice en souriant. C'est son destin. On est programmé. Son destin est écrit. S'il le tue, je te relâche.
— Ne le fais pas, Antoine.
— S'il le tue, je relâche tout le monde, gueula Fabrice afin que tout le monde l'entende...
Keller ne répondit pas immédiatement. Il donna l'arme à Mathias et se mit à genoux. Autour d'eux, une partie des snipers se tournaient et braquaient Mathias. Keller aussi se tourna vers Mathias. Leurs regards se croisèrent.
— Tire, Mathias !
— Antoine...
— Je t'aime, Esther. Je t'aime...
— Moi aussi, je t'aime, Antoine.
— Adieu, Esther.
Mathias braqua le revolver sur la nuque de Keller. Son doigt se crispa légèrement sur la détente. Tout le monde retenait son souffle.
— Tire, bon Dieu. Vas-y. Tu en as tué d'autres !
Mathias tremblait. Keller serrait les dents, fermait les yeux, mais continuait de l'encourager. Dans la salle de classe, Fabrice était au comble de l'excitation. La prédiction du maître se réalisait une fois de plus. Après Lucie et Sandrine, le Zodiaque devait tuer Keller.
— Tire, bon Dieu, ordonna une nouvelle fois Keller.

Le maître du Zodiaque arrivait toujours à ses fins, puisque c'était écrit. Keller était à la merci d'un assassin qui ne rêvait de rien d'autre que de lui loger une balle dans la tête.

— Désolé, Keller ! Je ne voulais pas que ça se termine comme ça pour toi…

Eva et ses hommes avaient réussi à introduire le câble en fibre de verre. Ils pouvaient apprécier l'évolution de la situation. Elle sentait que le forcené était en train de se décomposer. La tension devenait trop forte pour lui. Elle prit contact avec un des snipers, posté sur un balcon en face, du côté des dortoirs.

— Dany, qu'est-ce qui se passe dehors ? Tu l'as en visuel ?

— Par intermittence.

— Ne prends aucun risque avec la vie de l'otage, vu ?… Aucun !

Esther, le canon de l'arme de Fabrice braqué contre sa nuque, levait maintenant les mains. Le tireur d'élite cherchait à isoler Fabrice dans sa ligne de mire. Mais sa tête n'apparaissait qu'à de rares instants…

— J'ai le feu vert ?

— Non ! Trop risqué ! Si tu le rates, ce sera l'enfer dans l'amphi !…

La seule issue était la mort de Keller. Tous en étaient conscients. Lui le premier.

8

Aux premiers coups de feu, Léa était sortie de la chambre de Lucie où elle passait ses journées à pleurer. Elle était accourue sur le parvis de l'institut où elle le vit… Elle en eut le souffle coupé.

Mathias braquait un revolver sur la nuque de Keller. La sueur perlait sur son front. Son visage se crispait, dans une expression empreinte de douleur. Keller, les yeux fermés, l'incitait à faire feu. Mais Mathias hésitait. Il était dans un parcours de repentance, devait-il tuer encore ? Le pouvait-il seulement ? Il se remémora ce qu'il éprouvait, deux ans avant, au moment de tuer quelqu'un. Le vide, le grand vide… Il se concentra et parvint à retrouver cette sensation de vide. Maintenant, il était prêt. Il allait tirer quand il entendit sa voix.

— Non, Mathias !

C'était Léa. Ils se dévisagèrent. Cela faisait des années qu'ils ne s'étaient pas vus. Elle semblait bouleversée. Des gendarmes de la sécurité avaient tenté de la retenir, mais Léa les avait repoussés. Elle regardait Mathias et, horrifiée, secouait légèrement la tête négativement, désespérée.

— Au nom de Lucie, Mathias, ne fais pas ça !

Mathias regarda en direction de l'amphithéâtre où Fabrice tenait Esther sous la menace de son arme. Dans le même temps, quatre snipers du GIGN descendaient en silence le long de la façade de l'immeuble. D'autres braquaient leur fusil à lunette vers Fabrice. Tout cela allait bientôt tourner au carnage…

— Vas-y. Shoote-le. Tue-le. Bute ce salopard de flic, murmurait maintenant Fabrice.

Esther était prise entre deux feux. Son destin reposait dans les mains de son frère jumeau. La situation était inextricable. Elle perdrait soit la vie, soit l'homme qu'elle aimait. Et elle ne pouvait rien faire.

— Vas-y, Mathias ! gueula Fabrice. Tu es le Zodiaque ! Tu es ton propre maître !

Mathias regarda de nouveau Léa, ses yeux noisette, son visage fin, son corps frêle… Et, doucement, il baissa son arme.

Keller releva les yeux vers lui, par-dessus son épaule.

— Tue-moi ou il fait un massacre, dit-il entre ses dents. Allez, bute-moi. Je sais que c'est toi qui le manipules, Mathias.

— Tu crois ça ? Tu crois ça, connard ? Tu vas voir si c'est moi qui le manipule !

Et, soudain, Mathias retourna l'arme de Keller contre sa propre tempe.

— Libère-la, Fabrice ! Libère-la ou je me fais sauter la tête ! À trois je me flingue !… Un…

— Non !

Fabrice recula avec Esther vers l'amphithéâtre. La panique et l'indécision étaient maintenant de son côté. Esther essaya de le calmer en lui parlant doucement. L'excitation était retombée. Il n'en était pas moins dangereux. Elle savait que le désespoir était plus meurtrier que l'excitation.

— Il devait le tuer ! C'était pas prévu. C'était pas prévu, putain…

Fabrice sembla soudain incapable de faire quoi que ce soit, de prendre la moindre décision.

— Calme-toi, Fabrice. Tu n'es pas dans ton état normal…

Il se saisit la tête entre les mains, vacillant un instant.

— Il faut tout arrêter, Fabrice. Je vais leur dire que tu vas tout arrêter… D'accord ?

Fabrice ne réagissait toujours pas.

— Je vais m'approcher du couloir et leur dire que tu te rends. O.K. ?

Esther apparut seule à la fenêtre de l'amphithéâtre. Mathias, qui tenait encore l'arme pointée sur sa tempe, se figea. Elle annonça que Fabrice allait libérer les étudiants. Mathias écarta l'arme. Keller se redressa et la lui reprit des mains. Mathias échangea un dernier regard avec Léa, bouleversée mais apaisée.

Keller reprit son oreillette et essaya d'entrer en contact avec Esther, mais elle était déjà retournée vers Fabrice.

— Fabrice, il faut les libérer…

Fabrice se dirigea vers la porte de l'amphi et l'ouvrit. Le couloir était désert. Eva et ses hommes s'étaient retirés juste à temps.

— Allez, dégagez ! Tirez-vous… Tirez-vous tous…

Fabrice s'écarta et laissa filer un à un tous les étudiants…

— Allez, foutez le camp…

Tous sortirent et furent récupérés par les policiers. Tous, sauf le professeur Karl Fournier qui avait réussi à se planquer derrière un poteau.

L'équipe du GIGN d'Eva faisait maintenant face à la porte close. Elle et ses hommes se repositionnèrent sans bruit, dans une chorégraphie parfaitement réglée. Elle pouvait entendre la voix d'Esther à travers la porte.

— Pourquoi tu as tué Sandrine Daguerre, Fabrice ?… C'était ta petite amie !

— Je l'ai pas tuée. C'est elle qui disait qu'elle devait payer. Que sa famille était maudite. Et qu'elle devait mourir de la main du Zodiaque…

— Pourquoi de la main du Zodiaque ? Qu'est-ce que le Zodiaque a à voir avec les Daguerre ?

— Ils l'ont nourri en leur sein. Ils ont nourri la bête.

— Ça veut dire quoi, ils l'ont nourri ?

— C'est le maître qui me l'a dit.

— Quel maître ?

Fabrice ne répondit pas. Esther continuait de lui parler à voix basse, sur le ton le plus doux possible.

— Qu'est-ce que t'a dit le maître, Fabrice ?

Fabrice secoua la tête. Il ne voulait ou ne pouvait pas répondre. Il était dans un état de conscience intermédiaire, comme s'il revenait d'un état d'hypnose…

— C'est le maître qui t'a appelé, à huit heures précises ?

— C'était le signal. Le signal pour agir. Après, je n'avais qu'à suivre la voix.

— Quelle voix ? Quelle voix devais-tu suivre, Fabrice ?

— La voix qui devait me guider…

— Une voix intérieure qui te commandait de tuer ?

— La voix me disait qu'il fallait tuer le flic.

— C'était la voix de qui ? Tu connaissais cette voix ?…

— Oui. C'était celle du maître. C'était le maître du Zodiaque…

Un des spécialistes du GIGN venait de crocheter la serrure. Eva avait pu se positionner dans l'amphithéâtre. Elle voyait Fabrice parler à Esther mais toujours pointer son arme vers elle. Il fallait intervenir. Elle fit signe à un des snipers qui la suivaient de viser le plexus brachial du forcené. Le tireur le mit en joue… C'est alors qu'un événement inattendu se produisit.

Atteint d'une balle en pleine tête, Fabrice tomba foudroyé. Personne ne savait d'où venait le projectile… La confusion était totale. Les hommes du GIGN firent irruption, certains faisant écran pour protéger Eva, d'autres devant Esther. Elle se dégagea et s'accroupit à côté de Fabrice qui agonisait.

— C'était qui, la voix, Fabrice ?

— Il est…

— Qui ? C'était qui ?…

— … huit heures, zéro minute, une seconde, murmura l'étudiant avant de s'éteindre.

Esther le secoua pour le faire parler, le ramener à la vie.

— C'était qui ? C'était la voix de qui ? Qui est le maître du Zodiaque ?

C'était inutile. Elle essayait de faire parler un cadavre.

Derrière eux, Fournier avait posé son arme et levait les mains en l'air. C'était lui qui avait tué Fabrice Laval. Il avait profité de la panique pour saisir une arme que Fabrice avait négligée.

Il avait abattu Fabrice Laval sans hésiter. Ce type avait le sang-froid d'un tueur.

Le calme était vite revenu dans l'institut Daguerre. Le corps de Fabrice avait été évacué sur une civière. Les étudiants étaient rassurés, encadrés par les professeurs et des psychologues prêts à les aider à surmonter le choc. Fournier était lui convoqué à la section de recherches pour le lendemain. La famille Daguerre prenait maintenant la pleine mesure de ce qu'on leur avait annoncé : leur école formait des tueurs. Mathias était l'un d'eux, certes, mais il était aujourd'hui celui qui leur avait évité le pire. Il avait été reconduit au fourgon et on s'était débrouillé pour qu'il n'approche plus de Léa. Dans ce désordre, Esther cherchait Keller, mais ne le trouvait pas. Il avait disparu…

Keller était seul, dans sa voiture, face au lac Léman, sur le parking de l'institut Daguerre. Il était allé donner ses ordres à Spagnolo. Il voulait qu'on expertise les armes qui avaient servi à Fabrice Laval. Par ce biais, on pourrait peut-être remonter à celui qui les lui avait fournies. Il avait raccroché et croisé son regard dans le rétroviseur. Et il s'était soudain mis à pleurer…

Il pleurait encore quand il découvrit Esther qui le regardait à travers le pare-brise de la voiture. Elle prit place à côté de lui sur le siège passager.

— C'est la première fois que je te vois pleurer.

— Je pleure ? Ah bon, je croyais qu'il pleuvait, plaisanta-t-il.

— Tu n'as pas à te sentir coupable…

— Le Zodiaque m'a sauvé la vie… Pour mieux me la pourrir !

— Ça ne veut pas dire qu'il a pris le pouvoir sur toi, Antoine.

— Quand Mathias tenait son flingue sur ma tempe, j'avais sans arrêt ton visage qui dansait devant mes yeux. Je t'ai imaginée sans moi. Avec Quentin. Tu étais heureuse, libre, plus rien ne te retenait.

— Antoine, je n'ai jamais pensé que tu me retenais...

— Lutter contre le mal, c'est ma vie ! Je ne vais pas changer maintenant. Mais toi, tu mérites un sort meilleur...

— J'ai l'existence que j'ai choisie, je ne renie rien.

— Mathias t'a fait découvrir l'horreur, c'était à moi de te ramener vers la joie de vivre. Mais j'en ai été incapable...

Keller se tourna pour la première fois vers Esther. Elle passa ses doigts dans ses cheveux, sur sa nuque.

— Je suis avec toi. Je t'aime, encore.

— Tu avais raison, répondit Keller. Parfois, ça ne suffit pas.

Sans un mot, Esther l'attira à elle, approcha son visage du sien, et l'embrassa d'un frôlement de lèvres. Keller répondit à son baiser. Ils s'embrassèrent avec passion. Il y eut soudain une urgence brûlante entre eux, un besoin furieux de s'embrasser, de se toucher, de s'étreindre, et de faire l'amour.

Ils s'aimaient.

Ils s'étaient perdus trop longtemps à cause du Zodiaque. Ils s'étaient enfin retrouvés. Le maître les avait ressoudés. Pour mieux les détruire. Cela aussi faisait partie de son plan...

9

Les vitres de la voiture s'étaient teintées de buée. Esther et Keller étaient serrés l'un contre l'autre, leurs souffles mêlés. L'attirance avait été brutale, irréfléchie, pulsionnelle. La peur de se perdre avait donné à leurs retrouvailles une urgence absolue. Ils avaient fait l'amour sans un mot. Ils reprenaient leurs esprits quand la voix d'Eva retentit dans un talkie qui traînait sous un siège de la voiture. Elle annonçait à Keller qu'ils venaient de récupérer l'enregistrement de l'écoute téléphonique de Fabrice Laval qui devait leur donner la voix du maître du Zodiaque.

Quand ils arrivèrent à la section de recherches de la gendarmerie, Eva vit tout de suite qu'un lien s'était renoué entre eux. Elle s'efforça d'éviter leurs regards et de rester professionnelle. Elle les conduisit dans le bureau où ils écoutèrent, tendus, les premiers bips de la sonnerie, le regard fixé sur les haut-parleurs de l'ordinateur.

On entendit Fabrice décrocher. Puis sa respiration dans le combiné.

— Allô ? dit-il après un silence.

Tous retenaient leur souffle. Esther et Keller échangèrent un regard. Eva baissait les yeux.

— Il est huit heures, zéro minute, zéro seconde, dit une voix de synthèse. Vous avez souhaité être réveillé.

— Oui, maître, répondit Fabrice.

— Il est huit heures, zéro minute, une seconde…

— Putain, ce taré répond au réveil automatique, lança Spagnolo. Il est complètement déjanté.

— Il avait dit huit heures, conclut Eva.

Une tonalité ininterrompue succéda à la voix de synthèse. Fabrice avait raccroché. Il venait de recevoir le signal de départ à son équipée mortelle. Pouvait-on imaginer, alors, que ces mots étaient bien plus que ce simple signal de départ, mais la mise en branle d'une pulsion de mort qui attendait, tapie au fond de son cerveau, qu'un stimulus précis et programmé la libère ?

Le corps de Fabrice Laval reposait sur la table d'autopsie de l'institut médico-légal. Il était recouvert jusqu'à la taille d'un drap blanc qui donnait à ses cheveux blonds une teinte encore plus exsangue.

Esther et Keller le regardaient avec fascination, comme s'ils cherchaient à percer le mystère d'un comportement aberrant. La mort avait été instantanée. La balle tirée par Fournier avait traversé le pariétal gauche pour sortir au niveau du lobe frontal droit. Le légiste montrait la blessure mortelle à la tempe qui, lavée de son sang, apparaissait comme une vague cavité.

— Vous avez le résultat des examens biologiques ?

— Rien d'anormal. Sinon quelques traces de narcoleptiques…

— Suffisantes pour modifier son état de conscience ? demanda Esther.

— Non, la dose est trop faible. Il s'agit sans doute de restes d'une substance ingérée il y a quelques jours…

Esther croisa le regard du légiste. Il ne comprenait pas le sens de leurs questions, ne cherchant qu'une cause, celle de la mort. Eux cherchaient autre chose…

— Docteur, il se peut qu'il ait été poussé au meurtre par une volonté extérieure, annonça Keller. Est-ce qu'une telle chose est possible ?

— Vous savez, aujourd'hui, il existe toutes sortes de techniques pour conditionner le cerveau humain…

— Capables de conditionner un homme pour exécuter un crime à un moment précis ?

— Je ne suis pas spécialiste du sujet. Vous devriez demander au CRCH à Genève, le Centre de recherches sur le cerveau humain. Ils vous donneront plus d'explications. Ils sont spécialisés dans la biologie des sciences cognitives.

Le légiste s'apprêtait à remonter le drap sur le corps de Fabrice, lorsque Esther l'arrêta.

— Attendez une seconde ! Regardez, là, il y a quelque chose de bizarre…

À l'aide d'un stylo, Esther dégagea quelques cheveux au-dessus de l'oreille de Fabrice. Elle découvrit une petite cicatrice, comme une trace d'échauffement.

— Qu'est-ce que c'est ? demanda-t-elle au légiste. Vous aviez remarqué cette marque ?

— Oui. Enfin, pas encore. On dirait une cicatrice. Ou une sorte de brûlure…

— De ce côté-là aussi.

Le légiste fit pivoter la tête pour constater que les deux traces étaient parfaitement symétriques.

Keller sentit qu'ils venaient de découvrir un indice peut-être précieux.

Ces marques pouvaient être des traces d'implantation d'électrodes neurostimulantes. Tel était l'avis du professeur Malberg, un spécialiste du CRCH à qui Esther venait de montrer les clichés en gros plan des cicatrices. L'utilisation d'électrodes neurostimulantes, leur expliqua-t-il, était une technique développée une quinzaine d'années auparavant dans le but de stimuler localement certaines zones du cerveau. Les implantations pouvaient être situées à divers endroits de la boîte crânienne, en fonction de la zone cérébrale que l'on souhaitait stimuler.

Sur un écran, il leur montra des images de patients portant ces mêmes marques. Face, profil, trois quarts… Le principe était d'envoyer un stimulus électromagnétique sur des zones du cerveau déficientes à la suite d'un accident vasculaire, par exemple, afin d'accélérer la récupération, voire d'endiguer certaines formes aiguës de la maladie de Parkinson. C'était une technique qui avait promis beaucoup, mais, malheureusement, n'avait pas tenu autant. Bien loin de là... Elle avait même très vite été jugée dangereuse. Les patients soumis à ce régime montraient une altération de la volonté, une sorte d'apathie qui ne s'expliquait pas. L'effet durait quelques jours, puis il s'estompait et les patients redevenaient normaux.

— Cette technique pourrait-elle être utilisée pour conditionner des gens ? demanda Esther.

— Comment ça, les conditionner ?

— Pour soumettre quelqu'un à sa volonté et le contraindre à... tuer !

Surpris, le professeur Malberg regarda les deux enquêteurs.

— Je n'ai pas le moindre indice sur l'existence de telles pratiques...

— Mais c'est possible ?

— Agir sur la volonté de quelqu'un pour le pousser à faire quelque chose sans qu'il puisse s'y opposer ? Oui, bien sûr. C'est comme le clonage : techniquement possible. Le barrage est moins scientifique que moral et culturel.

— Donc, ce n'est techniquement pas impossible ?

— Je sais que l'armée s'est intéressée à ces techniques ! Et certains services spéciaux ont aussi tenté des manipulations de la conscience. Mais, à ma connaissance, ces expériences se limitaient à implanter un « faux vécu ». Si vous stimulez certains centres, comme le cerveau limbique, vous rendez la conscience, pour ainsi dire, poreuse à des souvenirs fabriqués de toutes pièces : factices, si vous préférez !

— Et l'on peut imaginer que, plutôt que des souvenirs, on puisse injecter des sentiments...

— Comme l'envie de meurtre ?

— De meurtre ou de vengeance...

— On peut tout imaginer. Même le pire. Reste à trouver un scientifique avec suffisamment peu de morale pour faire ce genre de manipulation !

Le professeur Malberg ne pouvait pas mieux dire. Il leur restait à trouver ce scientifique pervers...

Keller et Esther ressortirent du centre de recherches et rejoignirent en silence leur voiture au parking. Chacun méditait cette découverte. Fabrice Laval aurait été conditionné neurologiquement pour tuer ? C'était séduisant, mais il restait à trouver qui, dans l'entourage de l'institut Daguerre, était à même de pratiquer ces expériences. Qui avait fait de Fabrice Laval un tueur ?

Ils pensaient avoir fait une percée décisive avec cette découverte. Ils ignoraient que le maître du Zodiaque avait juste choisi, en Fabrice Laval, un cobaye pour faire la démonstration de sa force avant de s'attaquer à sa vraie victime.

Le prochain sujet de son expérience serait Esther elle-même.

TROISIÈME PARTIE

La puissance du mal

1

La prise d'otages ne devait pas laisser de traces dans l'institut Daguerre. Les impacts de balles furent obturés, les murs repeints dans la nuit. Dès le lendemain, les cours reprirent comme si rien ne s'était passé, comme si cette journée funeste n'avait jamais eu lieu.

Les traces, en revanche, étaient profondes dans la famille Daguerre. Rassemblés autour de Pierre-Antoine pour le dîner, Bertrand et Alexis étaient installés à la droite de leur père, leurs épouses à sa gauche, Léa et son frère Loïc se faisant face à l'autre extrémité de la table. Ils venaient de terminer la prière traditionnelle, prélude à chacun de leurs repas. Pierre-Antoine releva les yeux et regarda droit devant lui.

— C'est nous autres Daguerre qui avons fabriqué le meurtrier de Sandrine et de notre petite Lucie, dit-il de sa voix rauque.

— Qu'est-ce que tu racontes, papa ? demanda Alexis, figé de stupeur.

Pierre-Antoine se tourna vers son fils aîné. Il joignit ses mains. C'était une habitude chez lui pour signifier à ses auditeurs qu'il parlait à la suite d'une longue et profonde réflexion.

— Quand mon père a créé cet institut, il était animé d'un idéal. Un idéal d'égalité, d'universalité et de progrès.

— Bon, écoutez, Pierre-Antoine, l'interrompit Philippine, on connaît le discours. Qu'est-ce que vous voulez nous dire ?

— Ce que je veux vous dire, Philippine, c'est que nous avons trahi cet idéal. C'est cette trahison que nous payons aujourd'hui. L'étudiant qui a commis cette folie n'est pas un cas isolé. Il est le septième d'une terrible liste d'assassins que nous avons formés au sein de cette école.

— Qu'est-ce que vous racontez ? demanda Hélène.

— C'est la vérité. On ne sait pas d'où vient ce phénomène, appuya sobrement Alexis.

— Je vais vous dire, moi, d'où il vient, ce phénomène, reprit Philippine. De ton ami Fournier, Alexis. C'est lui qui t'a mis en tête de former non plus des individus brillants, mais de véritables tueurs en affaires. Eh bien, il a réussi son coup ! La voilà, la trahison de vos idéaux…

— Le problème n'est pas Fournier, répliqua Alexis. Le problème, ce sont les Saint-André, lança-t-il à son père. Je ne comprends pas pourquoi tu es aussi laxiste, avec eux, depuis le début. C'est chez eux que les corps de ma fille et de Lucie on été trouvés. Tu sais comme moi qu'ils nous haïssent. Qu'est-ce qu'il te faut de plus ?

— Je pense, au contraire, que nous devons nous réconcilier avec la famille Saint-André.

— Pardon ?

— C'est une nécessité, Alexis. Il faut que ça s'arrête.

— Maintenant ? Tu veux te réconcilier avec eux maintenant ?

— Il le faut. Ne rajoutons pas la haine à la haine.

— En quoi nous réconcilier avec eux arrêtera le massacre, papa ? demanda Bertrand.

— J'ai ma petite idée.

Alexis posa ses couverts, quitta la table et sortit sans un mot en claquant la porte. Hélène se mit à pleurer doucement. Léa soutint sa mère en passant ses bras autour de ses épaules.

— Je pourrais tenter une approche auprès de Jérôme Saint-André, suggéra Bertrand à son père.

— Tu le connais assez bien pour ça ?

— Il est moins obtus que les autres… Et il semblerait qu'il tienne beaucoup à Léa.

Léa ne répondit pas. Depuis la mort de Lucie, elle s'était détachée d'elle-même. Elle vivait dans un monde imaginaire qui n'appartenait qu'à elle et dans lequel Jérôme n'avait pas sa place.

Tout cela, Pierre-Antoine le savait, n'était qu'une seule et même affaire qui remontait à l'enlèvement de cette gamine, vingt ans auparavant. Là où Lucie avait été tuée... Il n'avait aucun doute là-dessus. Qui d'autre pouvait savoir qu'il était responsable de tout ? S'il n'y avait pas eu ce lien ancien avec Gabriel Saint-André, les choses se seraient passées différemment. Mais il avait fallu que cela tombe sur lui. Quelqu'un savait que cet enlèvement les liait. Et il n'y avait qu'une personne pour le savoir... Enfin, deux plutôt. Les deux faces d'un même mal qu'il fallait éliminer. Il n'avait pas voulu tout ça. Il avait tenté toute sa vie d'effacer les péchés des autres. Aujourd'hui, c'était l'Apocalypse... Il y aurait les survivants et les damnés. Ils devaient être parmi les survivants...

Pierre Saint-André jetait un œil distrait sur les chiffres que lui présentait Jérôme. La performance des investissements de son petit frère était impressionnante. Il fallait bien le reconnaître, le petit frère était devenu un grand de la finance...

— Alors ? Qu'est-ce que tu penses de nos résultats ? demanda Jérôme qui attendait le verdict avec fébrilité.

— C'est costaud !

— On pourrait faire beaucoup mieux, tu sais, Pierre.

— Comment ?

Jérôme s'approcha de son frère aîné. Ils étaient assis dans les fauteuils design de sa suite. Ils surplombaient le lac Léman dont ils pouvaient admirer la couleur bleue, teintée d'émeraude par endroits. Il attendit que le café fût servi et ajouta :

— Écoute. Tu sais le nombre d'étudiants qui sont sortis diplômés de l'institut Daguerre. Même Victoria, mon avocate, vient de là-bas. Tous ces gens sont un peu partout aux affaires. Cela constitue un vrai réseau. Un réseau qui, comme tout réseau, bénéficie d'abord à ceux qui l'alimentent.

— Et alors ? Où veux-tu en venir ?

— Je veux sponsoriser l'institut Daguerre. Ils ont l'outil, nous le blé…

— Tu n'as pas besoin de ça, répondit Pierre sans hésitation. Tu mènes suffisamment bien nos affaires comme ça.

— J'ai eu un coup de fil de Bertrand Daguerre. Ils veulent nous voir.

— Nous ?

— Toi, moi, Juliette. Le vieux Pierre-Antoine Daguerre veut sceller la réconciliation de nos familles.

— Laisse tomber.

— Pourquoi ?

— Parce que je m'y opposerai ! On ne fait rien avec les Daguerre, Jérôme. Rien.

Pierre vit bien que son jeune frère était contrarié. Il se sentit le besoin de s'expliquer.

— Quand je t'ai passé le relais, je…

— Tu ne m'as rien passé du tout, Pierre ! s'exclama soudain Jérôme. La justice t'a ôté le droit de gérer une entreprise, point. J'ai repris seul les rênes et je mène seul nos affaires, depuis deux ans. Et pas trop mal, je crois !

— Il y a des règles, Jérôme. Je croyais te l'avoir dit…

— Les seules règles que je connaisse sont celles que j'impose. Alors, dis-moi ce qui s'est passé avec les Daguerre, merde. C'est quoi, cette putain d'histoire qui a foutu la merde entre nos deux familles ?

Pierre lui assura qu'il n'en savait rien. Il prétendit qu'il n'avait jamais entendu parler d'une quelconque histoire d'amour entre leurs deux familles. Jérôme lui asséna calmement qu'il savait qu'il mentait et qu'il finirait par tout apprendre. Fort de cette détermination, il imposa à son frère aîné de se rendre au rendez-vous proposé par les Daguerre. S'il n'y allait pas, lui irait de toute façon. Pierre s'inclina et accepta à contrecœur. Cette proposition attisait quand même sa curiosité…

Le lendemain, en fin d'après-midi, un hélicoptère survolait la couche de nuages qui enveloppait les sommets alpestres. Le rendez-vous avait lieu loin d'Évian, en Suisse, à Gstaad. Jérôme, Pierre et Juliette descendirent de l'hélicoptère. Une voiture les attendait qui les conduisit sur une petite route jusqu'à une ancienne abbaye reconvertie en restaurant de luxe.

D'entrée, Pierre balaya du regard la salle de restaurant. Elle était clairsemée de clients aisés, venus comme eux par les airs. À une table, il reconnut une chanteuse pop américaine. Le maître d'hôtel les conduisit dans un salon réservé. Pierre, depuis qu'il s'était replié sur sa douleur, n'était plus habitué à ces lieux où luxe est synonyme de discrétion. Il n'en avait pas toutefois perdu totalement le goût. Il y reviendrait, mais ce serait pour plus tard, quand sa vengeance serait accomplie…

Près d'une vaste baie qui dominait un sublime paysage de sommets enneigés, il repéra Pierre-Antoine Daguerre, entouré de ses deux fils, Alexis et Bertrand.

— Merci d'avoir accepté cette main tendue, Pierre, dit Pierre-Antoine en se levant pour désigner un siège en face de lui.

Les deux clans, après des salutations rapides, sans échange de poignées de main, prirent place face à face silencieusement.

— Cela fait des années que nous avons rompu tout contact, continua Pierre-Antoine. À tort, et peu importe qui a eu tort. Aujourd'hui, notre famille est attaquée. Tout comme la vôtre il y a deux ans. Deux de mes petites-filles ont été sauvagement assassinées. Et, Dieu sait pourquoi, leur assassin a décidé d'attiser le conflit entre nos deux familles.

Jérôme scrutait le profil de son frère, essayant de deviner ses pensées secrètes. Pierre restait de marbre. Juliette, à côté de lui, avait l'air très étonnée d'être là. Jérôme pensa qu'elle savait beaucoup plus de choses qu'elle ne le disait.

— Notre ennemi est commun. Et une alliance entre nous est plus que jamais nécessaire.

— Qu'est-ce que vous en savez ?

— Je vais y venir, Pierre. Mais avant tout, sachez que je mesure mieux, aujourd'hui, la douleur qu'a causée à votre père la perte brutale de sa fille, Cécile, qui était aussi votre sœur.

Cécile… C'était la première fois que son nom était prononcé depuis des années. Cécile Saint-André était la fille aînée de Gabriel et Rose-Marie Saint-André. Elle était morte plus de vingt ans auparavant dans un accident de voiture, sur la route de Saint-Rémy-de-Provence.

— Je sais notre responsabilité dans cette tragédie. Et nous savons tous autour de cette table que ce n'est pas un accident qui a provoqué sa mort.

Jérôme, cueilli, regarda Pierre. Il n'avait pas réagi. Pas plus que Juliette. Elle aussi était au courant. Il était le seul à ignorer cette histoire.

— Et je vous demande humblement, vingt ans après, votre pardon, dit Pierre-Antoine.

— Pourquoi maintenant ?

— Je vous l'ai dit, Pierre, notre ennemi est commun. Ce que le Zodiaque vous a fait subir il y a deux ans, sa sœur Esther nous le fait subir aujourd'hui. Elle et son frère sont les deux faces du même mal. Ses crimes évoquent les mêmes rituels pour mieux s'innocenter et en même temps pour nous provoquer. Ils font alliance pour nous détruire. Vous et nous.

Jérôme était abasourdi. Comment Pierre-Antoine pouvait-il accuser Esther ? Tout allait trop vite pour lui. Il détestait ne pas comprendre les tenants et les aboutissants d'un raisonnement.

— Pourquoi se commettrait-elle dans une telle folie criminelle ? demanda Pierre.

— J'ai mes raisons pour le penser.

— Quelles raisons ? demanda Jérôme.

Pierre-Antoine n'écoutait pas Jérôme, il regardait Pierre, attendant son verdict. Jérôme se tourna vers Alexis, qui lui dit qu'il était prêt à le laisser épouser Léa. Pris entre deux feux, Jérôme s'en remit à Pierre.

— Tu ne vas pas laisser accuser Esther ?

— C'est lui que je veux. Le Zodiaque. Je veux sa mort.

— Lui, c'est elle, conclut Pierre-Antoine.

Sans un mot, il se leva et tendit la main à Pierre. Ils échangèrent une poignée de main. Les deux clans venaient de sceller un pacte de mort.

Jérôme ressortit du restaurant un autre homme. Pour lui, l'obsession de Pierre à vouloir la mort de l'assassin de sa fille l'aveuglait. Il ne comprenait pas pourquoi Pierre-Antoine Daguerre pouvait décider de la culpabilité d'Esther, sur quels fondements, d'après quels événements passés qu'il ignorait... Jérôme connaissait les siens. Il savait que personne ne lui parlerait. Tous lui avaient caché les circonstances de la mort de Cécile, s'il y avait d'autres secrets, on continuerait à les lui cacher. Quelles étaient donc ces circonstances ? Tout ce qu'il savait, c'était cette histoire d'amour qui concernait leurs deux familles. Avait-elle provoqué la mort de leur sœur aînée ? Comment Cécile était-elle morte, si ce n'était pas dans un accident de voiture ? Jérôme était conscient que ce qu'il apprendrait, il devrait l'extirper du passé contre la volonté de son frère et de sa sœur. En attendant, il se posait d'autres questions. Esther était la cible de la vindicte des Daguerre. Devait-il la prévenir du complot qui se tramait contre elle ? Jérôme hésita. Il savait que c'était perdre Léa. Mais ne l'avait-il pas déjà perdue ?...

2

Eva s'était toujours demandé ce qu'on pouvait éprouver à faire l'amour avec quelqu'un qu'on aime. Elle n'avait jamais réussi à allier l'amour et la sexualité. Elle aimait les femmes, mais était irrésistiblement attirée par les hommes. Elle ne pouvait pas aimer les hommes. Elle ne pouvait pas avoir confiance en eux. Alors, pourquoi aimait-elle coucher avec eux ?

À cet instant, seule dans son bureau, elle pensait à Esther et à Keller. Leur situation décrivait bien son dilemme : elle était touchée par elle et attirée par lui. Elle n'avait rien vu venir. Si elle avait senti les sentiments gagner du terrain entre eux, elle n'aurait pas laissé faire. Elle sourit toute seule. Quelle belle salope elle était, aurait dit Keller. Il aurait eu raison, mais elle n'y pouvait rien. Elle pensait souvent à ce qu'aurait été sa vie si elle n'avait pas subi cette horreur, cet enlèvement, ces trois semaines de sévices…

Elle n'avait aucun mal à les imaginer, dans le grand lit aux draps de soie de la chambre d'hôtel, en train de se caresser, de s'embrasser… Elle n'était même pas jalouse. Elle ne les enviait pas. Elle avait accepté son destin depuis longtemps et était juste curieuse. Elle imaginait le visage d'Esther dans la lumière du soleil couchant. Et Keller, osant à peine la toucher… N'y croyant pas… Comme si un miracle venait de se produire. Le miracle de l'amour… Elle les imaginait faisant l'amour doucement. Tendrement. Rien à voir avec cette étreinte urgente dont elle avait été le témoin auditif involontaire plus tôt...

Pourquoi avait-il fallu que cela tombe sur elle ? Pourquoi le destin avait-il fait de la petite fille de sept ans qu'elle était la victime d'un fou ? Elle se revoyait, dans la mine de sel, les poignets attachés derrière le dos. Elle se rappelait les chaussures de style rangers de son ravisseur.

— Il est là. Il vous attend dans la salle d'audition.

Eva fut tirée de sa rêverie par la voix de son adjointe qui lui annonçait que le professeur Fournier avait répondu à sa convocation. Elle se leva, prit son dossier et se dirigea vers la salle où Fournier attendait.

À son entrée, elle fut saisie de stupeur. L'homme qui avait abattu Fabrice Laval, Karl Fournier, portait des chaussures de style rangers à lacets. Il la regarda et sut qu'elle avait compris. Il savait aussi tout le bénéfice qu'il pouvait en tirer. Il était son bourreau. Il la dominerait toujours. C'est, du moins, tout ce qu'elle avait su lire dans son regard...

— Vous vous appelez Karl Fournier. Vous êtes né le 13 mars 1956 à Genève. Vous enseignez à l'institut Daguerre depuis quand ?

— Une vingtaine d'années. Je suis arrivé en janvier 1986. Je croyais que j'étais juste là pour signer ma déposition ?

— Vous la signerez... Où étiez-vous avant d'enseigner à l'institut Daguerre ?

Eva releva les yeux. Elle regarda Fournier : son visage buriné, ses yeux immobiles, fixes... C'était une certitude, elle était face au complice de son ravisseur.

— Au Liban. J'étais officier au sein des forces de paix de l'ONU.

— Et vous êtes passé directement de l'armée à l'institut Daguerre ?

— Oui.

— Quelle était votre spécialité dans l'armée ?

— J'étais instructeur militaire, spécialiste de l'action psychologique.

Calme et posé, Fournier répondait avec une précision et une économie de gestes qui tranchaient avec son visage de dur. Cet homme avait une totale maîtrise de lui.

— Et quelle discipline enseignez-vous à l'institut Daguerre ?

— La même qu'à l'armée, mais adaptée aux techniques de la guerre économique. Mon cours est libre : j'enseigne aux étudiants qui le désirent à maîtriser des situations de stress.

— Drôle de discipline, pour une école d'élite ?

— Nous formons de futurs cadres, capitaine. Il est indispensable qu'ils sachent se comporter, quel que soit le degré d'urgence d'une situation.

Eva croisa de nouveau le regard de Fournier. Un regard toujours fixe qui ne la lâchait pas et qu'elle avait de plus en plus de mal à soutenir.

— Je leur enseigne à ne jamais perdre l'ascendant quel que soit leur interlocuteur. Le cerner en quelques secondes. L'analyser et parer à la situation.

— Pourquoi Fabrice Laval a-t-il pris vos étudiants en otages, selon vous ?

— Aucune idée.

— Il suivait pourtant vos cours ?

— Oui.

— Lui, vous n'avez pas su l'analyser ?

— Je pensais que si, mais son comportement a été aberrant.

— Vous êtes également spécialiste en astrologie, je crois ?

— Ainsi que dans toutes les sciences de l'individu.

— J'ai cru comprendre que l'astrologie entrait dans vos critères de recrutement.

— Tout ce qui peut aider à cerner la personnalité des étudiants est utile à mon ami Alexis Daguerre.

— Vous étiez au courant de l'existence de cette société secrète ?

— Je doute qu'une telle organisation ait jamais existé ailleurs que dans la tête trop pleine de ce pauvre garçon. Ce sont des fantasmes.

— Fabrice Laval en faisait pourtant partie.

— Il n'y a pas de société du Zodiaque, capitaine Kramer. Fabrice Laval était un accident… Un acte isolé.

— Et la crypte dans les catacombes ?

— Petit jeu d'étudiants, rien de plus.

— Avez-vous connu un élève du nom de Michel Vial ?

— Celui qui aurait enlevé une petite fille ?

— Oui. Il avait un complice.

— Allons bon ! On ne l'a jamais retrouvé, ce complice, alors.

— Exact.

— Un autre acte isolé, dit Fournier avec fatalisme.

— Ça fait beaucoup d'actes isolés, vous ne trouvez pas ? Surtout si l'on considère la manière dont vous avez abattu Fabrice Laval.

— Neutralisé…

— Avec un total manque de sang-froid. Il ne menaçait plus personne. Vous l'avez abattu froidement, sans lui laisser une chance !

— Faux. J'avais face à moi un fou dangereux qui menaçait Mlle Delaître. J'attendais des secours qui ne venaient pas. J'ai agi en état de légitime défense, capitaine Kramer. Je peux signer ma déposition, maintenant.

Fournier planta son regard dans celui d'Eva. Il lui glaçait le sang. Ce qu'elle avait craint se produisait : il la dominait. Il était son bourreau. Elle ne pouvait pas lui résister. Elle lui tendit sa déposition. Il la signa et quitta la salle d'audition. Elle se mit à pleurer. Sept ans. Elle avait sept ans. Elle se voyait couchée sur le sol, bâillonnée, les mains ligotées dans le dos. Elle essayait de crier mais le bandeau sur sa bouche l'en empêchait. Elle ne voyait que des chaussures d'homme, une silhouette qui la prenait dans ses bras et qui l'emportait.

Maman… Je veux revoir ma maman…

Dans les bâtiments vétustes et désertés de l'ancienne mine de sel, Eva regardait l'endroit où elle avait passé trois semaines enfermée. Le lieu lui paraissait irréel. Un peu de poussière de sel volait et réfractait la lumière du soleil. Elle était revenue là, comme souvent. Mais aujourd'hui, c'était différent. Pour la première fois de sa vie, elle se sentait proche du but. Elle essayait de se souvenir de détails, mais ne lui revenait que l'image de ces chaussures de militaire… Elle avait la certitude que Fournier était son ravisseur et tout, dans son attitude, le prouvait…

Eva sentit une douleur fulgurante lui traverser le ventre et se courba en deux. C'était la haine. Une salve de haine qui la frappait. Elle fut saisie d'une crise de rage irrépressible. Pourquoi elle ? Pourquoi avait-il fallu que sa vie soit ainsi gâchée avant d'avoir commencé ? Jamais elle n'aurait une vie normale. Elle crevait d'envie de voir ce salopard de Fournier pendre au bout d'un crochet, mais qu'est-ce que cela changerait ? Et que ferait-elle après ? C'était foutu, de toute façon. Elle ne pourrait jamais aimer. Elle n'avait jamais véritablement envisagé son avenir sous l'angle de l'amour, mais depuis qu'elle avait vu Esther, elle y pensait et se détestait. Esther avait tout, et elle rien. Était-elle jalouse parce que, contrairement à Keller, elle ne la tiendrait jamais dans ses bras ? Tant que la jeune femme était séparée de Keller, elle avait eu l'espoir de conquérir son amour. Cet espoir s'était éteint quand Keller s'était retrouvé avec un revolver sur la tempe. Il avait fait renaître l'amour de ses cendres entre eux. Jusque-là, Eva était contrainte de coucher avec l'un pour aimer secrètement l'autre. Maintenant, elle ne pouvait même plus coucher avec lui…

Elle s'effondra en larmes, courbée en deux par la douleur, la honte et le mépris de soi. Bientôt, elle le savait, elle n'aurait plus le moindre but dans la vie. Que le vide. Autant arrêter tout de suite… Elle sortit son revolver et…

Une main s'en empara avant qu'elle n'ait le temps de l'armer.

Keller.

Il l'avait cherchée et, sans trop de problèmes, l'avait retrouvée. Il était arrivé à la section de recherches peu après le départ d'Eva. Son adjointe et Spagnolo l'avaient vue partir sans explication. Keller avait eu l'intuition que l'ancienne mine de sel où elle avait été détenue enfant était sans doute le lieu où elle s'était rendue... Spagnolo lui avait décrit l'entrevue avec Fournier à laquelle il avait assisté et Keller avait compris qu'elle était en train de craquer. Or il avait encore besoin d'elle. Si ce n'était envie... Il s'efforça de la relever. Leurs visages étaient tout près l'un de l'autre. Il y avait toujours cette attirance entre eux. Elle tenta de l'embrasser. Il détourna le visage. Elle eut envie de le frapper.

— Tu crois que tu peux me baiser un jour et me jeter comme un vieux Kleenex le lendemain ?

— On était deux adultes consentants, Eva.

— Faux. Tu as abusé de moi. De ma douleur. De mon passé.

Elle l'insulta, le traita de salopard, de lâche, de sale mec. Keller ne pouvait pas lui en vouloir. Il était touché par la décomposition d'Eva et la douleur qu'elle éprouvait. Elle s'effondra dans ses bras.

— Je vais tout arrêter. Je vais démissionner. Je ne suis pas à la hauteur. Je perds les pédales...

— Ne dis pas de conneries, Eva. On a besoin de toi, en bas.

— Cet enlèvement m'obsède, Keller. Je n'ai plus les idées claires. Je ne suis plus objective.

Lui-même comprenait que le maître du Zodiaque, en tuant la gosse ici, à l'endroit même où elle avait été détenue, voulait clairement affaiblir Eva.

— C'est une manœuvre pour te déstabiliser. Viens... Allez, Eva. Relève-toi !

— Je sais que c'est Fournier, dit Eva. Je l'ai senti dans son regard. Je l'interrogeais et j'étais sûre d'être face à mon ravisseur.

— On verra ça plus tard, Eva. En attendant, il faut que tu te reprennes.

— Je vais le surveiller jour et nuit, Keller. Le harceler, jusqu'à ce qu'il commette un impair...

Elle s'interrompit au milieu de sa phrase.

Sa main tremblante se leva pour désigner quelque chose derrière Keller. Ce dernier se retourna et découvrit un vieux journal jauni punaisé sur la porte de la cabane. Ce salopard de maître anticipait tous leurs mouvements… La première page annonçait « MYSTÉRIEUSE DISPARITION D'UNE PETITE FILLE À EVIAN ». Une fois encore, des lettres étaient entourées en rouge. S… I… N… O… N…

— Sinon… Quentin mourra !

Esther, assise face au lac dans la partie bureau de sa suite d'hôtel, travaillait sur une liste de neuropsychiatres de la région, cherchant à lier l'un d'eux avec l'institut Daguerre ou avec ses étudiants.

— Esther, c'est moi, dit Keller au téléphone. Quentin est avec toi ?

— Oui, il est avec Cindy à côté. Pourquoi ?…

— Il y a un nouveau message. Le maître du Zodiaque vient de le menacer. Il faut protéger ton fils !

Esther raccrocha. Elle posa ses lunettes et quitta le bureau.

— Quentin ? Quentin, tu es là ?

Esther passa dans la partie salon. Quentin n'était pas là. Sa Game-Boy traînait sur le sol. Il n'était pas non plus dans la chambre. Toutes les pièces étaient vides.

— Cindy ? Quentin ?

Esther, de plus en plus affolée, courut dans l'appartement. Elle dévala l'escalier principal de l'hôtel et surgit dans le spa où Cindy était paisiblement allongée sur un transat.

— Cindy ? Où est Quentin ?

Quentin fit irruption hors de la piscine. Il était dans l'eau. Il nageait. Esther, rassurée, l'aida à sortir de l'eau et le serra contre elle, évitant les regards des clients témoins de son mouvement de panique. Son soulagement fut intense, mais de courte durée. Il fallait agir, protéger Quentin, le mettre à l'écart, au secret…

Une heure plus tard, ils montaient à bord du bateau d'Eva. Le voilier était amarré au large, en plein milieu du lac.

— Quentin sera en sécurité ici, dit Eva. Personne ne connaît cet endroit.

Quentin ne semblait pas mécontent. C'était comme une maison, sur l'eau. Esther s'étonnait toujours de son courage. Il ne renonçait devant rien et rien n'aurait pu le faire agir autrement.

— Combien de temps on va rester ?

— Je ne sais pas, Quentin.

Quentin suivit Cindy dans la cabine. Eva et Esther restèrent seules sur le pont.

— Vous ne croyez pas qu'il vaudrait mieux le renvoyer aux États-Unis ? Vous travaillez pour le FBI, vous…

— Fuir ne sert à rien.

— Ça protégerait Quentin.

— Pour combien de temps ? Je veux qu'il ait une vie normale et, pour cela, il faut vider l'abcès. Je ne veux pas que dans vingt ans mon fils craigne pour sa vie à chaque pas dans la rue et qu'il ait peur de son ombre.

— Comme moi, tu veux dire ?

— Je suis désolée, je ne voulais pas te blesser.

— Inutile de t'excuser. C'est vrai, je suis devenue flic pour conjurer la peur qui est en moi. Mais, apparemment, ça ne suffit pas…

Eva était très émue, presque bouleversée.

— C'est incroyable, dit-elle, comment tout peut basculer subitement. J'étais une petite fille heureuse et insouciante et, en une seconde, ma vie est devenue un cauchemar.

— Tu as choisi d'affronter ton passé. Tu as choisi de t'en sortir. Et tu t'en sortiras…

— C'est facile à dire pour toi ! Tu ne sais pas l'enfer que j'ai vécu et que je continue de vivre !

— Je suis désolée, Eva.

— C'est moi qui suis désolée, dit Eva en se calmant. Je te dis ça, alors qu'un monstre menace ton fils ! Je… Pardonne-moi, Esther. Je suis en train de perdre complètement les pédales.

— C'est pourtant pas le moment. Il faut reprendre les choses en main.

Esther lui dit qu'elle avait recoupé les noms de tous les neuropsychiatres de la région. Elle voulait soumettre cette liste à Mathias. Elle comptait sur Eva pour lui laisser accès au prisonnier. Elle savait que Keller s'y opposerait…

Mathias avait été incarcéré dans un ancien fort militaire aménagé spécialement pour lui. Il était couché sur le dos, en train de soulever des kilos de fonte. Sa cellule était coupée en deux par une vitre blindée, derrière laquelle il pouvait recevoir des visiteurs.

— Mathias…

Il vit Esther derrière la vitre. Il posa ses haltères, se rétablit, saisit une serviette, essuya la sueur de son visage et s'approcha d'elle. Eva accompagnait Esther, elle se tenait en retrait.

— Bonjour, Esther. Je suis content de te voir.

Il la détailla de la tête aux pieds sans accorder un regard à Eva.

— Est-ce que tu connais le professeur Fournier, Mathias ?

— Ce pervers, bien sûr que je le connais. C'est un manipulateur qui prend son pied à humilier les élèves sous prétexte de les aguerrir. J'ai tout de suite vu que c'était un dingue.

— Tu as pourtant continué à suivre son cours…

— J'avais besoin de m'endurcir. Des épreuves m'attendaient pour lesquelles j'allais avoir besoin de beaucoup de maîtrise.

Eva avança d'un pas.

— Nous savons qu'il est spécialiste d'astrologie, dit-elle. Est-ce qu'il pourrait avoir créé la société du Zodiaque ?

Mathias considéra Eva pour la première fois. Il la jaugeait. Jusqu'à présent, ils s'étaient à peine croisés. Mais cela avait suffi à Mathias pour la percer à jour.

— Combien de temps ils t'ont séquestrée quand tu avais sept ans ?

Eva blêmit. Elle n'avait parlé à personne d'autre qu'à Esther et à Keller de sa séquestration. C'était son secret. Comment savait-il ?…

— Tu as eu peur de la mort ? À quoi tu pensais là-bas ? À tes parents que tu ne reverrais jamais ?

Eva n'osait plus parler. Elle était pétrifiée. Elle se sentait nue devant un criminel.

— Tu te demandais pourquoi papa et maman t'avaient abandonnée ? Pourquoi ils te cherchaient pas ? Peut-être qu'ils t'avaient donnée ?... Ou vendue ? Combien de temps tu les as détestés pour avoir laissé Vial te violer durant des semaines ?

Eva tourna les talons et quitta la cellule. Esther ne bougeait pas. Mathias la regardait, glacial.

— La prochaine fois que tu viens, tu viens seule, lui dit-il, la rage au ventre.

Esther désapprouvait son attitude hostile, mais elle préféra ne rien dire. Elle avait besoin de lui. Elle avait besoin de sa collaboration, comme on disait au FBI. Elle lui expliqua que Quentin était menacé. Il écouta attentivement, penché vers elle. C'est alors qu'Esther, regardant le crâne presque rasé de Mathias, découvrit les marques. Derrière son oreille, elle identifia les deux petites traces. Elles étaient exactement identiques à celles de Fabrice Laval.

— C'est quoi, ces cicatrices ? Là, derrière tes oreilles...

— Je sais pas. Je crois que j'ai toujours eu ça...

— Tu ne te souviens pas d'où ça vient ?

— Non, pourquoi ? C'est important ?

Esther sortit sa liste de noms de son sac.

— Est-ce qu'un nom sur cette liste évoque quelque chose pour toi ?

Mathias regarda les noms...

— Kowalski ! J'ai passé un examen médical chez lui avant d'entrer à l'institut Daguerre.

— Avant d'entrer à l'institut ?

— Oui. Pour passer des tests. C'est un neuropsychiatre. Pourquoi ?

— Tu te souviens de lui ? Comment était-il ?

— Grand. Des cheveux blancs. Un drôle de regard. C'est tout ce dont je me souviens.

— Mathias, il se peut que tu aies subi un traitement. Une sorte de manipulation mentale pour que tu te venges de ta famille.

— Des manipulations ? Quel genre de manipulations ?

— Des stimulations électromagnétiques qui auraient pu déclencher, volontairement ou non, d'ailleurs, des pulsions de mort.

— Toi aussi, tu veux m'innocenter ? Conneries…

Esther ne comprit pas pourquoi, mais il lui sembla que, malgré sa dénégation, Mathias semblait considérer cette hypothèse. Il retourna à ses haltères. Esther comprit que l'entretien était terminé. Elle avait oublié que Mathias était enfermé à vie. C'était un paramètre avec lequel il fallait compter.

La plaque indiquait un nom : J. Kowalski, neuropsychiatrie. Ancien interne des hôpitaux de Paris. Membre honoraire du CRCH.

Esther sonna. Elle observa la bâtisse qui paraissait déserte. C'était une maison de ville entourée d'un jardin pas vraiment entretenu. Les volets étaient fermés. L'endroit était plutôt inquiétant. Elle insista.

— Docteur Kowalski ?

Esther fit le tour de la maison par le jardin. L'arrière était encombré de détritus et envahi d'herbes sauvages. Soudain, un bruit la fit sursauter.

— Docteur Kowalski ?

Elle se retourna et découvrit une porte-fenêtre légèrement ouverte qui cognait à cause du vent. Esther s'en approcha, glissa sa main entre les battants et parvint à l'ouvrir en grand. Elle franchit le seuil de la porte-fenêtre et pénétra à l'intérieur de la maison.

Dans la pénombre, elle pouvait apercevoir des têtes d'animaux naturalisés accrochées sur les murs. Elle essaya d'éclairer. Il n'y avait pas d'électricité. Elle sortit une Maglite de son sac et continua son exploration. Elle pénétra dans le cabinet de consultation du psychiatre. Le faisceau de sa lampe éclaira ses diplômes et une photo d'un article de journal : le docteur J. Kowalski honoré par l'université de Kinshasa pour ses travaux sur des tribus ! Ainsi que d'autres universités exotiques comme Asunción…

Esther éclaira la photo et détailla le visage de l'homme : des cheveux blancs, plutôt longs, un visage sec, des traits réguliers, mais creusés… Elle examina d'autres photos : l'une d'elles avait été prise lors d'un safari en Afrique. Kowalski était armé d'une carabine de chasse. Soudain, elle s'arrêta sur l'une d'elle. Le docteur Kowalski posait à côté d'un homme qu'elle reconnaissait. Pierre-Antoine Daguerre. La photo avait pour cadre les jardins de l'institut Daguerre.

Esther contourna le bureau. Elle ouvrit les tiroirs, découvrant des dossiers, des notes, quand son attention fut brusquement attirée par une inquiétante sculpture : elle représentait l'anneau du zodiaque ! Au même instant, elle entendit un grincement… En bas. Il semblait provenir de la cave.

— Il y a quelqu'un ? Docteur Kowalski ?

Esther descendit un escalier qui conduisait dans les sous-sols de la maison. L'endroit était de plus en plus sombre. Sa lampe de poche éclairait tout juste son chemin dans un couloir pourtant étroit. Sur des étagères, le faisceau balaya des bocaux dans lesquels se trouvaient des fœtus humains plus ou moins bien formés : une sorte de petit musée de la tératologie médicale. Quel genre de fou êtes-vous, docteur Kowalski ? pensait Esther.

Le grincement recommença. Esther se trouva devant la porte d'où provenait le bruit. Elle tira le verrou sur le côté et poussa la porte d'un coup. Trouvant un interrupteur, elle parvint, cette fois, à allumer…

Elle était dans une salle de traitement clandestine, dotée d'un fauteuil muni de sangles, comme ces tables où on allonge les condamnés à mort avant l'injection létale. Esther coupa sa lampe torche et s'approcha de la table. Posé près d'elle se trouvait un casque à électrodes relié à un oscillographe. La partie avant du casque était à l'image des prototypes de simulation vidéo : deux écrans tombaient sur les yeux lorsque le casque était posé sur la tête. Alors qu'elle examinait le casque, la pièce fut soudain plongée dans l'obscurité.

Esther, paniquée, se mit à fouiller dans son sac, essayant de retrouver sa Maglite. Elle recula, mais la porte claqua derrière elle. Elle était prise au piège.

— Docteur Kowalski ? Qui est là ? Il y a quelqu'un ?...

Esther fit demi-tour dans l'obscurité. Elle ignorait qu'elle faisait face à un observateur invisible, muni d'un casque à vision nocturne. Il s'avançait à son insu. Il pouvait presque la toucher. Elle lui semblait tellement vulnérable dans le noir complet. Soudain, sentant une indicible présence, Esther se retourna. Puis ce fut le noir complet...

Esther se réveilla derrière le volant de sa voiture. Elle était immobilisée sur une aire de repos, près de l'autoroute. Il faisait nuit. Elle regarda sa montre : deux heures du matin. Impossible de se souvenir de ce qu'elle faisait là. Elle prit son portable, écouta sa messagerie.

— Rappelle-moi, Esther, disait la voix de Keller. On a peut-être une piste. Un psy radié du conseil de l'ordre, du nom de Kowalski. Jacek Kowalski.

Esther composa le numéro de Keller. Il décrocha.

— Allô ?

— C'est moi, Antoine.

— T'étais où ? Je t'ai cherchée toute la journée.

— Je ne sais pas. Je me suis endormie dans ma voiture.... C'est quoi, cette piste sur ton médecin, Kowalski ?

— Une impasse. Il est mort il y a six mois.

Keller lui expliqua qu'une des armes utilisées par Fabrice Laval avait appartenu à ce médecin, un neuropsychiatre du nom de Kowalski. Mais la piste n'avait rien donné de plus. Ce Kowalski était mort six mois auparavant. Il avait été tué dans le cambriolage de sa maison. Qui sait quel parcours avait eu l'arme ensuite pour arriver jusque dans les mains de Fabrice Laval.

— Kowalski ? répéta Esther.

Le nom que venait de prononcer Keller lui disait bien quelque chose. Une évocation très vague, très lointaine. Elle redémarra sa voiture.

Elle ne pouvait pas le voir, mais ses lobes occipitaux portaient deux marques rouges…

3

Dans sa cellule, Mathias, allongé sur le dos, réfléchissait. Il remontait dans son passé, possédant ce que les médecins appelaient la mémoire absolue. Il était capable de visiter sa mémoire comme un lieu où chaque seconde de sa vie s'était imprimée de manière indélébile. Il se souvenait de ce jour où sa mère était venue le voir au parloir et où, pour la première fois, elle n'était plus effondrée comme les précédentes. Elle était bouleversée, mais semblait heureuse. Mathias se souvenait de chacun de ses mots. Quelque chose dans l'acharnement de sa mère à lui prouver son amour le dérangeait. Il ne voulait pas de cet amour, ne le méritait pas, mais il était forcé de l'accepter.

— Il ne faut pas m'aimer. Je suis un monstre, un assassin.

— Non, Mathias. Tu es mon petit garçon.

— Faux. Je n'ai jamais été ton petit garçon. J'ai été élevé pour tuer.

— Non, Mathias. Et je vais le prouver. J'ai trouvé quelqu'un qui va t'aider à ton procès.

— Mon procès est une cause perdue.

— Non, Mathias, disait Grâce. Un médecin va prouver au monde entier que tu es innocent.

— Rien que ça ?…

Mathias se fendit d'un sourire caustique. Mais Grâce ne plaisantait pas.

— Qui ?

— Je ne peux pas t'en parler, pas tout de suite. Mais lui pourra expliquer comment tu es devenu le Zodiaque. Il est prêt à témoigner pour ce qu'ils t'ont fait quand tu avais vingt ans. Toute la vérité éclatera au grand jour. Et tu seras libre…

Mathias regardait sa mère et, soudain, il ne riait plus du tout. Il ne savait pas de quoi elle parlait. Pour la première fois, il attendit avec impatience qu'elle revienne la semaine suivante. Mais, lorsqu'elle revint, sa réponse fut plus énigmatique encore. Il n'était plus question de tout cela. Elle lui jura qu'il était innocent, mais s'excusa de ne plus pouvoir faire quoi que ce fût pour lui. C'était une question de vie ou de mort, avait-elle dit… Il ne la revit jamais vivante.

De qui parlait-elle ? se demandait Mathias aujourd'hui dans sa cellule. Parlait-elle de ce Kowalski ? Qu'est-ce qu'il lui avait fait subir ? Esther pouvait-elle avoir raison ? Avait-on fait de lui un tueur ? Était-ce possible ? Et, si oui, pourquoi avait-on touché son cerveau à lui ?

Mathias fut tiré de sa réflexion par l'ouverture du passe-plat. C'était l'heure de son déjeuner.

— Room service, dit un des gardiens avec son sens de l'humour bien à lui.

Mathias resta les yeux clos, jusqu'à ce que le passe-plat soit refermé. Une fois seul, il se leva pour aller prendre son plateau. Il agissait mécaniquement, tant son esprit était pris par sa réflexion. Il sentait qu'il était en train de comprendre pourquoi leur mère avait été tuée. Elle avait trouvé Kowalski. Que s'était-il passé après ? Pourquoi ne lui avait-elle jamais reparlé de ce qu'elle avait découvert ? Pourquoi avait-elle eu peur ? De quoi avait-elle eu peur ?

Mathias souleva le cache-plat et s'installa pour manger. Il avala une première fourchette de purée. Puis il s'arrêta au moment de donner le second coup de fourchette. Le goût de la purée lui semblait étrange. Il attaqua le plat, mais la sensation étrange se fit plus précise. C'était un petit goût d'amande. Soudain, il réagit. Il se leva et tapa à la grille.

— Garde ! GARDE ! On est en train de m'empoisonner ! Aidez-moi ! Aidez-moi, je vais crever, bordel !

Une porte s'ouvrit. Les gardiens hésitaient. De l'autre côté de la vitre, ils se regardaient. Ils redoutaient le piège.

— Ouvrez, bon Dieu ! Aidez-moi ! Appelez les secours !

Et, soudain, Mathias se mit à tousser. Il s'étranglait, essayant de recracher la nourriture qui le tuait. Il s'effondra. Du sang sortit de sa bouche. Les gardiens comprirent qu'il ne simulait pas.

— Ouvre ! Ouvre, bon Dieu !

— Et s'il bluffe ?

— Tu le flingues. Allez, il crache du sang ! Ouvre-moi cette putain de porte !

Ils ouvrirent la porte. L'un des gardiens se pencha sur Mathias. Il lui murmura quelque chose à l'oreille, avant de plonger dans un profond coma.

— La cascade, parvint à dire Mathias. La cascade des Anges. Tout part de là...

Le brancard, entouré de gardes en armes qui couraient, avait traversé les couloirs de l'hôpital sous les regards curieux des infirmières et des médecins. Mathias avait été intubé, mis sous monitoring. On lui avait injecté des doses massives d'atropine. Le troisième choc électrique avait relancé son cœur.

Derrière la vitre de la salle de réanimation, Esther et Keller observaient le Zodiaque, inconscient, allongé sur un lit. Ses avant-bras étaient reliés à des perfusions. Un respirateur le maintenait artificiellement en vie. Un électrocardiogramme montrait que son cœur battait, un encéphalogramme que son cerveau fonctionnait encore. Il était néanmoins dans un coma profond, peut-être irréversible.

— Si on veut le tuer, c'est parce qu'il peut nous aider, déclara Esther.

— S'il meurt, on pourra dire que le Zodiaque a trouvé son maître.

— Il ne mourra pas, Keller.

Keller regarda Esther de profil. Les liens du sang semblaient plus forts que tout. Elle voulait croire à la rédemption du tueur qui était entre la vie et la mort. La dose de cyanure avait été calculée pour l'envoyer au tapis sans le tuer. Mathias s'en sortirait. Peut-être même était-ce lui qui avait pris ce risque seul, pensa Keller. Puis il se dit qu'il était vraiment devenu paranoïaque. Mais comment avait-on pu l'atteindre aussi facilement ?

On avait retrouvé une substance toxique dans le sang de Mathias, également isolée dans son plateau-repas. Du cyanure de cobalt. Il provoque la paralysie des muscles respiratoires et l'hémorragie des voies digestives. Le plateau-repas avait été apporté, comme chaque jour, par Nicole, l'adjointe d'Eva.

— Tu as remarqué quelque chose de particulier quand tu es passée prendre son plateau ? demanda Eva.

— Non, tout était normal.

— J'ai vérifié : ce repas a également été distribué en ville, à la maison de retraite des Chenets. Et là-bas, les petits vieux pètent la forme, dit Spagnolo.

Nicole baissa les yeux.

— J'ai pu laisser le plateau une minute sans surveillance…

— Où ça ?

— Devant le bureau de tabac.

— Putain mais c'est pas vrai, à quoi tu pensais, merde ?

— À fumer une clope.

— Comme quoi, fumer tue, trouva bon d'ajouter Spagnolo. On le répétera jamais assez…

Keller était furieux. On lança un appel à témoin autour du bureau de tabac, mais déjà il savait que cela ne mènerait à rien. Le maître du Zodiaque n'avait fait aucune faute jusque-là.

— Commissaire, ajouta penaudement Nicole. D'après les gardes de service, il aurait dit quelque chose, juste avant de perdre connaissance…

— Ah oui, quoi ?

— Il aurait parlé d'une cascade. La cascade des Anges. Il aurait dit que tout partait de là…

La cascade des Anges était un endroit situé à une vingtaine de kilomètres d'Évian. Pourquoi Mathias avait-il parlé de ce lieu ? Comment « tout » pouvait-il partir de là ? s'interrogeait Esther.

La question resterait sans réponse tant que Mathias demeurerait inconscient dans la chambre de réanimation. Ses yeux étaient fermés. Fermés sur son secret. Esther vit deux personnes qui approchaient. Léa et son frère Loïc. Elle demanda aux policiers qui gardaient le couloir de les laisser passer. En s'approchant de la vitre, Léa fut bouleversée de voir Mathias entre la vie et la mort. Son frère dut la prendre dans ses bras.

— Il va s'en sortir ?

— Il peut mourir dans la nuit ou s'en remettre. Une chance sur deux, selon le toxicologue, dit Esther.

— Il peut aussi rester un légume pour le restant de ses jours, ajouta Loïc, comme si, par cette phrase, il voulait passer un message à sa jeune sœur.

— Plus jamais je ne pourrai aimer quelqu'un comme je l'ai aimé, lui !

Esther et Loïc échangèrent un regard. C'était la première fois que Léa se livrait ainsi. Elle se tourna vers Esther qui venait de comprendre toute l'ambiguïté de son comportement à l'égard de Mathias.

— C'était mon premier amour, dit Léa. Mon seul amour…

— Il t'a violée, Léa ?

— Ce n'était pas un viol !

— Tu… as aimé Mathias ? demanda Esther.

— Il avait vingt ans, moi seize. C'est pour ça que ma famille m'a forcée à dire que c'était un viol. La vérité, c'est que c'était un coup de foudre. Dès que je l'ai vu, j'ai su au fond de moi que c'était l'homme de ma vie !

— Il savait que tu étais enceinte de lui quand il est parti ?

— S'il l'avait su, dit Léa, Mathias ne serait jamais devenu un assassin. En le revoyant, j'ai compris qu'il resterait l'unique amour de ma vie.

La jeune femme, secouée de sanglots, pleurait dans les bras de Loïc. Son aveu était un coup de tonnerre. Une preuve supplémentaire que Mathias avait peut-être été conditionné…

— C'est un assassin, Léa, dit-il. Il a tué des gens…

— Quand je l'ai connu, il n'avait tué personne…

— Léa, reprit Esther, je sais que la mort de Lucie a remué des choses terribles en toi, mais… même si Mathias se remet, il va passer toute sa vie en prison !

— Alors, il aura encore plus besoin d'être aimé.

— Et Jérôme ? Il t'aime aussi.

— À travers Jérôme, c'est Mathias que je recherchais. Jamais je ne pourrai oublier ces moments où nous nous retrouvions à la cascade des Anges… C'est là que nous nous sommes aimés pour la première fois.

— Attends, Léa, l'interrompit Esther soudain en alerte. Qu'est-ce que tu as dit ? La cascade des Anges ?

— C'est l'endroit où se retrouvent les amoureux du coin, dit Loïc. On y va, si tu veux…

La cascade des Anges naissait d'un torrent qui surgissait de l'intérieur de la roche pour devenir, quelques dizaines de mètres plus bas, un lac au lit calme. Un sentier sinueux descendait parmi les herbes hautes et les rochers le long de la chute d'eau jusqu'au pied de la cascade.

Esther venait d'emprunter ce chemin quand elle découvrit une stèle en pierre. Elle représentait une croix et portait une inscription en latin : *Mater dolorosa*… Tout partait de là, avait dit Mathias. Une femme était morte, en déduisit Esther, à qui on avait dressé cette stèle. Quelle femme ? Et quel était le rapport de cette mort avec l'activité macabre du maître du Zodiaque ?

Seul, peut-être, Mathias avait la réponse. Mais il était entre la vie et la mort…

4

Esther marchait de long en large dans la suite occupée par Jérôme. Il ignorait évidemment tout de cette cascade et de cette stèle. Il s'en foutait, d'ailleurs, pensant à Léa qui était restée toute la nuit au chevet de Mathias.

— J'ai essayé de la raisonner, lui dit-elle, mais, tant qu'il est entre la vie et la mort, elle n'en décollera pas !...

Esther prit le verre des mains de son frère et le reposa. Jérôme semblait très mal en point. Il demanda à Esther de le laisser seul. Il aurait voulu lui dire la menace qui pesait sur elle, mais soudain, lui aussi voyait l'ombre du Zodiaque derrière sa demi-sœur. Depuis qu'elle était revenue, toute sa vie s'écroulait. Il était fiancé, allait se marier et, aujourd'hui, la femme qu'il aimait ne le prenait même plus au téléphone et passait ses nuits au chevet d'un assassin. Certes, il se doutait qu'il y avait eu autre chose qu'un enfant illégitime entre Mathias et elle, mais il n'imaginait pas qu'une passion brûlait encore dans le cœur de sa jeune fiancée. Il finissait par tout mélanger et associer Esther à son infortune. C'est pourquoi il ne lui parla ni de Cécile ni de la sorte de *fatwa* que Pierre-Antoine Daguerre avait lancée contre elle...

Dès qu'Esther fut partie, Jérôme appela Mekki. Il avait besoin de caresser un corps de femme. Il avait besoin de reprendre possession de lui en prenant possession d'une autre. Il voulait se prouver qu'il ne dépendait ni de Léa ni de ses sentiments pour elle.

Une heure plus tard, à la tombée de la nuit, il caressait le dos cambré de Mekki… Il ferma les yeux, sentant sa bouche mordiller son cou, embrasser sa poitrine… Pendant un instant, il oublia ses soucis. Quand il sentit sa bouche passer en dessous de la ceinture, il oublia tout…

Quand Jérôme rouvrit les yeux, il découvrit Mekki en train de lui attacher un poignet avec des menottes aux montants du lit. Elle lui fit un clin d'œil. Décidément, c'était une fille unique. Le problème fut qu'elle sortit du lit, ramassa ses vêtements et les déchira lentement…

— Qu'est-ce que tu fais ?

— J'appelle les flics, dit-elle.

Quelques minutes plus tard, la porte de la suite s'ouvrait sur le commissaire Keller. Il découvrit, avec une surprise feinte, Jérôme attaché au lit qui cachait sa nudité sous un drap. Dans un coin, Mekki était dans tous ses états.

— Il a voulu me violer, commissaire !

— C'est faux, Keller ! C'est une pute.

— Et après ? C'est pas pour ça que tout est permis.

— C'est quoi, ce plan ? Je l'ai pas violée !

— Ça va être votre parole contre la sienne, monsieur Saint-André, jubilait Keller. Et ici, en Suisse, la justice ne rigole pas avec ça. On appelle la direction de l'hôtel ? Pour un homme d'affaires de bonne famille qui va bientôt se marier, c'est le genre d'accusation qui tombe mal. Très mal…

— Vous jouez à quoi, salopard ?

— Quand je pose des questions et qu'on ne me répond pas, j'utilise les petites faiblesses de mes contemporains pour obtenir ce que je veux.

— Qu'est-ce que vous voulez, Keller ?

— Savoir quelle histoire d'amour a mal tourné entre les Daguerre et les Saint-André…

— Qu'est-ce que ça peut vous foutre ? Cette histoire n'a rien à voir avec les meurtres. Et puis j'en sais rien… Mais j'ai autre chose à vous dire.

Keller palpa la veste de Jérôme. Il prit quelques billets et les tendit à Mekki en lui disant d'aller s'acheter des fringues. Mekki encaissa l'argent. Elle rassembla ses habits, du moins ce qu'il en restait, et quitta la suite avec un sourire.

— Alors, quoi ? demanda Keller.

— Cécile... Ma sœur aînée morte il y a vingt-cinq ans ! Apparemment, elle ne serait pas morte dans un accident de voiture.

— Comment ça ?

— J'en sais rien. Mais tout le monde semble être au courant sauf moi. Y compris les Daguerre. Ils se sont même excusés auprès de ma famille.

— C'est tout ?

— Non. Le vieux Daguerre pense qu'Esther et Mathias sont complices dans ces meurtres.

— Tu te fous de moi, ou quoi ! Pourquoi penserait-il ça ?

— J'en sais foutre rien, Keller. Mais je vous jure que c'est vrai.

— Et Esther est au courant ? Tu lui en as parlé ?

— Non.

Keller lança la clé des menottes à Jérôme. Il se libéra et se massa les poignets.

— Vous me le paierez, Keller.

— Il y a des choses qui ne s'achètent pas, mon petit Jérôme. Je croyais que tu le savais...

Ces deux affaires étaient forcément liées, pensait Keller en regardant des photos de l'accident de Cécile Saint-André sur son ordinateur portable. Mais quel lien se tissait entre l'accident de Cécile Saint-André, les soupçons de culpabilité sur Esther et les manipulations mentales sur les étudiants ? « Terrible accident de voiture sur la route de Vauvenargues, près d'Aix-en-Provence », titrait le journal dont Keller consultait les archives. « Une héritière de l'empire Saint-André dans le coma ». Puis, quelques jours plus tard : « Décès de Cécile Saint-André après deux jours de coma. Fin d'un long calvaire ». Sa voiture avait quitté la route dans une ligne droite. Keller regardait la photo de Cécile. Elle avait trente ans, des cheveux bouclés… Elle ressemblait à Esther. Normal, elles avaient le même père. Mais comment Pierre-Antoine pouvait-il penser qu'Esther s'amuserait à venger une demi-sœur qu'elle n'avait même pas connue ? C'était absurde.

Keller regarda Esther qui dormait dans le lit. Il la réveilla et lui apprit le mystère qui planait sur la mort de Cécile. Esther regarda sa photo.

— C'est pour ça que les deux familles se détestent ? demanda Esther.

— Elles ne se détestent pas tant que ça, Esther. Elles sont en train de faire alliance sur ton dos.

Keller lui avoua qu'il avait extorqué cette information à Jérôme Saint-André. Il lui parla de cette rencontre qui avait eu lieu entre les deux familles. Esther fut stupéfaite d'apprendre que Pierre-Antoine Daguerre se méfiait d'elle au point de la croire coupable. Elle comprit le sens du coup de fil qu'elle avait reçu plus tôt. Pierre-Antoine voulait la voir. Il avait une proposition à lui faire…

Que savait-il ? Que s'était-il passé ? En quoi la mort de Cécile pouvait-elle la concerner, elle, qui ne l'avait jamais connue ? Ou alors, cette mort n'était encore qu'une étape de plus vers la vérité. Quoi qu'il en soit, tout cela confirmait l'intuition qu'Esther avait eue dès son arrivée dans la région et la découverte de la disparition de Lucie : elle était au cœur du piège tendu par le maître du Zodiaque. Elle était l'alpha et l'oméga de son mobile. La mort de sa mère en était la preuve. Mais qui était le maître du Zodiaque ? Quel était ce mobile ? Et que lui voulait-il ?…

5

Pierre-Antoine Daguerre accueillit Esther avec des marques de respect dignes de son rang. Il l'invita à s'asseoir en face de lui. Elle avait accepté cette invitation à dîner qu'il lui avait lancée et avait choisi de ne pas en informer Keller. Il ne l'aurait jamais laissée y aller. Elle considérait qu'elle avait un avantage suffisant : il ignorait qu'elle savait ce qu'il pensait d'elle. Maintenant, elle voulait connaître les causes de ses soupçons.

Elle prit place face à Pierre-Antoine. Elle était intimidée, presque malgré elle, par l'aura qui se dégageait de l'homme. Encore une fois, quelque chose lui rappelait son père. Adolescente, elle avait souvent été intimidée quand elle était invitée par son père, cet homme qui avait une autre famille, quelque part…

— Je vous remercie d'avoir accepté mon invitation. Je vous dois des excuses si j'ai pu parfois être dur avec vous, dit Pierre-Antoine Daguerre en guise de préambule.

— Ce sont les circonstances qui sont dures, monsieur Daguerre.

— Oui, et si elles pouvaient mettre fin à ce conflit entre nos deux familles, cela prouverait qu'il peut y avoir du bon, même aux tréfonds de l'horreur. N'est-ce pas ?

— Je ne connais pas les raisons de ce conflit et…

Pierre-Antoine interrompit Esther d'un geste de la main.

— Ne vous inquiétez pas, je ne vous ai pas conviée pour ça. En fait, je voulais vous parler de vous.

— De moi ?

— J'ai été très étonné d'apprendre, il y a deux ans, que Gabriel, enfin votre père, avait une enfant cachée.

— Ça ne l'a pas empêché d'être un père formidable.

— Je n'en doute pas. Nous étions assez proches, vous savez, quand nous étions jeunes.

— Je l'ignorais.

— Mais vous saviez qu'il était de la région, sans doute ?

— Vous savez, monsieur Daguerre, je n'ai jamais su grand-chose sur le passé de mon père.

— Il croyait en Dieu ?... Votre père ?

— Quand on perd ses parents très jeune, comme c'était son cas, on perd aussi souvent la foi.

— Je comprends. Parlait-il souvent de ses parents ?

— Rarement... Il était profondément un homme du présent.

— Je vois, répondit Pierre-Antoine. J'admire sincèrement la manière dont, partant de rien, il a bâti son petit empire. Moi aussi, quand il le faut, je sais être un homme du présent. De l'avenir, même...

Pierre-Antoine se tut, le temps que le maître d'hôtel leur serve deux coupes de champagne. Pierre-Antoine leva la sienne à l'intention d'Esther. C'était une réconciliation qu'il semblait vouloir sceller.

— Vous connaissez la Fondation Progrès et Démocratie ?

— Bien sûr. C'est un cercle d'influence international réputé dans les milieux d'affaires.

— C'est un club très fermé. J'en suis membre depuis des années. Il est temps pour moi de me choisir un successeur, comme le veut notre tradition. Je vais devoir introniser mon dauphin... J'ai pensé à vous.

— Pardon ? À moi ?

Esther tombait littéralement des nues.

— Je me suis un peu renseigné sur vous. Vous êtes brillante. Vous sortez de Harvard. Vous avez le cursus et, je le pense, l'aura nécessaire.

Elle ne comprenait pas ce revirement de situation.

— Vous ne pouvez pas me faire un tel cadeau. Vous ne me connaissez pas.

— J'ai suffisamment vécu pour pouvoir juger une personne sans tout savoir de sa vie.

— Mais je ne suis rien pour vous. Vous avez des fils…

— Aucun n'est à la hauteur. C'est d'ailleurs mon erreur. Je leur ai imposé des défis qu'ils n'étaient pas armés pour relever.

Pierre-Antoine trempa les lèvres dans son verre. Il était tout à fait détendu. Il scrutait Esther et semblait jubiler. Il voulait tellement la convaincre de dire oui.

— Mais vous, vous avez cette force ! Alors, acceptez. Acceptez et avouez. Restons-en là. Œil pour œil.

« Nous y voilà », pensa-t-elle.

— Je n'ai rien à avouer, dit-elle.

Pierre-Antoine devint soudain glacial et menaçant.

— Alors, pourquoi êtes-vous revenue ici ?

— Parce que la mort de ma mère m'y a poussée.

— Qu'est-ce que vous savez ? Qu'est-ce que votre père vous a dit ? Pourquoi vous, et votre maudit frère Mathias, vous acharnez-vous contre moi et ma famille ?

— Pourquoi m'accusez-vous ? Que savez-vous que j'ignore ?

Esther regardait Pierre-Antoine Daguerre. Elle avait du mal à soutenir ce regard perçant et incroyablement bleu. Calmement, il se pencha vers elle.

— Je sais que vous vous vengez et je ne vous laisserai pas exterminer ma famille. Je sais que vous savez tout. Je sais qu'il vous a parlé.

— Qui ? Qui m'a parlé ?

— Ne me prenez plus jamais pour un naïf, mademoiselle Delaître.

Esther reposa ses couverts et quitta la table. Pierre-Antoine la regarda partir. Il se dit qu'elle était belle. Il aurait aimé être son père. Il regretta un instant de l'avoir envoyée à la mort.

Esther fila à sa voiture. Elle tourna la clé nerveusement. Une fois, deux fois, trois fois… Le moteur refusa de démarrer.

Elle tapa rageusement sur le volant et sortit. Elle n'était après tout qu'à quelques centaines de mètres de son hôtel. Elle marchait le long de la route du lac quand elle fut soudain aveuglée par les phares d'une voiture qui arrivait en sens inverse. Au lieu de ralentir, la voiture accéléra et lui fonça dessus. Esther dut faire un bond de côté. La voiture entama alors une marche arrière rapide, puis effectua un demi-tour violent.

Esther était déjà partie en courant. Mais un homme sortit de la voiture et n'eut aucun mal à la rattraper, gênée qu'elle était par ses hauts talons. L'homme se jeta sur elle, la colla contre sa voiture. Il saisit une arme dans sa poche. C'était un *stun-gun* qui générait une décharge électrique propre à vous assommer. Esther était à la merci de son assaillant quand il fut lui-même aveuglé par le faisceau d'une lampe torche.

— On ne bouge plus, Fournier !

Fournier leva les mains et se tourna en direction d'Eva qui avançait vers lui en le braquant de son arme de service. Depuis qu'elle l'avait dans le collimateur, elle n'avait cessé de le surveiller. Cela avait fini par payer…

— Je savais que vous feriez une erreur. Bougez d'un centimètre et vous êtes mort !

Esther se dégagea de sa prise. Eva plaqua Fournier contre le parapet du quai. Elle lui fit une clé et il se retrouva le bras tordu dans le dos, obligé de se mettre à genoux.

— À genoux, ordure ! Donne ton arme !

— Je suis pas armé, vous êtes malade ou quoi !

— Et ça, c'est quoi ?

Elle lui prit le *stun-gun* des mains et lui tira une décharge dans le dos. Il s'effondra. Elle lui envoya un coup de pied dans le ventre. Cela faisait plusieurs jours qu'elle en avait envie. Si elle avait été seule avec lui, elle l'aurait peut-être tué…

Fournier était seul dans la salle d'interrogatoire. Il ne bougeait pas. Les flics, derrière la glace sans tain, savaient qu'ils allaient avoir fort à faire avec lui, pour comprendre pourquoi il s'en était pris à Esther. Fournier ne daigna même pas regarder Eva quand elle s'assit en face de lui. Elle lui annonça qu'il risquait une mise en examen pour violences et tentative d'enlèvement.

— Je devais juste l'intimider.

— C'est ça, oui. Sur l'ordre de qui ?

— Le vieux Daguerre, dit Fournier.

— Ce sera votre parole contre la sienne. Et ça ne sera pas simple à prouver !

— C'est la vérité.

Derrière la glace, Esther était persuadée que Fournier disait vrai. Pierre-Antoine Daguerre l'avait attirée dans un guet-apens. Mais, évidemment, ils ne parviendraient jamais à prouver que Fournier avait agi en homme de main. Keller le savait, c'était pourquoi il avait choisi de laisser Eva mener l'interrogatoire. L'usage du tutoiement était de mauvais augure. Il avait peur qu'elle craque. Et en même temps, il devait lui donner cette chance de supplanter son bourreau.

— Ça n'est pas ce que je crois, dit Eva. Tu sais ce que je crois, moi ? Je crois que tu t'apprêtais à embarquer Esther Delaître, comme tu as enlevé la petite Lucie…

— Et puis quoi, encore ?

— On y vient. Parlons un peu de toi. Je me suis renseignée depuis ton dernier passage ici…

Derrière la glace sans tain, Keller et Esther assistaient à l'audition avec angoisse. Eva ouvrit d'un coup sec le dossier qu'elle avait apporté et le parcourut mécaniquement.

— Depuis que tu es à l'institut Daguerre, combien d'étudiants ont suivi tes cours ?

— Je ne tiens pas de compte. Une vingtaine par année, environ.

— Ça fait en gros quatre cents… Et sur ces quatre cents, sept sont devenus des criminels.

Eva lui montra la liste et les photos. Sept étudiants ordinaires qui, un beau jour, étaient passés de l'autre côté, sans mobile.

— Sauf qu'ils étaient tous passés entre tes mains d'abord, Fournier. Tous, sans exception !

Le regard de Fournier restait fixé sur Eva. Il ne regarda pas les photos.

— Et alors ?

— Alors, tu les pousses au meurtre en leur lavant le cerveau. Comme Fabrice Laval, par exemple. Que tu as éliminé froidement pour qu'il ne parle pas.

— Vous divaguez, capitaine…

— Et quand ça ne t'a plus suffi, tu t'es mis à tuer toi-même ! Je me suis renseigné sur toi. Je sais tout, Fournier.

— Vraiment ? Et qu'est-ce que vous savez ?

— Ton passé. Ce légionnaire que tu as assassiné à l'âge de vingt ans, au cours d'une bagarre dans un bar.

— Légitime défense.

— Et les soupçons de meurtre sur ce jeune militaire espagnol, disparu en mission au Liban. Une mission que tu commandais…

— Non-lieu.

— Et quand on t'a engagé à l'institut Daguerre, tu venais d'être viré de l'armée pour avoir provoqué la mort de trois saint-cyriens lors d'un stage en Guyane. Vrai ou faux ?

— C'était un accident.

— Mais c'est une fois à l'institut Daguerre que t'as trouvé ta vraie mesure. Ta vraie vocation de gourou !

Eva, de plus en plus sous pression, se rapprochait de Fournier, brûlant d'envie de le frapper.

— Comment as-tu poussé Fabrice Laval à prendre toute une classe en otage ?

— Vous me donnez un pouvoir que je n'ai pas, capitaine.

— Faux. Tu l'as. Tu jouis du pouvoir que tu as sur les jeunes. Hein ? Et tu joues avec nous en utilisant le Zodiaque, parce que c'est ta plus belle réussite. Tu as commencé avec Michel Vial, que tu as poussé à enlever une gamine il y a vingt ans !

Eva attrapa Fournier par sa chemise pour le forcer à la regarder dans les yeux. Keller passa derrière Esther pour se diriger vers la porte de la salle d'interrogatoire.

— Réfléchis un peu. Pourquoi c'est toi que Vial a enlevée ? Tu l'avais allumé comme la salope que tu es, et Vial t'avait flairée !

Les yeux d'Eva se chargèrent de larmes. Elle souleva la tête de Fournier et lui fit taper le front sur la table. Une fois, deux fois, trois fois. Et, subitement, Eva sortit son arme de service et la lui enfonça sous le menton. Derrière la glace sans tain, Keller attendait encore. Il voulait être sûr d'avoir tout tenté.

— C'est pas moi qui t'ai enlevée ! Je te le jure !

Fournier, soudain, avait compris qu'il était allé trop loin. Il prit peur.

— Tu mens, lui gueula Eva. Je sais que tu es dans le coup.

— Ne tire pas ! Je vais tout avouer.

Eva releva le chien de son revolver. Keller s'approcha d'elle. Il venait d'entrer dans la salle. Doucement, tout doucement, il ôta l'arme des mains d'Eva.

— Ça suffit ! Ça va maintenant… Ça va, j'ai dit ! Calme-toi, calme-toi…

— C'est lui, Keller.

— Je sais. Mais continue comme ça et c'est lui qui s'en sort et toi qui es virée !

Keller reprit l'interrogatoire à la place d'Eva qui quitta la salle, bouleversée. Fournier essuya le sang qui perlait de son nez.

— Je sais pourquoi Michel Vial l'a enlevée. J'étais pas dans le coup mais je sais ce qui s'est passé pendant cet enlèvement. Je suis prêt à parler.

— Parle.

6

Derrière la glace sans tain, Eva avait rejoint Esther. Elle était toujours sous le choc, mais calmée, et assistait avec émotion à ce moment solennel des aveux de Fournier.

— C'était une expérience, dit-il. Une expérience qui a mal tourné. Je venais d'arriver à l'institut Daguerre, il y a une vingtaine d'années. Mon ami Alexis m'avait recruté. Un jour, Pierre-Antoine Daguerre m'a demandé de sélectionner un groupe d'étudiants, afin de participer à une sorte d'évaluation !

— Quelle sorte d'évaluation ?

— Il s'agissait de mesurer leurs capacités intellectuelles. Du moins, officiellement…

— Et réellement ?

— Le but de l'expérience était d'accroître artificiellement leurs performances intellectuelles !

— Comment ?

— En accentuant leur pouvoir de concentration par certaines manipulations mentales : l'hypnose associée à une neurostimulation par ondes électromagnétiques.

— Et ça a donné quoi ?

— C'était stupéfiant. Les mômes stimulés étaient capables de mémoriser et de synthétiser l'essentiel d'un mémoire de trois cents pages en quelques heures. Ils pouvaient exercer une activité intellectuelle soutenue trois fois plus longtemps sans baisser de régime.

— C'était quoi ton rôle dans l'expérience, Fournier ?

— Les encadrer. Faire que tout se passe bien.

Fournier s'interrompit un instant. Il regarda Keller.

— Mais tout a foiré. L'un des étudiants a disparu une nuit. J'ai cru qu'il s'était tiré de l'institut. Pas du tout. Il est revenu le lendemain matin et les tests ont repris.

— C'était Vial ?

— Oui. Dans le même temps, on a entendu dire qu'une gamine avait disparu dans la vallée.

Esther jeta un regard du côté d'Eva qui observait, magnétisée par Fournier et son récit.

— Personne n'a fait le rapprochement.

— Sauf toi ?

— Oui. Vial me semblait différent. Plus instable. Plus sombre. Et il quittait le dortoir chaque soir.

— Qu'est-ce que tu as fait ?

— Je l'ai suivi en douce. Il m'a conduit jusqu'à une mine de sel dans la montagne… J'ai découvert la gosse emprisonnée dans la scierie, les mains attachées, un bandeau sur les yeux. J'ai compris que Vial avait pété les plombs.

Derrière la glace, Eva éclata en sanglots. Esther lui prit la main.

— Une expérience ! gémit-elle. C'est une expérience qui a foutu ma vie en l'air !

Face à Keller, Fournier continuait avec une précision scrupuleuse son récit.

— La petite avait les yeux bandés. Cela faisait trois semaines que Vial la séquestrait. Je vous passe les détails. J'ai attendu que Vial se tire. Sans me montrer, en lui laissant le bandeau qu'elle portait sur les yeux, j'ai fait monter la petite dans ma voiture et je l'ai ramenée à l'institut Daguerre.

— Et après ?

— Après, je ne sais pas. Je crois que Pierre-Antoine Daguerre a négocié avec les parents de la gamine. Parce que ça la foutait mal pour l'institut. Si on avait découvert qu'il s'agissait d'une expérience qui avait mal tourné, c'était une catastrophe.

— Et les autres étudiants qui avaient subi l'expérience ?

— Rien. Aucune conséquence.

— Comment a-t-on expliqué la réaction de Vial ?

— Soit il était fondamentalement pervers et l'expérience n'avait fait que révéler sa nature profonde et le pousser à l'acte. Soit…

— Soit ?…

— On avait fait de lui un monstre…

— Et l'expérience a continué ?

— Bien sûr que non. Ils ont tout arrêté dès qu'ils ont compris que ça avait mal tourné.

— Apparemment, elle continue. Regarde. Ton étudiant qui a pris ta classe en otage. Tu vois les marques, là, derrière l'oreille…

Keller montra à Fournier une photo de Fabrice Laval sur la table d'autopsie. Il reconnut les traces de brûlure derrière ses oreilles. La marque des électrodes à ultrasons, utilisées pour conditionner les étudiants.

— Qui était responsable de ces expériences ?

— Un neurologue. Un ancien étudiant de l'institut dans les années 1950. Kowalski. Le docteur Jacek Kowalski.

Le problème, c'est que Kowalski était mort six mois avant dans le cambriolage de sa propriété. Un cambriolage qui tombait à pic pour éliminer un témoin gênant.

Eva voulait confronter Pierre-Antoine Daguerre. Keller la comprenait, mais il n'était pas du même avis. Il pourrait toujours nier. Ils n'avaient aucune preuve à lui présenter, à part les aveux de Fournier.

— C'est de sa faute si on m'a enlevée et séquestrée pendant trois semaines, Keller. C'est lui qui est coupable !

— Je sais, répondit Keller. Et c'est bien pourquoi je te demande de me faire confiance. Garde tes distances, Eva. Tu avais raison, tu n'es plus objective.

— Comment veux-tu que je sois objective ? Je suis le résultat d'une expérience qui a mal tourné, dit-elle.

Elle était retournée dans son bureau où Keller l'avait rejointe. Elle rangeait ses dossiers. Dans l'un d'eux, une photo attira l'attention de Keller. C'était l'original de la photo dont avait été tiré l'agrandissement pour la première page du journal qui annonçait sa disparition. Eva, enfant, était dans les bras de sa mère dont le visage avait été brûlé.

— C'est ta mère ? C'est toi qui as brûlé son visage ? Pourquoi t'as fait ça ?

— Parce qu'elle m'a abandonnée à mon sort, qu'est-ce que tu crois ? Laisse tomber, maintenant, Keller, c'est de l'histoire ancienne tout ça.

Eva reprit la photo et la déchira. C'était fini. C'était du passé. Keller la regarda avec compassion. C'était bien le pire qui pouvait lui arriver, comprendre qu'elle n'avait rien à voir avec leur enquête. Les expériences de Kowalski avaient créé Michel Vial, lequel avait enlevé la petite Eva. Plus tard, quelqu'un avait repris ses expériences dans un but maléfique et avait fabriqué, pour ainsi dire, d'autres Michel Vial... Parmi lesquels, le Zodiaque. Mais l'enlèvement d'Eva n'était finalement qu'un dégât collatéral...

— Qui s'est occupé de l'enquête sur le cambriolage de la baraque de Kowalski ?

— C'est nous, dit Eva. C'est même moi.

Keller fit défiler à l'écran les photos du médecin étendu sur le sol de sa maison, au milieu d'une mare de sang. Esther regarda les différentes photos de l'Identité judiciaire : le corps du médecin étendu au milieu du cabinet.

— On a retrouvé les cambrioleurs ?

— Non, tout ce qu'on a retrouvé, c'est ça.

Elle montrait une petite croix religieuse en or, sans doute portée en pendentif.

— Elle était sous un meuble. Un des voleurs a pu la perdre.

— Ou la laisser en signature ?...

Esther suivait les policiers dans le jardin de la maison du docteur Kowalski avec un étrange sentiment de familiarité. La maison était vide. Le jardin mal entretenu. Des ronces avaient envahi l'allée qui conduisait jusqu'à l'entrée principale. Keller s'effaça pour laisser les spécialistes crocheter la porte. Le groupe d'enquêteurs prit possession du cabinet de consultation. Tous les meubles étaient recouverts d'un drap blanc... Keller vit la photo de Kowalski avec Pierre-Antoine Daguerre. Donc Fournier avait dit vrai...

— Qu'est-ce que c'est que ce toubib, nom de Dieu ?

Soit Kowalski avait repris ses expériences, soit on avait détourné ses techniques à des fins criminelles. Le problème était que Kowalski était mort depuis six mois. Keller se demandait qui, dans l'entourage des Daguerre, pouvait avoir repris le flambeau. Il remarqua qu'Esther vacillait légèrement.

— Ça n'a pas l'air d'aller ? Qu'est-ce qui t'arrive ?

— Non, rien. Ça va...

— Je t'accorde que l'endroit est un peu inquiétant. Tu veux aller prendre l'air ?

— Il y a une cave ici.

Esther sortit de la salle de consultation et se dirigea vers un escalier...

Esther ouvrit la porte de la cave sur une salle vide. Rien, ni personne. Tout le matériel de conditionnement neuropsychiatrique avait disparu. Comme cela avait aussi disparu de son souvenir...

Keller regardait Esther en coin. Qu'est-ce qui lui avait pris ? Qu'espérait-elle voir ? Comment savait-elle qu'il y avait une cave ? Il essaya de lui parler, mais elle était incapable de répondre. Une certitude lui était soudain venue, pensait-elle, de nulle part.

— Venez voir...

Spagnolo, resté dans la salle de consultation, appelait Keller. Il venait de trouver le dossier psychiatrique d'une femme dans les papiers de Kowalski. Et pas n'importe quelle femme ! Giovanna Dilivio-Daguerre, la première épouse d'Alexis Daguerre, la mère de Loïc. Elle avait été soignée par Kowalski. Son dossier établissait un diagnostic de schizophrénie avec déstructuration de la personnalité et syndrome de persécution. Il recommandait un internement définitif. L'ouverture du dossier était datée de plus de vingt-cinq ans...

— Je vais lancer une recherche sur cette femme. Elle n'a pas disparu par hasard, sans donner de nouvelles !

En voyant la date de son internement, le 23 juillet 1984, une idée venait de se former dans l'esprit de Keller. Un lien logique qui, s'il se vérifiait, pouvait les mener aux causes de la vengeance du maître du Zodiaque…

— Il y a plus urgent. Il faut ordonner une autopsie du corps de Cécile Saint-André, dit Keller.

7

Plusieurs voitures de police avançaient au pas dans l'allée principale du cimetière d'Aix-en-Provence. L'exhumation de Cécile Saint-André venait d'avoir lieu dans un silence pesant, comme un rituel funèbre. La tombe portant son nom (1957-1987) était béante. Le cercueil, une fois hissé, avait été enfourné dans le véhicule de police, sous le regard sombre des fonctionnaires qui, pourtant, avaient l'habitude de côtoyer la mort. Mais il y avait quelque chose de l'ordre de la profanation qui les choquait, d'autant que les motivations de Keller étaient restées secrètes. Même Esther avait eu du mal à admettre la nécessité d'une telle opération. Quant aux Saint-André, ils avaient essayé violemment de s'y opposer mais leur avocat n'avait rien pu empêcher…

Le médecin légiste procéda à l'ouverture du cercueil. Il souleva le couvercle en bois, découvrant une masse difforme enveloppée d'un linceul qu'ils ôtèrent avec précaution. Keller découvrit alors un squelette recroquevillé sur lui-même. Une cage thoracique. Un crâne. Des os. Une main comme à plat contre le couvercle, comme si le corps avait voulu sortir pour crier sa révolte. Le légiste et son assistant utilisèrent le linceul pour lever les restes et les déposer sur la table d'autopsie. Cet amoncellement d'os avait naguère été une femme…

La dépouille de Cécile Saint-André fut enfournée dans un scanner. Soudain, une image dense apparut au niveau de la cage thoracique. Un corps étranger d'un centimètre environ. Le légiste se saisit d'une pince pour fouiller le corps au niveau de la région thoracique. Il ramena un objet métallique au bout de sa pince. Une balle.

Elle avait fini sa course dans le corps de la sixième vertèbre dorsale après avoir certainement perforé le cœur de la malheureuse victime.

— Cela veut dire que Cécile Saint-André était morte avant son accident de voiture, dit Keller.

La balle, compte tenu de son calibre, avait peut-être même été tirée à bout portant. La personne qui avait tué Cécile avait commis le crime parfait. En tout cas, il l'était resté pendant près de vingt ans. Pour Keller, le parallèle avec le Zodiaque était clair. C'était elle qu'on vengeait en exterminant les filles Daguerre. Comme deux ans avant, le Zodiaque s'était vengé du crime de Gabriel Saint-André, le soi-disant maître du Zodiaque vengeait aujourd'hui la mort de Cécile. Mais pourquoi était-elle morte ?...

— Peut-être parce qu'elle avait eu le tort de tomber amoureuse de la mauvaise personne, acheva Keller à voix haute.

— Cécile ne peut pas avoir été tuée !

Au milieu des membres de sa famille qui venaient d'assister à la révélation de Keller, Alexis Daguerre était à la croisée des regards. Il venait de crier. Il se reprit aussitôt.

— Vous êtes certain que Cécile ne s'est tout simplement pas suicidée avec une arme à feu ?

— On aurait retrouvé l'arme près du corps dans la voiture, monsieur Daguerre. Non... La mort de Cécile est bien un meurtre.

Alexis savait que Keller avait compris. L'histoire d'amour qui avait mal tourné était la leur. Il avait aimé Cécile Saint-André. Il l'avoua, sans peur et sans reproche. Oui, il avait aimé Cécile. Oui, on avait empêché cet amour comme celui de Roméo et Juliette.

Léa, stupéfaite, regardait sa mère. Hélène dévisageait son mari. Loïc, lui, baissait les yeux. Alexis s'assit et se prit la tête dans les mains.

— Vous étiez encore son amant quand elle est morte ? demanda Keller.

— Vous ne pensez tout de même pas que ce meurtre est lié à la relation de mon fils avec cette femme ? intervint Pierre-Antoine Daguerre.

— Que pensiez-vous de cette liaison, monsieur Daguerre ?

— Je m'y suis opposé par principe : j'exècre l'infidélité. Mon fils était marié. Mais Gabriel Saint-André s'y est opposé lui-même et de façon beaucoup plus violente que moi.

— Pendant plus de dix ans, Cécile et moi avons vécu ensemble un amour infini, avoua Alexis.

Keller le regarda, étonné, presque touché par sa soudaine franchise.

— Comment est-elle morte ?

— J'aurais dû mourir, moi aussi. Cécile et moi avions décidé de disparaître ensemble. En même temps. Un suicide à deux. Moi ici, elle là-bas. Le jour venu, elle a précipité sa voiture dans un ravin. Moi, j'ai avalé une boîte entière de barbituriques. Le malheur a voulu qu'on me sauve la vie. Quand je me suis réveillé, après deux jours de coma, j'ai appris que Cécile... était morte.

Alexis refoula des sanglots. Il posait sur Keller un regard déchiré par la souffrance.

— J'avais tué l'amour de ma vie. Je n'ai plus eu la force d'en finir. Mon calvaire fut de devoir vivre en portant cette culpabilité jusqu'à la fin de mes jours...

— Vous n'êtes pas responsable de sa mort, monsieur Daguerre. Cécile ne s'est pas suicidée. Elle a été tuée. La question, maintenant, est de savoir par qui...

Keller ne lâchait pas Alexis du regard. Il attendait de savoir jusqu'à quelle profondeur il allait s'enfoncer dans le mensonge. Ou dans la dissimulation. Esther, qui assistait aussi à la scène, comprit pourquoi, depuis son arrivée, Alexis était aussi violent avec elle. Elle avait bien remarqué cette ressemblance entre elle et Cécile. Elle lui rappelait la femme qu'il avait aimée. Elle était un souvenir vivant de celle qui était morte...

— Où est-elle ? demanda soudain Keller.

— Qui ? De qui voulez-vous parler, commissaire ? répondit Alexis Daguerre.

— Votre première épouse, asséna Keller. Giovanna Dilivio-Daguerre. Je sais qu'elle a été internée une semaine après la mort de Cécile Saint-André. Ne me faites pas croire que c'est un hasard.

— Quoi ? Ma mère ? intervint Loïc. Ma mère est vivante ? Vous savez où elle est ?

— Ça fait vingt ans qu'elle croupit dans un asile de fous, ta mère ! dit sèchement Philippine.

— Philippine !

— Vous l'avez fait enfermer ?

Alexis s'approcha de son fils. Le père et le fils avaient les larmes aux yeux.

— J'aurais voulu tout te dire, Loïc. Il aurait fallu que je t'explique qu'on l'avait éloignée pour te protéger.

— Me protéger ?

— Elle aurait fini par te tuer. Ta mère souffre du syndrome de Münchhausen par procuration : elle te maltraitait afin qu'on la plaigne d'avoir un enfant malade. C'est une névrose terrible. Plusieurs fois, on a dû t'emmener à l'hôpital. On a dû finir par la placer.

— Elle était peut-être tout simplement jalouse, suggéra Keller.

— Il arrive parfois qu'une rencontre soit plus forte que tout, poursuivit Alexis. Une rencontre pour laquelle on est capable de tout sacrifier. On appelle ça la passion. C'est à la fois la plus belle chose et la plus destructrice. Je te souhaite de ne jamais connaître ce sentiment.

Loïc regardait Alexis. Il semblait regagner de l'estime pour ce père qu'il avait si longtemps méprisé et considéré comme un lâche. Esther était terriblement gênée d'assister à cette scène de famille. Loïc prit la main de son père et la serra.

Giovanna, la mère de Loïc, n'était qu'à une dizaine de kilomètres de là, dans un ancien sanatorium reconverti en hôpital psychiatrique dans les années 1960. Mais dans sa tête, elle était loin, très loin, au milieu de regards fantomatiques, de silhouettes qui avançaient comme des robots, de malades assis sur des bancs pendant des heures.

Esther et Keller la trouvèrent dans un patio médiéval cerné de colonnes et de voûtes. Elle était assise sur un banc de pierre et contemplait la vie de loin, du fond de son brouillard intérieur. La mère de Loïc se retourna à leur arrivée. D'emblée, son regard se fixa sur Esther.

— Sorcière !

Elle se leva et s'avança vers elle, menaçante. Esther, sous le choc, recula.

— Comment oses-tu revenir me hanter ? Sorcière ! Tu l'as envoûté. Tu as envoûté mon mari. Et tu me l'as volé !

Esther comprit que Giovanna la prenait pour Cécile. Le temps s'était arrêté.

— Va-t'en ! Ne reviens jamais. Jamais ! Je te hais. Je te tuerai !... Je te tuerai si tu reviens !

Giovanna se jeta sur Esther, ongles en avant. Esther esquiva le coup. Keller dut ceinturer la malade, en pleine crise de démence, pour l'empêcher de lacérer de ses ongles le visage d'Esther. Des infirmières arrivèrent.

— Sois maudite ! criait Giovanna. Sois maudite, Cécile Saint-André !

— Qui l'a tuée ?

Giovanna se calma aussitôt, presque par magie. Elle ne gesticulait plus, ne menaçait plus. Elle était soudain cassée...

— Ils n'avaient pas le droit de s'aimer, murmurait-elle maintenant. Ils n'en avaient pas le droit.

— Pourquoi n'en avaient-ils pas le droit ?

— Mais parce que c'était contre nature.

— Qu'est-ce qui était contre nature ?

— C'était un inceste ! Ils étaient du même sang ! S'ils avaient procréé, ça aurait donné un monstre ! Un monstre ! Un monstre !!!

Elle répétait ce mot incessamment. Keller comprit qu'il n'obtiendrait plus rien d'elle. Elle était repartie dans sa folie.

Pourquoi un inceste ? Qu'est-ce que cela voulait dire ? En quoi Alexis Daguerre et Cécile Saint-André étaient-ils du même sang ?

Pierre-Antoine Daguerre reçut Esther dans son bureau. Là où ils s'étaient vus pour la première fois. Il lui fit face, un long instant, sans dire un mot. Puis il brisa le silence d'une voix nouée…

— C'est vrai, nous sommes une seule et même famille. C'est l'unique raison pour laquelle je me suis opposé à la relation de mon fils Alexis avec votre sœur Cécile…

Une seule et même famille ?… Esther ne comprenait pas. Pierre-Antoine s'enferma dans le silence.

— Cécile Saint-André a été assassinée, lui dit Esther en pesant chacun de ses mots. Et ce meurtre est aujourd'hui à l'origine de la mort de Lucie et de Sandrine. Je veux la vérité, monsieur Daguerre. Il faut que ça s'arrête.

— Mais vous la connaissez, la vérité, dit-il.

— Non. Vous la connaissez.

— Je vais vous la dire, mais pas ici. Rejoignez-moi à la cascade des Anges. Vous connaissez, je crois… Passez par l'arrière de l'institut. Je ne veux pas qu'on nous voie ensemble.

Esther sortit du bureau. Pierre-Antoine attendit que la porte soit close. Il ouvrit alors un tiroir de son bureau et se saisit d'une arme, un vieux P38 de la Seconde Guerre mondiale.

8

Esther arriva à la cascade des Anges avant Pierre-Antoine Daguerre et découvrit le message. Il était peint contre la stèle et composé de cinq mots : « TUE CELUI QUI M'A TUÉE... » Voilà l'ordre que lui donnait le maître du Zodiaque en échange de la vie de Quentin. C'était l'heure du rendez-vous avec le destin. Était-elle prête à devenir l'outil consentant de sa vengeance ?

Esther n'entendit pas arriver Pierre-Antoine Daguerre. Le bruit de ses pas avait été couvert par le grondement de la cascade. Voyant lui aussi les mots peints sur la stèle, il sut que la fin était proche. Seule sa mort pourrait arrêter cette vengeance implacable. Le maître du Zodiaque n'était plus, pour lui, un individu distinct, il était devenu la métaphore du destin.

— C'est là, dit-il, à cet endroit que tout a commencé. Je sais que vous savez. Vous avez toujours su, n'est-ce pas ? Votre père vous a parlé. Qui donc fleurirait cette stèle tous les ans, depuis tant d'années, sinon vous ?

— Je vous jure que je ne sais pas de quoi vous parlez, monsieur Daguerre.

Pierre-Antoine regardait Esther. Ses yeux vifs semblaient encore plus brillants que d'habitude.

— Quand je vous ai vue, dit-il, j'ai cru que vous aviez été envoyée pour me donner l'absolution. Je ne pensais pas que vous étiez l'ange de la mort chargé de me faire expier.

Pierre-Antoine sortit son arme. Esther se figea. Elle croyait n'avoir plus rien à craindre de lui.

— C'est vous qui avez tué Sandrine et ma petite Lucie, n'est-ce pas ? Vous et votre frère Mathias : vous vous vengez de nous !

— De quoi je me vengerais ? Je ne sais pas de quoi vous parlez !

— Peut-on tuer parce qu'on ignore les secrets qu'on porte dans sa chair ?

— Quels secrets, monsieur Daguerre ? Quels secrets est-ce que je porte dans ma chair ?

Pierre-Antoine sembla se détendre un instant. Il esquissa un bref sourire. Elle insista. Elle lui demanda si c'était lui qui avait tué Cécile. Elle ignorait tout de sa mort, de leur lien et lui répéta qu'elle n'avait aucune raison de venger une sœur qu'elle ne connaissait pas. Soudain, Esther pensa qu'il la croyait.

— Les ignorants pensent qu'Apocalypse veut dire destruction mais, en grec ancien, cela signifie la « Révélation ».

Pierre-Antoine regarda de nouveau la cascade, puis son regard glissa vers le lac, là où l'eau était calme et étale.

— Tout a commencé ici, tout finira donc ici… Le mal est en vous, et c'est à cause de moi.

Pierre-Antoine retourna l'arme contre sa poitrine et appuya sur la détente. Il tomba à genoux. Une auréole rouge se forma au niveau de sa poitrine. Ses doigts se desserrèrent de la crosse du revolver.

Esther cria, horrifiée, et accourut vers lui. Il la regardait, l'œil vitreux, et lâcha quelques mots énigmatiques.

— Sans moi, il n'y aurait jamais eu le Zodiaque…

L'arme tomba des mains de Pierre-Antoine. Il s'effondra sur le côté et chuta lourdement dans l'eau du lac qui se teinta de rouge.

— Pardon, dit-il à l'instant où la mort prenait possession de son corps.

Esther, sous le choc, avança vers le corps flottant. Elle se baissa. Elle ramassa l'arme avec laquelle Pierre-Antoine Daguerre venait de se tuer. Elle serra la crosse du revolver, certaine d'y laisser ses empreintes. Puis elle déposa l'arme dans un trou de la stèle, juste en dessous de l'injonction : « TUE CELUI QUI M'A TUÉE... »

Le jet d'eau de la douche frappait le visage d'Esther. Elle fermait les yeux, comme si elle tentait de se purifier au contact de l'eau tiède et ruisselante. Elle était rentrée à l'hôtel du lac directement, sans parler à personne de sa rencontre avec Pierre-Antoine Daguerre. Ils ne mettraient pas longtemps, pensait-elle, à découvrir ses empreintes sur la crosse de l'arme. Elle attendait que Keller vienne l'arrêter.

Les cheveux humides, en peignoir, Esther sortit de la douche et se regarda dans le miroir de la salle de bains. Son regard fut attiré par quelque chose dans ses cheveux, au-dessus de ses oreilles. Elle approcha du miroir et découvrit les marques. Deux petites cicatrices à l'arrière de ses lobes occipitaux, identiques à celles découvertes sur Fabrice et sur Mathias. Elle retint un cri. Elle eut envie de frapper, de se frapper, comprenant qu'elle avait été victime du même traitement que les étudiants devenus des meurtriers. Elle était comme eux à présent. Elle essaya de se souvenir, de comprendre ce qui avait pu se passer. Elle se revit alors dans la maison de Kowalski. Quelque chose s'était produit là-bas. Elle le savait. Elle avait senti qu'elle était déjà allée dans cette maison...

— Esther ? Esther, tu es là ? C'est moi !

Esther reprit ses esprits, sa respiration. Elle fit face à Keller qui, la mine sombre, le regard dur, la fixait.

— Pierre-Antoine Daguerre est mort il y a une heure, Esther.

— Mort ? Il a été... ?

— Tué, oui. D'une balle dans le cœur tirée à bout portant. Comme Cécile...

— Tu es sûr que... c'est un meurtre ? demanda-t-elle.

— Oui. Et, apparemment, il connaissait son assassin. Il s'est laissé abattre à bout portant. Les traces de poudre autour de la blessure ne laissent aucun doute. Il avait rendez-vous avec son assassin. Et il se sera laissé surprendre...

Esther se rendit compte que Keller la scrutait, comme si son instinct de flic lui disait qu'elle lui cachait une part de vérité. Keller l'avait conduite sur les lieux de la mort de Pierre-Antoine Daguerre. Son corps reposait sous un drap. Un des enquêteurs les appela. Il venait de découvrir la petite stèle cachée dans les fourrés.

— Tue celui qui m'a tuée, lut Keller.

Pour lui, il n'y avait qu'une possibilité, c'était de Cécile Saint-André qu'on parlait. Et, pensait-il, Pierre-Antoine Daguerre l'avait tuée. C'est pourquoi il était mort aujourd'hui.

Keller remarqua alors le trou sous la pierre de la stèle et y passa la main. Il était vide.

La surprise d'Esther fut totale. Elle avait voulu faire croire qu'elle avait tué Pierre-Antoine Daguerre, mais on les observait. Et sa ruse n'avait servi à rien. Pire que ça, même… Elle avait voulu sauver Quentin et elle l'avait mis en danger.

— Oh non !… pas ça… pas lui ! Pas Quentin !

Esther quitta les lieux en courant. Elle monta en voiture et démarra en trombe.

Elle arriva sur le port où un canot était amarré.

— Quentin ? Cindy ? Quentin ?

Sur le pont du voilier d'Eva, il n'y avait personne.

— C'est moi, Esther ! Vous êtes là ?

Esther grimpa sur le bateau. Eva sortit de la cabine, bouleversée.

— Ils ont disparu.

— Non… Non ! NOOOOOON !!!

Esther bouscula Eva pour constater que la cabine était vide. Elle s'effondra à genoux en sanglots. Eva s'approcha d'elle et, doucement, la prit dans ses bras.

— Qu'est-ce qu'il me veut ? Qu'est-ce qu'il veut de moi ? murmurait-elle.

Keller mit pied sur le pont du bateau quelques instants plus tard. Esther ne bougeait pas. Elle ne disait pas un mot. Comme si elle était dans un état second.

— Quentin et Cindy ont disparu, Antoine.

Keller ravala une bouffée de rage. Furieux, il écarta Esther et découvrit Eva, sortant de la cabine, qui semblait aussi secouée qu'Esther.

— Ils étaient censés être en sécurité ici !

— Je sais…

— C'était censé être un endroit secret, connu de personne ! Sinon toi, Esther et moi…

— Je t'assure que j'ai pris toutes les précautions nécessaires.

— T'avais raison de vouloir lâcher l'affaire, Eva. J'aurais pas dû t'en empêcher…

— Tu ne crois pas que je m'en veux assez ? Je ne comprends pas ce qui s'est passé…

— Il s'est passé que quand on doit protéger un enfant, on y met les moyens nécessaires !

— Si tu voulais vraiment protéger Quentin, il fallait le renvoyer aux États-Unis. Il aurait été en sécurité là-bas, avec les moyens nécessaires !

— Me fais pas la leçon, ce gosse, je l'aime comme un fils.

— Sauf que c'est pas ton fils. C'est toute la différence !

— Retire ce que tu viens de dire…

— Arrêtez !

Le cri d'Esther calma aussitôt les esprits. Elle s'interposa entre Keller et Eva. C'était elle qui avant tout souffrait de l'absence de Quentin.

— Nous avons chacun notre part de responsabilité. Moi la première. Maintenant, il faut le retrouver. En vie…

— Qu'est-ce qui a pu se passer, nom de Dieu ?… Quel est le lien entre le meurtre de Pierre-Antoine Daguerre et la disparition de Quentin ? J'étais en train d'interroger la mère de Loïc Daguerre quand tu t'es tirée. Pourquoi ?

— Elle venait de te dire que ma famille était liée aux Daguerre. J'ai voulu en savoir plus sur ce soi-disant lien de parenté.

— Tu es allée où ?

Keller scrutait Esther. Il devenait de plus en plus méfiant. Elle sut qu'il ne servait à rien de lui cacher la vérité.

Elle lui expliqua que quand elle avait entendu la mère de Loïc dire que la relation d'Alexis et de Cécile aurait été un inceste, elle avait foncé à l'institut. Pierre-Antoine Daguerre lui avait confirmé cette révélation.

Mais il n'avait pas eu le temps de le lui avouer et s'était suicidé, non sans l'avoir accusée d'être à l'origine de la vengeance.

— Et de quoi serais-tu censée te venger ?

— Il ne m'a rien dit. Il a même ajouté que, sans lui, il n'y aurait jamais eu de Zodiaque. L'instant d'après, il se tirait une balle dans le cœur en me demandant pardon…

— Pardon ?… Qu'est-ce que ça veut dire, nom de Dieu ? Pourquoi tu ne m'as pas prévenu ?

— Parce que j'ai fait une connerie. J'ai voulu sauver Quentin et je l'ai mis encore plus en danger. J'ai voulu faire croire que j'avais répondu à son ordre en tuant Pierre-Antoine, mais nous avions sans doute été suivis. Le maître du Zodiaque sait que je n'ai tué personne. Il sait que je n'ai pas obéi à son ordre, et il m'a punie en enlevant Quentin ! Tu ne peux pas savoir combien je m'en veux.

Dans son esprit, Quentin était encore plus son fils que si elle l'avait mis au monde.

— J'aurais dû écouter ce que me disait ma mère. J'aurais dû rester à New York. Ne pas venir au procès de Mathias…

— Tu n'avais pas le choix. Le piège était tendu, prêt à se refermer sur toi.

— Pourquoi, Antoine ? Pourquoi moi ? De quoi ma mère a-t-elle essayé de m'avertir ? Qu'est-ce qu'elle avait découvert ?

— On ne le saura sans doute jamais. Mais pour Quentin, il faut garder espoir.

— Comment ? Je ne peux pas attendre les bras croisés alors que Quentin est en danger de mort.

Keller s'approcha d'Esther. Il lui caressa les cheveux. Elle se dégagea de nouveau, doucement, essayant de camoufler son geste de repli…

— Et maintenant, Quentin est entre les mains d'un monstre qui a déjà tué une petite fille de son âge !

— Je crois que c'est différent, Esther. Ton fils est un otage. Une monnaie d'échange… Et on ne tue pas un otage : on l'utilise pour atteindre un but !

— Quel but ? Qu'est-ce que son ravisseur veut de moi ?

— Depuis que tu es revenue, l'enfoiré qui se fait appeler le maître du Zodiaque joue avec toi, comme ton frère il y a deux ans. Il te force à enquêter dans une famille, comme ton frère t'avait forcée à enquêter dans ta propre famille. Il veut que tu le venges, voilà ce qu'il veut de toi ! Tu as le même thème astral que ton frère jumeau, c'est-à-dire le thème d'un assassin. Ça veut dire que tu peux tuer, Esther. C'est peut-être ce que le maître du Zodiaque veut prouver !

— Oui, je peux tuer, dit Esther, animée d'une détermination farouche. Et crois-moi que si ce salopard touche à un cheveu de la tête de mon fils, je le tuerai. Je le poursuivrai jusqu'au bout du monde s'il le faut. Et je le tuerai !

Après les marques qu'elle venait de découvrir sur son occiput, les paroles d'Esther prenaient une résonance particulière. Elle aurait dû avouer sa découverte à Keller, mais elle préféra croire que c'était du bluff, qu'elle était plus forte. Bientôt, elle le regretterait pour le restant de ses jours…

9

Le corps de Pierre-Antoine Daguerre reposait dans un cercueil ouvert dans la petite chapelle qui jouxtait l'institut Daguerre. Il était entouré de cierges et veillé par sa famille. Du moins ce qu'il en restait, pensa Jérôme en entrant. Léa fut la première à le voir. Il l'embrassa sur la joue, lui dit qu'elle lui manquait.

— Je sais, je suis désolée, Jérôme…

— Je suis juste venu parler à ton père. Je sais que le moment n'est pas choisi, mais c'est important…

Alexis s'approcha de Jérôme. L'hostilité de la veille avait peu à peu laissé place à la douleur.

— Qu'est-ce que tu veux ?

Jérôme lui expliqua que la guerre entre leurs deux familles n'avait que trop duré. Il fallait qu'ils se parlent au plus vite. Alexis sembla hésiter, puis accepta.

La rencontre des deux familles eut lieu le soir même. Les Daguerre étaient d'un côté, les Saint-André de l'autre. Deux familles meurtries, secouées, décimées. Cette fois, Esther faisait partie de cette rencontre. Elle en était même à l'origine. Seul Loïc n'était pas là. Depuis qu'il avait retrouvé sa mère, il passait ses journées à ses côtés. Jérôme se plaça d'emblée en patron, entre les deux familles.

— Je vous remercie d'avoir bien voulu nous recevoir, malgré les circonstances…

— Qu'est-ce qu'elle fait là ? demanda Alexis.

— C'est Esther qui a des choses à vous dire. Je vous prie de la laisser parler.

Esther avança d'un pas. Elle regarda Bertrand, Alexis, Philippine, Hélène, Léa…

— J'étais avec votre père quand il est mort. Il s'est tiré une balle dans le cœur devant moi. Je n'ai rien pu faire. Mais je ne l'ai pas tué…

La famille Daguerre était pétrifiée. Esther enchaîna, bouleversée par l'émotion :

— Et, parce que je ne l'ai pas tué, mon fils adoptif, Quentin, a été enlevé. C'est un enfant qui a déjà trop souffert de la perte des siens. Je sais que vous avez été frappés durement. Mais la disparition de Quentin nous concerne tous : que nous soyons Daguerre ou Saint-André. Car, si j'en crois ce que m'a dit votre père, nous sommes tous, ici, liés par le sang. Et c'est la raison pour laquelle votre père et le nôtre, dit-elle à Alexis, ont voulu vous séparer, Cécile et vous.

— Quoi ? Qu'est-ce que ça veut dire ?

— Ça veut dire que nous formons, vous et nous, une seule famille, Alexis. Seul votre père connaissait ce lien. Et, juste avant de mourir, il m'a dit que tout était de sa faute…

— Qu'est-ce qui était de sa faute ?

— Il pensait que je voulais me venger de vous, et il croyait en être la cause.

— Vous venger de quoi ?

— Votre père avait tort… Je ne sais même pas de quoi j'aurais voulu me venger. Mais si quelqu'un ici a le moindre indice sur les raisons qui ont pu pousser votre père à croire que j'étais coupable, s'il vous plaît, au nom de mon fils Quentin, qu'il parle ! Aidez-moi à comprendre. Aidez-moi pour qu'il ne soit pas la prochaine victime. Je vous en supplie.

Son discours terminé, Esther se retira. Elle quitta le salon en laissant derrière elle deux familles intriguées. Dans la stupeur générale, Philippine éclata de rire. Un rire irrépressible, incontrôlable…

— Philippine, s'il te plaît, tenta vainement Bertrand.

— C'est génial, non ! Ils se détestent pour se rendre compte qu'ils sont du même sang.

— Bertrand, fais fermer sa gueule à ta femme, dit calmement Alexis.

Philippine ne répondit pas. Elle sentait qu'Alexis était touché au cœur. Elle croisa son regard et, pour la première fois, eut peur de lui. Elle sentit que cet homme pouvait être dangereux.

— Je ne suis au courant de rien, dit-il à Jérôme.

— C'est notre sœur Cécile qu'on venge, monsieur Daguerre.

— C'est absurde. Je ne vois pas de rapport entre Cécile et votre sœur Esther.

Alexis regarda Pierre. Son ennemi d'hier lui jura qu'il n'était au courant de rien lui non plus. Hélène éclata soudain en sanglots et quitta la pièce.

— Maman !...

Léa sortit à son tour pour rejoindre sa mère. Les autres s'interrogeaient sur ce lien mystérieux qui les unissait.

— Ça ne peut pas venir du côté de votre mère ? demanda Bertrand.

— Impossible, répondit Juliette. Elle venait de Bretagne : on connaît son arbre généalogique !

— Notre père était orphelin, dit Pierre. On ne sait rien sur lui... Sauf qu'il était originaire de cette région.

— Nous, nous savons tout du nôtre. Il est le fils unique de Louis Daguerre, fondateur de cette université. Et je ne vois pas quel rapport il aurait pu avoir avec votre père.

— En tout cas, ce n'est sûrement pas un hasard si nous partageons le même destin, dit Bertrand.

— Tu veux dire que si nous ignorons notre lien, l'assassin, lui, le connaît, reprit Jérôme. Depuis le début, celui qui se fait appeler le maître du Zodiaque tente de nous monter les uns contre les autres. Unissons-nous ! Et nous serons plus forts que lui.

Jérôme tendit la main à Alexis. Alexis hésita, puis la lui serra. Puis Pierre et Alexis se donnèrent une accolade. Seule Juliette restait à distance.

— C'est votre amour qui a tué Cécile, dit-elle. J'adorais ma sœur. Cécile était quelqu'un d'extraordinaire, de passionné. Il n'y aura jamais prescription dans mon cœur.

Juliette quitta la pièce à son tour. Elle traversa un couloir, un autre, se perdit dans le dédale de couloirs de l'institut. C'est alors qu'elle entendit des éclats de voix…

— Depuis vingt ans, je vis avec un fantôme !

C'était Hélène Daguerre qui parlait à sa fille Léa.

— Ton père ne m'aime pas, Léa. Il a une vie secrète.

— Ne dis pas ça, maman.

— C'est la vérité. Il n'est pas avec nous. Il est là physiquement et… en même temps, son esprit est ailleurs.

— C'est à cause de cette tragédie, maman.

— Non ! Ça fait vingt ans que ça dure. Ton père n'a jamais pensé qu'à cette Cécile. Il en est malade…

— Parce qu'il l'a perdue. Mais c'est avec toi qu'il vit !…

— Ton père ne m'a jamais aimée. Comme il n'a jamais aimé sa première femme, Giovanna. Il n'aime que Cécile. Il a gâché sa vie et la mienne.

— Non, maman. Moi, je t'aime. Je suis là, je suis avec toi !…

— Je t'en supplie, Léa, ma petite fille. Ne fais pas la même erreur que moi. Ne t'éprends pas d'un homme qui ne pourra pas t'aimer.

— Ce que j'éprouve pour Mathias n'a rien à voir, maman. Je sais que nous sommes faits l'un pour l'autre.

— C'est exactement de ça que je te parle. Il faut l'oublier.

— Jamais je n'oublierai Mathias. J'ai eu un enfant de lui, maman. Tu peux tout me demander, tout. Mais pas ça.

Après avoir quitté les deux familles, Esther s'était rendue à l'hôpital. On venait de la prévenir que Mathias avait repris conscience. Elle le trouva menotté aux barreaux de son lit. Il la regardait, par la vitre de sa chambre, bras levés, alors qu'elle était fouillée par un des policiers qui gardaient la porte.

Esther entra dans la chambre et se maintint à distance de Mathias. Il était encore faible, ses yeux étaient creusés, mais il avait été plus fort que la mort. Elle lui demanda pourquoi, juste avant de sombrer, il avait parlé de la cascade des Anges. Mathias ne s'en souvenait pas. Il connaissait ce lieu. Il savait qu'une femme avait été tuée là-bas, du moins était-ce la légende, mais il ne se souvenait pas pourquoi il avait parlé de cet endroit. Esther lui apprit que Pierre-Antoine Daguerre s'était suicidé d'une balle dans le cœur à cet endroit, précisément.

— Je devais tuer Pierre-Antoine Daguerre. Un message m'en avait donné l'ordre. Je ne l'ai pas fait. Il s'est suicidé sous mes yeux...

— Et ton fils a été enlevé pour te punir ?

— Certainement.

Esther expliqua à Mathias que juste avant de mourir, Pierre-Antoine Daguerre lui avait dit que sans lui, il n'y aurait jamais eu de Zodiaque. Elle ajouta qu'il était persuadé qu'ils étaient complices, elle et lui, pour se venger. Il avait dit que, pour lui, tout partait de là : il parlait de la cascade. Mathias lui-même se demandait ce qui avait bien pu s'y passer. Elle lui apprit qu'il se pouvait qu'il ait subi une sorte de conditionnement psychologique. Une manipulation par l'hypnose et des ultrasons qui avait fait de lui un assassin. Lui et les six autres étudiants. Esther s'approcha alors de Mathias pour lui avouer à voix basse qu'elle aussi avait subi ce conditionnement. Elle était à son tour un assassin en puissance. Comme lui. Ils se regardèrent. Un sentiment de fraternité semblait les lier. Mathias prit la main d'Esther dans la sienne. Il était plus proche d'elle que personne ne l'avait jamais été, excepté peut-être leur mère. Quoi qu'il ait fait, il était comme elle. Il était son frère jumeau. Il était de sa chair et de son sang. Ils partageaient le même destin, jusque dans la folie. Ils trouveraient ensemble l'assassin de leur mère.

Le maître du Zodiaque avait gagné. Cette fraternisation était sa plus belle victoire. Il fallait en passer par là. Certes, c'était douloureux de les voir se rapprocher, mais c'était un mal nécessaire. Il avait besoin d'elle autant que de lui pour mener à bien cette entreprise initiée en tuant Grâce Delaître...

Maintenant, ils n'avaient plus besoin de lui. La machine était lancée. Elle ne demandait plus qu'à s'emballer.

« Je t'ai créé, Mathias, pensait le maître du Zodiaque. Je suis ton maître. Et tellement plus que ça… Je sais que, le moment venu, tu me reconnaîtras. Ton créateur. Ton double. Ton maître. L'âme du Zodiaque… »

QUATRIÈME PARTIE

Les racines du mal

1

La prochaine victime était désignée. Léa. Elle ne devait pas vivre. Elle n'aurait jamais dû vivre. Ni elle, ni Lucie, ni Sandrine. C'était pour cela que les deux plus jeunes étaient mortes. Le destin rétablissait son ordre naturel. Sans son histoire d'amour avec Cécile, Alexis n'aurait jamais quitté Giovanna. Loïc serait resté son seul enfant et elles n'auraient jamais vécu. C'était pourquoi il fallait qu'elles meurent...

— Salut, Esther !

Loïc bloquait les portes de l'ascenseur de l'hôpital. Il venait de voir sa mère qui était dans le même hôpital que celui où Mathias était détenu.

— Tu partais ? Ça tombe bien, je voulais te voir.

Esther essaya de sortir de l'ascenseur, mais Loïc lui barrait le passage. Il entra à son tour dans l'ascenseur. Les portes se refermèrent.

— Tu n'aurais pas perdu quelque chose, récemment ?

— Pardon ?

— Quelque chose avec tes empreintes dessus. Un objet, dangereux, que tu aurais oublié près d'une cascade.

— C'est toi qui l'as pris ? Tu étais là ? Il faut me le rendre, Loïc. La vie de Quentin en dépend.

— C'est pas moi, dit-il, c'est Fausto qui t'a vue.

— Fausto ?...

Loïc maintenait appuyé le bouton qui bloquait l'ascenseur de l'intérieur. Esther comprit soudain qu'il était fou. Elle lui attrapa le bras et, d'un mouvement sec, lui fit une clé qui le plaqua contre la paroi de l'ascenseur.

— Il sait où est ton fils. Tu n'as pas à t'inquiéter, il est entre de bonnes mains.

— Où est mon fils, enfoiré ?

— Lâche-moi ! C'est Fausto qui l'a enlevé.

— Fausto quoi ? C'est qui ce type ?

— Il vit dans les catacombes de l'institut. Il n'aime pas se montrer. Il ne sort que la nuit. C'est lui qui a créé la société du Zodiaque.

— Où il est ? Où est mon petit garçon, Loïc ?

— Si tu ne me lâches pas tout de suite, tu ne le retrouveras jamais ! Il va y passer comme Lucie…

Après une hésitation, Esther relâcha la pression et libéra Loïc…

— Si tu parles à qui que ce soit, adieu Quentin…

— Qu'est-ce que tu veux ?

— Tu vas voir.

Les portes de l'ascenseur s'ouvrirent à l'étage psychiatrie. Loïc entraîna Esther jusqu'à la chambre de sa mère. Elle regardait Esther, mais semblait ne pas la voir, muselée qu'elle était par sa camisole chimique.

— Bonjour, maman. C'est moi, ton petit garçon, Loïc. Tu as vu qui je t'amène…

Giovanna sembla alors découvrir la présence d'Esther.

— C'est gentil de venir me voir, Cécile.

— Je ne suis pas Cécile, madame. Je m'appelle Esther…

— Tu lui ressembles tant, tu es sa fille, alors.

— Non. Cécile était ma demi-sœur. Je m'appelle Esther.

— Mon petit Fausto m'a beaucoup parlé de toi. Il t'aime beaucoup, tu sais. Il faut être très gentil avec lui, il est malade. Il s'étouffe souvent. J'ai peur de le perdre. Qu'est-ce que je ferais sans lui ? Avec son père qui passe son temps dans le lit de cette traînée de Cécile !

Loïc caressa avec amour les cheveux de sa mère. Esther était effarée par la scène. La folie de Giovanna avait créé celle de Loïc, la découvrir l'avait libéré. Il n'avait plus peur de rien. Il était capable de tout et, le pire, c'était qu'il en était maintenant capable au grand jour.

Esther quitta la chambre. Il la rattrapa dans le couloir.

— C'était ma mère, putain ! Elle avait le droit de vivre et ils l'ont enfermée comme un animal.

— Ce qui est t'arrivé est terrible, Loïc, mais mon fils n'a rien à voir avec ça.

— Si. Tout ça, c'est de votre faute. Sans Cécile, mon père serait encore avec ma mère. Et il n'y aurait eu ni Léa ni Sandrine. Sans Léa, Lucie ne serait jamais née non plus. Il fallait qu'elles meurent.

— Tu les as tuées ? Tu as tué Lucie et Sandrine ?

— C'est pas moi. C'est Fausto ! Il fallait rétablir l'équilibre naturel des choses. Elles n'auraient pas dû naître.

— C'est impossible. On était ensemble, toi et moi, quand Lucie a été étranglée.

— Il suffit d'imbiber une corde d'eau. Elle se dilate. Tu la noues autour du cou de la gamine et, au fur et à mesure qu'elle sèche, la corde se rétracte. Et l'étrangle en quelques heures.

Il mima un étouffement. Puis il ricana.

— Tu t'es servi de moi pour te fabriquer un alibi !

— Je ne le regrette pas. C'était cool.

Esther le regardait, désarçonnée devant son sang-froid et son absence d'empathie. Elle avait fourni un alibi au monstre qui détenait son fils.

— Si tu fais ce que je te demande, tout se passera bien. Un mot aux flics et Fausto étrangle Quentin. Pour le moment, la corde est humide, mais elle va sécher et le serrer lentement.

— Qu'est-ce que tu veux de moi ?

— Que tu venges ma mère. Que tu m'aides à rétablir son honneur.

Le cerceuil de Pierre-Antoine Daguerre était prêt pour la cérémonie de levée du corps. C'était une célébration intime où seules les familles étaient présentes ainsi que la chorale des étudiants qui chanta un passage du *Requiem* de Mozart. Les voix d'adolescents touchèrent même les plus endurcis. Pierre Saint-André avait les larmes aux yeux. Ils n'étaient qu'une seule et même famille... C'était incroyable. Pierre-Antoine Daguerre était parti avec son secret. Et les meurtres allaient continuer... Une fois de plus, Keller scrutait les visages. Un visage du moins, car il avait un suspect : celui qui, en perdant Cécile, avait tout perdu. Son amour pour cette femme avait été tel, sentait Keller, qu'il était capable d'exterminer sa propre progéniture. Il n'y avait plus de place en lui pour l'amour : le fantôme de Cécile avait tout pris...

À la fin du cantique, Alexis s'avança pour faire un rapide éloge funèbre de son père. Il remercia chacun d'être venu rendre hommage à leur père, dans cet institut qui était l'œuvre de sa vie. L'instant solennel de la levée du corps arriva. Bertrand rejoignit Alexis d'un côté du cercueil. Jérôme fit signe à Pierre de le suivre. Ensemble, les deux fils de Gabriel Saint-André rejoignirent les deux fils de Pierre-Antoine Daguerre, symbole fort d'une famille réunie, réconciliée, en paix. Dans un silence total, ils levèrent à quatre le cercueil contenant la dépouille de Pierre-Antoine.

Au moment où il était déposé à l'arrière d'un véhicule funéraire, Keller vit Esther qui arrivait avec Loïc. Tous deux entouraient une femme qu'il reconnut aussitôt : Giovanna.

— Ma mère voulait assister à la mise en terre de son beau-père, annonça Loïc à voix haute. J'ai voulu lui faire ce cadeau. Je veux que vous sachiez tous à quel point les Daguerre sont une famille de lâches... et de faux-culs.

Alexis regardait son fils, pétrifié. Il n'osait pas intervenir. Keller ne comprenait pas pourquoi Esther prenait part à cette mascarade.

— Je veux vous dire que vous avez mérité tout ce qui vous arrive. J'ai honte d'appartenir à une famille aussi misérable.

Loïc se tourna vers Giovanna et désigna le cercueil noir à sa mère dans le véhicule funéraire dont les portes étaient encore ouvertes.

— Maman… Voici l'homme qui t'a fait enfermer !

Giovanna s'approcha du cercueil, soutenue par Loïc, et cracha dessus. Bertrand et Jérôme l'éloignèrent. Loïc les regardait avec satisfaction. Il croisa le regard de son père.

— Tu nous as tous pourri la vie avec ton histoire de cul, mon cher papa !

Subitement, Alexis donna une terrible gifle à son fils. Loïc tourna les talons sans baisser la tête. Il avait eu ce qu'il voulait. Il passa devant Esther et lui glissa dans un murmure :

— Ce soir à huit heures à la cascade.

Esther, les yeux fixés sur Loïc qui s'éloignait, ne vit pas Keller qui s'approchait d'elle.

— Mais qu'est-ce qui t'a pris de cautionner une folie pareille ?

— J'ai vu Loïc avec sa mère à l'hôpital. Il m'a brisé le cœur, mentit-elle.

— Tu dérailles ? T'es amoureuse de lui ou quoi ?

Elle ne répondit pas.

À huit heures, Esther attendait en haut de la cascade des Anges. Au loin, le soleil se couchait en teintes rougeâtres. Loïc avança vers elle en souriant. Elle avait du mal à concevoir que ce jeune homme était un monstre, mais son travail au FBI lui avait appris qu'il fallait se méfier des apparences.

Loïc ôta ses lunettes de soleil et regarda Esther en souriant. Il avait envie de coucher avec elle, mais il savait qu'il avait choisi une autre voie.

— Bel enterrement, non…

— Je veux une preuve que Quentin et Cindy sont vivants.

— Tu l'auras, t'inquiète pas.

— Je veux leur parler. Tout de suite.

— Là, tout de suite, maintenant ? T'es pas en position d'exiger. C'est moi qui commande, sinon Fausto tuera, dit Loïc.

— Qu'est-ce que tu veux encore ?

— Du fric.

— Tu n'as pas besoin d'argent, ta famille est riche, Loïc.

— Faux. Ils sont sur la paille. L'école est un gouffre financier. Le pognon, il est chez vous.

— Combien tu veux ?

— Un million. Un petit million d'euros en billets usagés et que ce soit ma petite sœur Léa qui me file la rançon. Demain minuit, dans les sous-sols de l'institut.

— Et tu libéreras Quentin !

— Il sera avec moi. Et n'essaie pas de me tendre un piège, je connais le terrain mieux que vous. C'était mon terrain de jeu, la société du Zodiaque…

— Pourquoi, Loïc ? Pourquoi cette folie contre moi ?

— Mais je n'ai rien contre toi, Esther. Tu m'as juste servi à brouiller les pistes. Regarde…

Loïc sortit le P38 avec lequel Pierre-Antoine s'était tué.

— Tu le reconnais ? Tu l'as laissé ici. Il n'a pas resservi depuis : c'est la preuve que ton fils est en vie.

Loïc sourit cyniquement. Il recula sans quitter Esther du regard.

— Et je te rappelle que si tu parles aux flics, je le saurai. Et Fausto aussi. Et Fausto tuera Quentin…

Les billets étaient rassemblés par liasses sur la table du bureau de Jérôme. Victoria, son avocate, venait de les recompter. Le compte y était. Un million d'euros en coupures usagées de vingt, cinquante et cent euros. Cela n'avait pas été très long à rassembler. Jérôme avait réagi tout de suite en voyant le journal du jour avec des lettres entourées de rouge qui constituait le message de demande de rançon. « Un million d'euros. Léa paiera. Minuit… Catacombes… Sinon… Quentin mourra… »

Il ignorait que c'était Esther elle-même qui l'avait rédigé. Elle l'avait décidé dans la nuit. Il fallait d'abord sauver Quentin, il serait toujours temps, ensuite, d'arrêter Loïc. Évidemment, Jérôme aurait pu ne pas être de son avis…

Léa avait été informée de la demande de rançon. Elle avait accepté de déposer l'argent le soir même dans les catacombes de l'institut Daguerre. Jérôme n'était pas très partant pour qu'elle intervienne, mais elle lui avait dit qu'elle se foutait bien de ce qui pouvait désormais lui arriver.

— Ce salaud, avait-elle dit, a tué ma petite fille et ma sœur. S'il veut ma vie contre celle de Quentin, qu'il la prenne ! Qu'est-ce que j'ai à perdre ?

— Moi, avait répondu Jérôme. Je t'aime encore. Je ne veux pas que tu te sacrifies.

Léa avait été touchée par la tendresse de Jérôme. Mais son choix était fait : elle aimait Mathias. Ce qu'elle éprouvait pour lui était trop violent, trop puissant. Elle regardait Victoria qui plaçait les billets dans un sac à dos.

Minuit. L'institut Daguerre semblait paisible, uniquement éclairé des lampadaires en métal forgé.

Un sac à dos plein d'argent sur les épaules, Léa franchit la grille des catacombes et se retrouva bientôt seule dans un tunnel. Elle n'était pas rassurée, en proie à une peur animale. Grâce à une oreillette reliée à son portable, elle pourrait communiquer avec Esther et Jérôme qui attendaient à une entrée.

— Je descends vers la crypte, dit-elle.

Son portable collé à l'oreille, Esther entendait les bruits de pas de Léa dans les catacombes.

— Léa ? Tu m'entends toujours ?

— Oui. Tout va bien. Toujours rien.

Léa descendit un escalier. Elle marchait depuis dix bonnes minutes quand elle fut surprise de voir Loïc apparaître devant elle dans la pénombre. Elle laissa échapper son portable qui s'éteignit.

— Loïc, qu'est-ce que tu fais là ?

— C'est trop dangereux, dit-il, laisse-moi lui filer l'argent.

— Non, c'est à moi de le porter. Tu vas tout faire foirer.

— Laisse-moi faire ! C'est Fausto qui a enlevé le gosse.

— C'est qui ?

— Fausto. Je le connais... Laisse !

Loïc essaya de lui prendre le sac des mains mais Léa résista. Le sac tomba. Léa vit son portable, tenta de le récupérer. Loïc lui plaqua la main sur la bouche…

— Où est Quentin ?

Loïc ne répondit pas. Il écrasa le portable d'un coup sec. Sa sœur le regardait, interloquée. Enfin, elle comprit qu'elle allait mourir…

Loïc sortit un mouchoir imbibé de sa poche et le plaqua sur le visage de Léa. Elle s'affala comme une poupée de chiffon dans les bras de son demi-frère. Il la fit basculer sur son épaule et disparut dans le dédale des catacombes…

Ayant perdu le signal, Esther et Jérôme étaient entrés dans les catacombes. Ils se séparèrent. Esther parvint devant le sac avec les billets étalés et vit le portable écrasé. Léa, elle, avait disparu. Quand Jérôme arriva, il trouva Esther, en larmes, assise parmi les billets épars. Elle se tenait la tête entre les mains. Il comprit que la chose avait mal tourné.

— Où est Léa ? Esther ?

— C'était un piège. Il l'a emmenée.

— Qui ? Tu l'as vu ?

— Non. Mais on ne dit rien, Jérôme. Sinon, ils sont tous en danger. Quentin, Cindy…

— Et maintenant Léa.

— C'était elle qu'il voulait. Pas ce putain de fric ! Juste elle… Et merde !

Jérôme prit les billets et les balança de rage.

— Il va la tuer. Cet enfoiré va la tuer. À cause de nous ! Jamais je n'aurais dû la laisser… Je n'aurais jamais dû te faire confiance. Il faut prévenir les flics qu'elle a disparu…

Jérôme accepta toutefois de ne pas révéler les circonstances de la disparition. C'est du moins ce qu'il promit à Esther. Mais la conviction de Pierre-Antoine Daguerre avait semé le doute dans son esprit…

2

Le lendemain matin, la voiture de sport de Loïc se gara tranquillement devant l'institut. Il descendit, verrouilla les portières et entra dans l'école en sifflotant. Il poussa la porte du bureau du doyen, toujours aussi serein, et fut presque surpris d'y découvrir Keller en compagnie de son père et d'Hélène.

— Qu'est-ce qui se passe ? Vous en faites des tronches...

— Léa a disparu cette nuit. On craint qu'elle n'ait été enlevée.

— Léa... Putain, ça ne s'arrêtera jamais...

Loïc regardait Hélène qui était absolument effondrée. Cette imbécile ne se doutait de rien. Elle était vraiment stupide.

— Elle est peut-être juste partie, dit-il et, faisant preuve d'un sang-froid extraordinaire, il s'approcha d'Hélène et lui posa la main sur l'épaule.

Mais personne n'avait oublié son numéro du cimetière. On se méfiait désormais de lui.

— Tu étais où, cette nuit ? demanda son père.

— Moi ?

— Oui, toi. Ça fait des heures que j'essaie de t'appeler. Je croyais que tu ne voulais plus foutre les pieds chez nous et tu débarques comme une fleur ! Où tu étais, bordel ?

Loïc regarda son père, puis Hélène. Et il se tourna vers Keller.

— J'étais avec Esther, commissaire.

— Où ? Et à quelle heure ?

— Elle m'a appelé vers onze heures. Elle était déprimée. Elle se sentait seule. En fait, elle avait un sérieux besoin de s'envoyer en l'air. Ça a bien duré deux bonnes heures... Des doutes, des questions, des angoisses ?

Keller eut confirmation par Esther qu'elle avait bien passé la nuit avec Loïc. Il était furieux, prêt à la croire. Ce qui ne fut pas le cas d'Eva. Elle eut la lucidité de lui ouvrir les yeux sur sa dissimulation.

Esther retrouva Loïc qui l'attendait à la cascade des Anges. Il souriait, triomphant, en la voyant arriver. Il savait qu'elle avait dû le couvrir.

— Merci de m'avoir blanchi une seconde fois... Ça a dû foutre une sacrée merde entre toi et le flic, non ?

Esther n'était plus décidée du tout à entrer dans son jeu.

— C'est Léa que tu voulais, espèce de salaud, ça n'a jamais été le fric !

— T'avais compris depuis le début, avoue. C'était un échange entre nous : Léa contre Quentin.

— Tu es complètement fou !

— Ouais, je suis fou : de rage ! Et toi, t'es mouillée avec moi.

— Alors, si je suis avec toi, tu m'expliques tout ! Pourquoi tu nous as embarqués sur Cécile ?

— Cécile, c'était un leurre. Et vous avez plongé comme des gros nazes !

— J'en ai marre que tu me mènes en bateau, Loïc ! Je veux une preuve que Quentin est vivant.

Esther, emportée par sa rage, semblait en train de prendre l'ascendant sur Loïc.

— Tu l'auras, tu l'auras.

— Non, tout de suite... Là !... Maintenant !

— Je peux pas. Je te l'ai dit : seul Fausto sait où il est !

— Tu sais bien qu'il n'y a pas de Fausto, pauvre débile. Si tu es incapable de me donner une preuve que Quentin est vivant, ça veut dire que tu l'as déjà tué !

Esther agrippa Loïc et poussa au-dessus du vide. Elle était capable de le faire basculer dans la cascade.

— Et si tu l'as tué, je te balance aux flics. Aux flics ou dans le vide… Choisis !

— Je te jure qu'il est vivant ! Tu vas le retrouver. J'ai vengé ma mère, c'est tout ce que je voulais.

— Alors pourquoi tu as tué la mienne ?

— Si tu me tues, tu ne sauras jamais. Et tu ne reverras jamais ton fils !

— Et Léa ?

— Léa est en vie. Pour l'instant…

Esther le relâcha. Elle recula en regardant Loïc avec hargne.

— Si tu leur fais le moindre mal… le moindre mal… je te tuerai de sang-froid !

— Vas-y. Te gêne pas.

Loïc tendit le revolver de Pierre-Antoine Daguerre à Esther, et le sortit de son sac en plastique, la crosse tournée dans sa direction à elle.

— Tiens. Prends !

Esther prit le vieux P38 avec lequel le doyen de l'institut s'était tué. Le temps qu'elle relève les yeux, Loïc était déjà en train de repartir. Elle pouvait le tuer, lui tirer dans le dos, c'était simple. Elle vérifia le chargeur, puis braqua Loïc qui ralentit. Il se retourna et lui sourit. Elle baissa son arme…

Loïc disparut et, à la grande surprise d'Esther, les flics sortirent de leur planque. Keller et Eva avaient suivi toute la scène aux jumelles. L'intuition d'Eva avait été confirmée par Jérôme. Esther se sentait terriblement mal.

— Il menaçait de tuer Quentin si je te parlais, Antoine. C'est Loïc qui est derrière tout ça. C'est lui qui a tué Lucie. Il a tué Sandrine. Et il m'a manipulée pour enlever Léa. Il m'a déjà tout avoué.

— Pourquoi tu n'as rien dit ?

— Parce qu'il détient mon fils.

— Qu'est-ce qui t'est passé par la tête ! T'es devenue malade ou quoi ?

— J'étais coincée. Je ne pouvais pas te parler, Antoine.

— Et tu as préféré faire confiance à son ravisseur... Mais, bordel de merde, ça fait de toi sa complice !

— C'est ce qu'il recherche depuis le début. Il s'est servi de moi comme alibi dès notre première rencontre ! Et il a continué après...

— L'enfoiré, murmura Keller. La bonne nouvelle, au moins, c'est que t'as pas passé la nuit dernière avec lui. Qu'est-ce qui peut se produire dans la tête de ce taré ? Si sa mère était soignée par Kowalski, il a pu s'initier à ses techniques, devenir un disciple du maître, puis vouloir le remplacer...

— Il aurait tué Jacek Kowalski pour prendre sa place ? interrogea Eva.

— Pourquoi pas ? Tu ne peux pas imaginer à quel point Loïc n'a pas la moindre notion de bien et de mal. On l'a privé de sa mère en l'internant. Et il se venge en s'en prenant à sa propre famille. Il pense que son père est le seul et unique responsable de toute sa souffrance. Alors il efface ses erreurs.

— En tuant toute sa descendance ?

— Maintenant, c'est au tour de Léa. Et s'il a le moindre soupçon que je t'ai parlé, mon fils subira le même sort...

— Il faut qu'il nous conduise aux otages sans éveiller ses soupçons. Et ça, c'est mon boulot...

Keller quitta Esther et se dirigea vers sa voiture, planquée derrière des arbres. Esther restait face à Eva.

— Je comprends que tu n'aies rien dit, lui dit la jeune gendarme.

— Plusieurs fois, j'ai voulu en parler, mais c'était plus fort que moi. J'ai eu peur pour Quentin...

— Moi aussi, pendant des années, j'ai gardé le secret sur mon enlèvement. C'était mon combat personnel, ma force, ma foi... Et maintenant...

Esther l'interrogea du regard. Eva sourit.

— Maintenant, je sais ce qui s'est passé. J'étais juste au mauvais moment, au mauvais endroit. Rien à quoi se raccrocher... Juste un dégât collatéral...

— Tu surmonteras tout ça. Tu es en vie, c'est tout ce qui compte. Je sais que tu en as la force.

— C'est absurde, dit Eva. C'est ton fils qui a disparu et c'est toi qui me remontes le moral…

— Parce que je suis déjà de l'autre côté. J'y suis depuis longtemps, Eva. J'y suis depuis Mathias.

Eva s'assit à côté d'Esther. Esther posa sa tête sur son épaule. Pour la première fois, Eva reprit espoir. Elle se dit que quelque chose était possible entre elles…

3

Léa était enfermée dans une cave humide, sur un sol de terre battue. Ses mains étaient liées derrière son dos, et elle avait une corde autour du cou. Un nœud coulant la serrait sans toutefois l'étrangler. Elle savait qu'elle étoufferait bientôt, le nœud se resserrait, lentement mais sûrement, au fur et à mesure que la corde se rétractait en séchant. Seul un petit soupirail laissait filtrer un peu de lumière qui lui donnait une idée du temps qui passait. En reprenant connaissance, Léa avait tenté de se débattre. Elle avait crié, mais ses mouvements n'avaient fait que resserrer le lien autour de son cou et, maintenant, elle ne pouvait presque plus parler : aucun son ne sortait de sa gorge sans une douleur terrible.

Léa entendit des pas qui s'approchaient. La porte de la cave s'ouvrit d'un coup. Et, pour la première fois, elle découvrit son tortionnaire. Son demi-frère, Loïc. Elle n'eut pas une seconde d'hésitation et comprit qu'il était derrière le déploiement méthodique et implacable de toute cette horreur.

Il s'approcha d'elle et lui murmura à l'oreille :

— J'espère que ton papa et ta maman tiennent à toi, ma petite Léa…

— Loïc… Je suis ta sœur.

— Loïc ? C'est qui Loïc ? Mon nom est Fausto… Fausto Dilivio. Tu ne connais pas Fausto. On lui a enlevé sa maman quand il était petit. Ça l'a mis en colère… C'est pour ça que Fausto se venge !

Loïc apprit à Léa qu'il ne lui restait plus que quelques heures à vivre. D'ici là, il avait rendez-vous avec son fiancé, Jérôme. Il espérait qu'elle serait encore vivante quand il reviendrait.

Jérôme, assis derrière son bureau, se demandait ce que le jeune Loïc Daguerre cherchait à lui dire. Il avait commencé par parler de la surprise de découvrir qu'ils étaient de la même famille, de son admiration pour ceux qui, comme Jérôme, étaient à l'aise avec l'argent...

— Je n'ai pas votre expérience... enfin, ton expérience en matière d'investissements. Mais j'ai une bonne intuition pour les coups financiers. Comment dire... J'ai l'impression de ressentir physiquement les marchés. Oui, c'est ça !

— Je ne doute pas de tes capacités, Loïc, mais je travaille seul. De plus, il ne t'aura pas échappé que la période est un peu difficile en ce moment ?...

— Je sais que tu souffres à cause de Léa. Mais, justement...

— Justement quoi ?

— J'ai pas mal d'influence sur ma sœur, dit Loïc. Et, si elle s'en sort, je pense pouvoir la convaincre de revenir vers toi.

— Tu veux dire... qu'en échange de ce service, tu voudrais un job de conseiller ?

— Tu ne serais pas obligé de suivre mes conseils, dit Loïc en souriant.

Jérôme le regarda et sourit à son tour.

— Fous le camp !

Les mots étaient sortis de la bouche de Jérôme sans qu'il bouge un cil. Il n'avait même pas haussé le ton. Son sourire ne s'était même pas effacé.

— Tu m'as pas bien entendu. Casse-toi, petite merde !

— Le prends pas comme ça, Jérôme. On est de la même famille.

— On est peut-être de la même famille, mais on n'est sûrement pas de la même race.

Jérôme se leva, ouvrit la porte et attendit que Loïc sorte de son bureau.

— Ne remets plus jamais les pieds ici. Je ne veux plus jamais te revoir. Allez, casse-toi, Loïc. La sécurité sera là dans trente secondes.

Loïc regarda Jérôme au moment de franchir le seuil de la porte. Il l'attrapa soudain à la gorge. Jérôme fut stupéfait de la vitesse à laquelle il avait agi. Il déployait une force incroyable.

— Fais bien attention à ce que tu fais, avec tes millions pourris, tu pourrais le regretter !

Loïc serra. Sa respiration s'accéléra. Puis il relâcha la pression, reposa Jérôme sur le sol et sortit en claquant la porte derrière lui.

Cette violence qui avait tant surpris Jérôme, Loïc l'expurgeait en suant sang et eau sur un appareil de musculation de la salle de fitness du Lausanne Palace. C'était un de ses endroits favoris. L'ascenseur menait directement aux chambres, ce qui était un avantage non négligeable pour conclure une rencontre... Et, une rencontre, c'était exactement ce dont il avait besoin. Vite. Tout de suite.

Son regard se porta sur la jeune femme qui venait de s'installer en face de lui. Elle chevauchait un appareil qui faisait travailler les muscles internes de ses cuisses. Sa tenue ne cachait pas grand-chose de ses formes. Loïc sentit le désir monter. Il connaissait bien cette sensation. Généralement, elle démultipliait sa force.

— Il faut être incroyablement fort pour soulever tout ça, dit-elle.

Elle venait de parler la première. C'était un bon point. Elle avait un petit accent exotique, des yeux en amande. Il était certain qu'elle avait le sexe épilé...

— Et vous, incroyablement belle pour me déconcentrer.

— Merci, dit-elle en rougissant et en détournant le regard. Excusez-moi, j'ai toujours du mal avec les compliments...

Loïc reposa ses haltères et s'approcha de la jeune femme.

— Vous devriez faire un mouvement plus ample. Vous risquez de vous blesser aux adducteurs...

— Aux adducteurs ?

— En haut des cuisses… Ici…

Loïc lui effleura le haut des cuisses, avant de s'agenouiller pour lui indiquer le mouvement correct. Il posa ses mains sur ses genoux.

— Voilà… Bien dans le rythme…

— Le rythme aussi est important ?

— Très important, dit Loïc.

L'eau de la douche coulait sur leurs corps nus. Loïc et sa jeune conquête s'embrassaient, se caressaient. Il sentait les mains de l'inconnue contre son dos, ses seins contre sa poitrine. Ils étaient fermes, tendus… Il passa sa main dans l'entrejambe épilé de l'inconnue et eut une érection. Elle frémit. Il voulut la prendre mais elle le repoussa.

— Attends… Pas tout de suite.

La jeune femme sortit de la douche et s'enveloppa dans un peignoir. Loïc resta seul sous le jet.

— Je t'attends dans la chambre, lui dit-elle.

Elle referma la porte de la salle de bains derrière elle. Très vite, elle repéra les affaires de Loïc. Elle n'avait que quelques secondes pour agir. Elle fouilla dans ses habits en désordre, et trouva enfin ce qu'elle cherchait : sa montre.

Dans la rue en bas de l'hôtel, Keller et Spagnolo étaient en planque dans une voiture banalisée. Ils avaient vu Loïc entrer. Ils attendaient qu'il ressorte.

— Y en a vraiment qui sont vernis, dit Spagnolo.

— Si tu parles de Loïc, considère que c'est la cigarette du condamné…

— Vous rigolez, commissaire. C'est pas une cigarette, c'est carrément un havane, la petite Mekki.

Quelques heures plus tôt, Mekki avait été conduite par Spagnolo dans les bureaux de la section recherches non sans réticence de sa part…

— Suivez-moi. N'ayez pas peur. Vous n'avez que des amis ici !

Spagnolo l'accompagna jusque dans le bureau où se trouvait Keller.

— Salut, Mekki.

— Bonjour, commissaire.

— J'ai encore besoin de toi, ma belle. C'est ta dernière mission, Mekki. Après, t'auras tes papiers. Tu pourras rester là tant que tu voudras…

Keller lui montra la photo de Loïc Daguerre.

— Pas mal, non ?

— Pas mal, oui.

— Je parle de sa montre, Mekki.

— Quoi ? C'est une contrefaçon made in China.

— Non, ça c'est sûr. C'est une marque suisse. On a fait refaire la même…

Spagnolo lui montra un même modèle exactement identique.

— Sauf que la nôtre, dit-il, elle donne l'heure, mais aussi sa position.

— On y a planqué un émetteur, expliqua Keller. On doit filer discrètement ce charmant garçon.

— Et vous avez besoin de moi pour échanger les montres ?

— Tu t'en sens capable ? Il est dangereux.

— Vous rigolez, commissaire… Trop facile.

Dans la chambre, Mekki venait de placer la montre de Loïc dans son sac à main, elle allait ressortir la montre piégée quand une main se plaqua sur son avant-bras.

— Elle te plaît tant que ça, ma montre ?

Mekki, prise sur le fait, se figea.

— Je voulais la voir de plus près.

— Dis plutôt que tu voulais me la piquer ? J'aime la franchise.

— Je te jure que non.

— Je m'en fous, tu sais.

Pendant qu'il parlait, Mekki avait substitué la montre donnée par Keller à celle de Loïc. Elle la ressortit de son sac.

— C'était mon petit cadeau, dit-elle.

— T'es une pute ? s'étonna Loïc.

Il n'avait pas l'air de prendre mal cet aveu. Il saisit ce qu'il croyait être sa montre. Ouf, se dit Mekki, en pensant à ses papiers. Elle avait eu chaud…

— Ça te déplaît ? Si tu veux, je m'en vais.

— Au contraire. On a toujours raison de s'adresser à des professionnels, ironisa-t-il.

— Tant mieux, dit-elle. Puisque tu es aussi gentil, pour toi, ce sera à l'œil, dit Mekki.

Il posa la montre sur la table de nuit et attira Mekki à lui.

— D'accord, Esther.

— Je m'appelle pas Esther. Je te l'ai dit, c'est Mekki.

— Ce soir, tu t'appelles Esther.

— Si tu veux.

— Et toi, tu t'appelles comment ?

— Moi ? Je m'appelle Fausto.

Loïc ouvrit le peignoir de Mekki et contempla son corps parfait. Ses seins bombés, son ventre plat, son sexe lisse. Pour qui elle se prenait, cette pute…

— Et Fausto te trouve très belle.

Il releva les yeux. Mekki croisa son regard. Elle sut qu'elle n'aurait jamais ses papiers pour rester en Suisse. Elle n'en aurait pas besoin…

Dans la voiture, Keller s'impatientait. Il demanda à Spagnolo de continuer à surveiller l'entrée, ouvrit la portière et descendit. Dans le hall, il demanda à un employé de l'accompagner avec un chariot jusqu'à la chambre de son ami Loïc. Il voulait, dit-il, lui faire une surprise.

Devant la porte de la chambre, la surprise fut pour l'employé de l'hôtel de voir Keller sortir une arme et en défaire le cran de sûreté. Il frappa à la porte.

— Room service ?

Silence. Keller essaya d'ouvrir. La porte était verrouillée.

— Ton passe, demanda-t-il à l'employé qui tremblait de peur.

La porte s'ouvrit. La première chose que vit Keller, à part la fenêtre ouverte, fut le corps gisant et désarticulé de Mekki. Loïc lui avait brisé la nuque.

Keller s'agenouilla, palpa sa carotide. Rien. Il remarqua un détail atroce : Loïc lui avait enfoncé sa montre dans le vagin. La rage le submergea. Il avait envoyé Mekki à la mort. Il courut à la fenêtre et vit Loïc qui grimpait sur le toit du palace. Il pouvait tirer, mais résista à la tentation car il savait qu'il tuait Léa en même temps que Loïc. Il suivit le même chemin, mais Loïc était plus jeune et avait de l'avance.

Keller vit Loïc arriver au bout du toit, s'immobiliser, le vide à ses pieds. Loïc se retourna. Il sourit et fit un doigt d'honneur à Keller. Il sauta, se raccrocha à l'escalier de secours extérieur et le dévala à toute vitesse vers la rue où il monta dans sa voiture. Il mit le contact. Le moteur ne réagit pas. Il vit, alors, sur le siège passager une paire de menottes. Il leva les yeux. Spagnolo était en face de lui, et braquait une arme dans sa direction. Il avait la télécommande de fermeture automatique des portières. Loïc était pris au piège. Reconnaissant sa défaite, il se passa lui-même les menottes.

— Tu peux me frapper, me torturer, tu peux faire ce que tu veux, je sais pas où ils sont. C'est Fausto qui sait.

Loïc était face à Keller dans la salle d'interrogatoire. Hirsute, le cheveu en désordre, il n'était plus que l'ombre de lui-même. Mais une ombre, semblait-il, bien décidée à garder son secret. Cela faisait trois heures, déjà, que les policiers le questionnaient sans cesse.

— J'ai tout mon temps, dit Keller.

Derrière la glace sans tain, Eva se tourna vers Esther. Les deux femmes observaient l'interrogatoire.

— Keller se trompe, le temps joue pour Loïc.

— Il bluffe, répondit Esther. Il va trouver un moyen pour lui faire dire où ils sont.

— À condition qu'il les détienne tous les trois. La seule preuve qu'on a, c'est qu'il a enlevé Léa et tué Mekki. Pour Cindy et ton fils, on n'est certains de rien, Esther.

Esther ne voulait pas croire à cette hypothèse. Elle était certaine que Loïc allait craquer, surtout quand elle comprit la stratégie de Keller.

— Ça te dirait de rencontrer ton idole, Loïc ?

— J'ai pas d'idole.

— Réfléchis. Tu as tué sa mère, tu as tué sa fille. Et tu menaces de tuer Léa, la femme qui l'aime…

— C'est pas moi, c'est Fausto.

— Eh bien, tant pis pour Fausto si les choses se passent mal entre lui et le Zodiaque…

— Vous allez l'amener ici ? demanda Loïc.

— Il va trouver les arguments pour que Fausto se souvienne où il détient Léa. Et moi je laisserai faire, même s'il tue Fausto. À moins que Fausto se souvienne dès maintenant et se décide à parler ?

Loïc secoua négativement la tête. L'idée de se retrouver face à Mathias l'excitait au plus haut point. Il avait eu un début d'érection quand il avait compris la proposition de Keller.

Une heure plus tard, un fourgon de police se garait devant la section recherches de la gendarmerie. Les portières s'ouvrirent. Mathias, portant des lunettes aveuglantes, fut conduit en direction de la salle d'interrogatoire. Keller lui ôta ses lunettes et défit ses menottes. Il savait qu'il jouait avec le feu, mais il n'avait pas d'autre solution. Il dit à Mathias qu'il était content qu'il soit encore en vie. À lui de prouver que la mort ne l'avait pas épargné pour rien.

— Tu sais ce que tu dois faire ? Je peux compter sur toi ?

Mathias hocha la tête. Keller ouvrit la porte de la salle d'interrogatoire sous les regards d'Eva, d'Esther et de tous les gendarmes de la section de recherches muets de stupeur…

Loïc ne bougea pas quand il vit Keller faire entrer Mathias dans la salle d'interrogatoire et refermer la porte derrière lui. C'était vrai, bon Dieu ! Ils avaient osé. Ils lui avaient amené le Zodiaque. Cela faisait si longtemps qu'il ne pensait qu'à lui…

— Mathias ?

Loïc s'approcha de son vieux copain Mathias qui restait immobile, le visage impassible. Il esquissa un sourire.

— Salut, Fausto.

— Tu m'as manqué, tu sais, Mathias. On est pareils, toi et moi, maintenant. Du même sang. Celui qu'on a fait couler.

— Tu t'es assez vengé, Faustino. Ça suffit. Hein ?

— Je savais qu'on se reverrait. La société du Zodiaque, c'était moi. T'étais en prison, mais tu vivais dans nos cœurs…

— Où est Léa, Fausto ? demanda Mathias. Rappelle-toi, tu l'aimais bien…

— C'est toi que j'aime, Mathias !

— Alors, si tu m'aimes tant, dis-moi où sont Léa, le gosse et sa baby-sitter.

Mathias s'approcha de Loïc et fit courir le dos de sa main sur son cou. Puis, comme s'il allait l'embrasser, la main de Mathias se referma sur la nuque de Loïc.

Derrière la glace sans tain, Esther, Keller et Eva retenaient leur souffle.

Mathias approcha son visage de celui de Loïc. Loïc était terrassé par l'émotion. Ses lèvres entrouvertes laissaient échapper des bouffées de désir trop fortes pour lui. Il eut un orgasme.

— Dis à ton ami Mathias, Fausto…

— Dans ma planque…

— Ta planque ?

— En montagne… Je vais te dire…

Mathias l'embrassa, mais, au même instant, ses mains se refermèrent comme deux tenailles sur le cou de Loïc. Il allait le tuer. Les genoux de Loïc fléchirent. Il murmura quelques mots à l'oreille de Mathias.

— Il va le tuer !

Esther et Eva voulurent intervenir. Keller les retint. Il était persuadé que Mathias savait ce qu'il faisait.

Il eut raison. Mathias relâcha Loïc et se tourna en direction de la glace sans tain.

— Ils sont dans une cabane, au pied du pic des Mémises, dit-il.

Loïc reprenait son souffle en regardant Mathias qui, lui, regardait son propre reflet dans la glace. Il savait que juste de l'autre côté, Esther le regardait. Pour un instant, ils ne faisaient plus qu'un, pensait-il, unis dans un même reflet, un même regard, un même être…

La porte de la cave s'ouvrit. La lumière inonda le lieu où Léa, allongée sur le sol, à bout de forces, était en train d'étouffer. Elle avait perdu connaissance, mais elle était vivante. Elle fut libérée de la corde qui enserrait son cou. Lorsque l'air entra dans ses poumons, elle toussa, ouvrit les yeux et, dans un brouillard qui se dissipa très vite, reconnut Keller.

— Où sont-ils ? lui demanda Esther.

Léa savait qu'Esther parlait de Quentin et de Cindy. Mais elle ne pouvait pas les aider. Elle avait été enfermée seule dans cette cave.

Enfermé, Loïc l'était aussi. Il était désormais prisonnier de son double imaginaire. Il était enfermé dans Fausto. Esther eut beau le supplier de lui dire où étaient Quentin et Cindy, il ne pouvait lui répondre.

— Il faut que tu me dises où est Quentin, Loïc.

— Je m'appelle Fausto.

— Où est Quentin, Fausto ? Mon fils ? L'enfant que tu as enlevé. Où est-il ?

— Je ne connais pas de Quentin. Je ne sais pas qui vous êtes. Je ne vous ai jamais vue.

— Je suis Esther Delaître. La sœur de Mathias Rousseau. Le Zodiaque.

— Je ne connais pas de Zodiaque. Je veux voir ma mère. On me l'a enlevée. Maman… Rendez-la-moi, s'il vous plaît.

Loïc se mit à pleurer. Esther, impuissante, comprit qu'elle ne saurait rien. Elle se surprit à prier pour que l'hypothèse d'Eva soit vraie et que Loïc ne soit qu'un vulgaire copycat qui ait voulu tirer son épingle du jeu, pas le responsable des enlèvements de Quentin et de Cindy. Elle espérait que c'étaient les meurtres qui avaient créé la folie de Loïc, pas le contraire. Elle priait pour cette hypothèse et, en même temps, elle en avait peur.

Derrière la glace sans tain, Alexis était effondré intérieurement : non seulement son fils avait perdu la raison, mais sa folie avait causé tant de meurtres et de douleur... Avoir engendré celui qui avait décimé sa propre famille devait être un sentiment terrifiant. Pourtant, il ne montrait rien. Il prétendait seulement que jamais son fils n'aurait pu tuer sa sœur et sa nièce, c'était impossible.

— Il a pourtant failli en faire autant avec sa sœur. À une heure près, vous la perdiez elle aussi.

— Loïc a hérité de la folie de sa mère, dit Hélène.

— Vous n'avez pas la moindre idée de l'endroit où il peut détenir Quentin ?

Alexis ne répondit pas. Il s'éloigna de Léa et d'Hélène. Sa fille fut bouleversée de voir que son père ne lui accordait pas plus d'importance. Elle avait failli mourir, il ne l'avait même pas embrassée.

Alexis Daguerre sortit de la section de recherches et monta dans sa voiture. Il tremblait. Il avait besoin d'elle. Tout de suite. Il ne pouvait pas résister plus longtemps. Il avait besoin de la tenir dans ses bras, de sentir son corps vivant contre lui.

Il composa un numéro sur son portable.

— C'est moi, dit-il. J'ai besoin de te voir...

Il n'eut pas le temps de démarrer. La portière côté passager s'ouvrit. C'était Hélène.

— Tu vas où ?

— J'ai rendez-vous.

— Avec qui ?

Hélène se tourna vers Alexis et, pour la première fois, eut le courage d'affronter son mari.

— Je sais que ça fait des années que tu me trompes, Alexis.

— Tu plaisantes, j'espère.

— Je sais que tu n'as pas cessé de voir Cécile.

— Pardon ?…

Hélène soutenait son regard avec aplomb.

— Hélène… Cécile est morte depuis vingt-cinq ans.

— Et tu me mens depuis toutes ces années. Je sais très bien qu'elle est vivante et que tu la vois.

— Tu es en train de devenir folle.

— Et ça, c'est quoi ?

Elle lui montra un mot écrit sur la carte d'une boutique de lingerie féminine de luxe.

— Je n'ai pas le souvenir que tu m'aies acheté un jour de la lingerie ?

— Où tu as trouvé ça ?

— Dans tes affaires, Alexis. C'est ton écriture, il me semble…

Alexis ne répondit pas. C'était bien son écriture. Il nia avoir écrit ce mot récemment. Il expliqua à Hélène que c'était un souvenir qu'il gardait de l'époque où Cécile était vivante. Il lui ordonna de le laisser seul. Hélène, devant tant d'hypocrisie, abdiqua et sortit. Il n'y avait plus rien entre eux. Sinon un mur…

Alexis restait seul derrière le volant. Il regarda ces deux mots qui étaient écrits sur cette carte.

« Pour Cécile »…

4

Le corps n'avait pas séjourné longtemps dans l'eau. Quelques heures tout au plus. Il était légèrement boursouflé, mais parfaitement reconnaissable. Des équipes de plongeurs l'avaient ramené près de la rive, puis remonté, après que des pêcheurs l'avaient repéré à une vingtaine de mètres du bord. Sur le terre-plein, les voitures de Keller et d'Eva s'immobilisèrent dans un crissement aigu en soulevant un nuage de poussière. On les avait prévenus immédiatement après sa découverte. Le cadavre était celui de Cindy.

Esther faillit perdre connaissance quand Keller lui apprit la nouvelle. Elle craignait qu'on ne retrouvât le corps de Quentin au même endroit. Eva tenta de la rassurer en lui disant que, jusque-là, le maître du Zodiaque n'avait fait aucune faute. Il voulait quelque chose d'elle et, tant qu'il ne l'aurait pas obtenu, Quentin devait rester en vie. Elle ne savait pas si c'était réellement rassurant. Elle qui, enfant, avait été enlevée, se demanda ce que l'on pouvait éprouver lorsqu'on est la mère d'un enfant disparu. On doit être prêt à tout, sans doute. Elle trouvait qu'Esther avait une force hors du commun. Elle était bien la fille de sa mère...

Debout, regardant le corps de Cindy qui reposait sur la table d'autopsie de l'institut médico-légal, dénudé jusqu'à l'abdomen, Keller avait la nausée. Elle avait été étranglée. Le légiste confirma qu'elle avait été tuée deux heures auparavant, tout au plus. Alors même que Loïc Daguerre était en garde à vue… Le meurtre de Cindy était un crime gratuit qui n'avait d'autre but que de montrer que Loïc ne pouvait pas être son assassin. Ce n'était donc pas lui qui détenait Quentin. Il était tellement malade que, peut-être, il s'était vraiment cru coupable. Ou bien avait-il voulu l'être… Il avait profité de la situation pour régler ses comptes avec sa famille, mais c'était tout. Les meurtres, en effet, l'avaient rendu fou…

À la section de recherches, Keller regardait les arbres généalogiques des familles Daguerre et Saint-André, côte à côte. Quelqu'un continuait de jouer avec eux. Qui, bon Dieu ? Qui les manipulait ? Les soupçons de Keller revenaient sur Alexis. Il regardait sa photo, sur l'arbre généalogique. Il était coincé entre deux folies meurtrières : celle de son fils et celle de son père qui, pensait Keller, avait tué Cécile. C'est en observant le tableau des protagonistes que Keller remarqua le détail qui, jusque-là, lui avait échappé… L'indice pendait au cou de Grâce Delaître. Une petite croix en or.

Keller se mit à chercher parmi les pièces à conviction sous scellés et trouva la croix. C'était bien la même. La croix que portait Grâce Delaître avait été retrouvée sur les lieux du cambriolage de la maison du professeur Kowalski.

— Elle l'a perdue là-bas, dit Keller à son adjoint.

— Qu'est-ce que la mère d'Esther a à voir avec cet apprenti sorcier ? interrogea Spagnolo.

— Elle n'avait rien à voir avec la petite Lucie non plus. Et pourtant, c'est elle qui avait filmé la gamine pour la montrer à son fils.

— Vous voulez dire que le point commun entre Kowalski et Grâce Delaître, c'est le Zodiaque ?

— Ce fils qu'elle voulait aimer, oui.

Keller se rendit aussitôt aux cellules de garde à vue où Mathias avait été conduit après avoir fait parler Loïc. Il semblait plus détendu. Keller lui apprit que Cindy, la baby-sitter de Quentin, avait été tuée.

— Et Quentin ?

— Aucune trace. Rien.

Mathias eut l'air affecté.

— Parle-moi de ta mère, je sais qu'elle venait te voir toutes les semaines.

— Elle voulait rattraper le temps perdu entre nous, pourquoi ?

— Mais encore…

— Elle voulait m'innocenter, dit Mathias en souriant. Elle était bien barrée, hein…

Mathias ne sourit plus en voyant que Keller prenait ce qu'il disait très au sérieux.

— Pourquoi cette question ?

— Parce que c'est peut-être elle qui a tout déclenché.

— Tout, quoi ?

— Les meurtres, bon Dieu. Celui de ta mère d'abord, parce que c'en est un, crois-moi ! Mais aussi ceux de Lucie, de Sandrine. Et la tentative d'empoisonnement dont tu as été victime…

— Je ne comprends rien à ce que tu dis, Keller.

Keller regarda Mathias et se pencha vers lui.

— Mathias, tu es le dernier survivant d'une expérience qui a fait de toi, et de six autres étudiants de l'institut Daguerre, des assassins. On le pensait, on en est sûr, maintenant.

— Keller, j'ai tué parce que je me vengeais de mon père, des Saint-André, de ma naissance de bâtard.

— Pas seulement. Tu aurais pu avoir un autre destin avec la même naissance. Tu aurais pu tomber amoureux, vivre avec Léa, oublier ton ressentiment et passer à autre chose. Tourner la page ! Mais tu ne l'as pas fait… On t'en a empêché.

Mathias se redressa. Les deux hommes se dévisagèrent en silence.

— C'est cette expérience qui t'a poussé vers ce qu'il y avait de plus noir en toi.

— Alors, c'est ça dont elle parlait.

— Qui ?

— Ma mère… Elle m'a dit qu'elle avait trouvé un témoin qui allait m'innocenter.

— Son nom ?

— Elle ne l'a pas prononcé.

— Est-ce que le nom de Kowalski te dit quelque chose ?

— Kowalski, oui. Le docteur…

Keller serra les mâchoires. Tout commençait à se recouper. Il sentait que les pièces du puzzle se mettaient en place.

— C'est ta mère qui t'a parlé de lui ?

— Non. J'ai passé une visite médicale chez lui en arrivant à l'institut Daguerre. Mais là, vous faites fausse route.

— Pourquoi ?

— J'en ai déjà parlé à Esther. Si ça avait donné quelque chose, elle me l'aurait dit.

— Quoi ? Tu as parlé de Kowalski à Esther ?

— Oui, bien sûr.

— Nom de Dieu… murmura Keller.

Il essayait de comprendre pourquoi elle avait nié connaître ce toubib, lorsqu'ils étaient allés dans sa maison. Pourquoi n'avait-elle rien dit ? Que lui cachait-elle ?

— Ne dis plus rien à Esther, Mathias, vu ?

— Keller, je ne comprends rien à ce que tu racontes. On dirait que tu te méfies d'Esther. Et qu'est-ce que ma mère vient faire dans cette histoire ?

— Ta mère a retrouvé le toubib qui t'a lavé le cerveau. Et elle l'a rencontré : j'en ai la preuve ! C'est peut-être ça qui a causé sa mort.

Ils étaient deux adversaires qui s'étaient si longtemps affrontés, séparés par le bien et le mal, et qui aujourd'hui se trouvaient alliés contre un adversaire commun. S'ils savaient combien cette alliance réjouissait cet adversaire. Il était le maître du Zodiaque. Il jouait avec les destins. Et il était près de toucher à son but…

5

La voiture d'Hélène Daguerre s'immobilisa face à la maison de Pierre Saint-André, au milieu des vignes. Elle marchait dans le jardin, cherchant Pierre du regard...

— Monsieur Saint-André ? Pierre ?

Pierre sortit de la maison. Il marcha dans sa direction, et s'arrêta près d'elle. Elle était tellement sensible à sa présence que son visage s'empourpra. Il était le contraire d'Alexis. Fort. Franc. C'était un homme, un vrai.

— Non, excusez-moi...

Elle fit demi-tour pour retourner à sa voiture. Pierre la rattrapa.

— Hélène !... Attendez... Si vous êtes venue jusqu'ici, c'est que vous vouliez me parler, non ?

— Je ne sais plus. Je ne sais pas très bien ce que je fais depuis que Léa... Je n'ai pas réussi à dormir une seule minute. Je n'ai personne avec qui partager ma douleur...

Pierre la prit dans ses bras. Hélène posa la tête sur son épaule et éclata en sanglots.

— Vous me comprenez, n'est-ce pas ? Vous avez vécu le même cauchemar que moi...

— Moi, c'est la vengeance qui me tient debout.

Hélène regarda Pierre. Puis il l'entraîna vers les vignes.

— Je sais. Je ne vous approuve pas, mais au moins vous réagissez, vous êtes humain, Pierre. Alexis, lui, ne pense qu'à elle. Personne d'autre n'existe pour lui. Et il continue de la voir, vous savez...

Pierre, étonné, regardait Hélène en se demandant de qui elle parlait. Elle devait être bourrée de calmants, pensa-t-il. Elle était en train de perdre pied.

— Qui, Hélène ? De qui parlez-vous ?

Il chercha dans ses yeux ce qu'elle pouvait bien vouloir lui dire.

— Mais je parle de Cécile.

— Pardon ?

— Votre sœur Cécile.

— Quoi ? Vous plaisantez. Cécile est morte depuis vingt-cinq ans !

— Non. Elle n'est pas morte ! Je puis vous assurer qu'il la voit régulièrement.

— C'est impossible. C'est...

Pierre s'interrompit. Il aurait pu la croire folle, mais une conviction dans le regard d'Hélène lui faisait croire qu'elle ne délirait pas.

— Je partage la vie d'Alexis. Je connais ses habitudes. J'ai aussi entendu certaines conversations.

Hélène regardait Pierre et, dans ce regard, le suppliait de la croire.

— Votre sœur a réchappé à la mort, Pierre. Cécile est vivante.

— Taisez-vous ! Je vous en supplie, taisez-vous...

Pierre, durement secoué, prit le visage d'Hélène dans ses mains et, presque pour l'empêcher de parler, l'embrassa. Ils s'abandonnèrent l'un à l'autre dans un baiser passionné.

Elle interrompit ce baiser, se détourna de Pierre et retourna à sa voiture.

Plusieurs heures après le départ d'Hélène, Pierre était encore plongé dans le plus grand trouble. Il avait décidé de téléphoner à Juliette.

— Elle ne peut pas être vivante, Pierre.

— Hélène dit que son mari continue de la voir...

— Elle t'a dit ça pour te déstabiliser.

— Juliette, crois-moi, elle n'a pas besoin de ça. Non. Elle le pense vraiment. Elle est sincère. Elle m'a même donné son adresse. Elle vit à Lausanne.

— Cécile ne peut pas être vivante, Pierre !... Ils nous l'ont tuée.

Juliette coupa son portable. Elle regarda le lac. Elle repensa à la conversation qu'elle avait entendue entre Hélène et sa fille. Elle se rendit compte qu'une larme coulait sur sa joue. Elle avait toujours son téléphone en main. Elle appela Esther pour la prévenir de l'information que lui avait donnée Pierre. Mais il y avait autre chose, un secret qu'elle avait sur le cœur depuis si longtemps. Pour cela, elle voulait la voir...

Esther avait senti dans la voix de Juliette qu'elle avait véritablement quelque chose de grave à lui révéler. Elle était venue la rejoindre immédiatement sur la terrasse de l'hôtel où elles étaient seules, au cœur de la nuit. La possibilité que Cécile fût encore vivante avait, bien entendu, surpris Esther, car, si elle était vivante, qui avaient-ils autopsié ? Qui donc était dans sa tombe ?

— J'avais quinze ans quand ma sœur s'est tuée, avoua Juliette. J'étais seule à savoir ce que tout le monde ignorait.

— Qu'est-ce que tu savais ? lui demanda Esther.

— Je savais que Cécile avait eu un enfant d'Alexis Daguerre. Une petite fille qu'elle avait cachée. Alexis lui-même n'est pas au courant.

— C'est impossible !

— Avec papa, rien n'était impossible, dit Juliette. Quand il a appris la grossesse de Cécile, il l'a envoyée accoucher à l'étranger. Loin des Daguerre.

— Tu délires, Juliette. Jamais papa n'aurait fait une chose pareille !

— Tu as toujours nié sa part d'ombre, Esther. Papa était capable de choses terribles dès lors que les Daguerre étaient concernés.

— Où serait cet enfant aujourd'hui ?

— Je ne sais pas. Je n'ai jamais su. Et je n'ai jamais osé le demander. J'ai essayé de le retrouver bien des années après la mort de Cécile. Sans résultat. Il n'y a pas un jour où je ne pense à ce petit être que nous avons abandonné, dit Juliette avant de s'effondrer en larmes.

Esther savait que Juliette disait vrai. Leur père cultivait le secret d'une façon qui lui appartenait : il en confiait une petite partie à chacun en lui faisait croire qu'il savait tout. Cela avait deux avantages, chacun se croyait élu en croyant détenir la vérité alors qu'il était impossible pour qui que ce soit d'en embrasser la totalité... Il lui avait confié une fois, dans un moment de faiblesse, que, dans certaines circonstances, un homme peut être capable de tout par amour. Et, avait-il ajouté, une femme aussi, par désespoir...

Si Cécile était vivante, elle était le lien entre les Daguerre et les Saint-André. Juliette lui fit promettre de ne pas parler de cette enfant tant qu'on ne saurait pas si Cécile était vivante ou morte. Esther promit. En revanche, elle voulut révéler cette découverte à Keller. Eva lui apprit qu'il était parti à Marseille. C'était là où précisément Esther voulait se rendre. Elle insista pour savoir où était Keller. Il fallait vérifier quelque chose : ils n'avaient peut-être pas autopsié la bonne personne en croyant avoir exhumé le corps de Cécile...

— Cécile, c'est moi, Pierre.

La femme qui venait de sortir de son immeuble resta une seconde immobile avant de se retourner. Pierre y vit la confirmation que c'était bien elle.

— Vous devez faire erreur, monsieur.

Pierre avança vers elle. À cet instant, il était sûr et certain d'être face à sa sœur. Comment pouvait-elle être vivante ? Elle était officiellement morte depuis tant d'années.

— Je te reconnais, Cécile. Je reconnais ton regard...

— Vous faites erreur. Je...

Cécile avait un peu plus de cinquante ans. Son visage avait changé. Elle avait même dû le modifier un peu elle-même. On devinait l'action du bistouri sous ses traits. À moins que ce ne soient les conséquences de son accident. Peut-être même avait-elle perdu la mémoire ? Ce qui expliquerait qu'elle ait refait sa vie ailleurs…

— Je suis ton frère. Pierre. Pierre Saint-André.

— Je ne vous connais pas, monsieur, lui dit-elle.

— Tu t'en es sortie ? C'est incroyable…

— Je ne connais pas de Cécile et je vous demande de me laisser.

— Cécile… Cécile, je t'en supplie.

— Taisez-vous maintenant ! Partez ! Partez ou j'appelle la police.

La femme monta dans sa voiture et démarra sur les chapeaux de roues. Une voiture immatriculée en France, 456 FG 69. Sa fuite le prouvait avec certitude, Cécile était vivante. Il l'avait reconnue. Pierre était dans un état de grande agitation intérieure. Que devait-il faire de cette découverte ? C'était incroyable. Et peut-être, pensa-t-il, était-ce elle qui se vengeait… Elle avait de bonnes raisons de le faire.

Il était bien placé pour le savoir, puisque c'était lui qui l'avait tuée…

6

Keller poussa la porte de la maison de Grâce Delaître. Elle n'était pas verrouillée. Il sortit son arme, ouvrit le battant en grand… Après s'être assuré que la maison était vide, Keller rangea son arme de service. Il passa des gants en latex et se mit à fouiller les lieux. C'était le petit matin. Il avait roulé une bonne partie de la nuit, avait dormi sur une aire d'autoroute et était arrivé à Marseille à l'aube. Il avait juste prévenu Eva de son départ, avec la consigne de ne pas en parler à Esther. Il ne fallait pas qu'elle sache qu'il se méfiait de sa mère. C'était capital pour ce qu'il cherchait…

Quelques heures plus tard, Keller arrivait au bout d'une fouille méticuleuse. Il n'avait pas trouvé. Chaque centimètre carré de la maison avait été fouillé. Il continuait pourtant de scruter les lieux. Et soudain, son regard tomba sur un jeu de clés suspendu à un crochet… Parmi les clés, il y avait un carré métallique de plomberie. Keller le décrocha, fila à la salle de bains et l'utilisa pour ouvrir la trappe de visite. Il introduisit sa main à l'intérieur et ramena un tube de carton dans lequel étaient roulées une cinquantaine de pages.

Keller posa sa découverte sur la table et ouvrit le rouleau. Il renfermait un dossier portant le nom du docteur « Jacek Kowalski ». Le dossier contenait des thèmes astrologiques. Des photos. Des rapports médicaux. Les articles correspondant aux meurtres commis par les six étudiants. Parmi eux, bien sûr, Mathias Rousseau, le Zodiaque. Il y avait son thème. Des annotations, aussi. Keller lut les rapports avec une curiosité fébrile. Il eut la confirmation de ce qu'il pensait lorsqu'il découvrit la photo d'Eva, enfant, en première page du journal *La Savoie*. Elle aussi était un effet secondaire de cette expérience… « Disparition d'une enfant à Évian », lut-il. Une enfant… Il regarda la photo avec plus d'insistance. Et il comprit…

Il l'imagina sortant de la maison, cherchant sa fille du regard, paniquée, appelant. Son regard se posant alors sur le vélo abandonné sur le sol, dont une roue tournait encore. Certaine, déjà, que la disparition de la petite était un enlèvement. Et le père… Le père ne voulait pas prendre le risque que sa famille découvre… Il voulait qu'on retrouve sa fille, bien sûr… Mais, par-dessus tout, il ne voulait pas dévoiler sa double vie !

Ce fut, pour Keller, une véritable révélation. C'était immense. À la mesure des crimes qui venaient d'être commis…

Tout était là. Il avait compris, bon Dieu. Il savait maintenant qui était le maître du Zodiaque. C'était une évidence. Son raisonnement était complexe, mais sûr. Il ne lui restait plus qu'à vérifier une ou deux petites choses. Bon sang, c'était incroyable combien ils s'étaient plantés sur toute la ligne. Le maître était là. Si près d'eux… Et ils n'avaient rien vu. De nombreux détails se réorganisaient dans sa tête. Si ce qu'il pensait était juste, ils étaient face à quelque chose de terrible, un projet démiurgique… Tout devenait logique, bon sang. Tout prenait sens. Ce n'était pas Cécile qu'on vengeait, bien qu'elle ait sa place dans le tableau ! Tout s'étalait devant les yeux de Keller, comme un vaste labyrinthe dont il découvrait soudain l'issue. Un labyrinthe où toutes les voies, même celles sans issue, contribuaient à dessiner la terrifiante figure d'ensemble…

Keller comprit pourquoi Grâce Delaître avait été tuée. C'était le crime originel en réponse au péché originel… Lequel était le fruit du désespoir. Elle avait retrouvé Kowalski, en effet, mais elle avait retrouvé beaucoup plus que cela. Une vie pour une autre…, pensa-t-il.

Keller prit son portable et appela les archives de *La Savoie*. C'était au sujet d'une photo dont il aurait voulu avoir l'original. Il donna la date de parution du journal et décrivit l'article et la photo. L'article relatait la disparition d'une enfant. La photo était celle de la petite victime dans les bras de sa mère. La photo avait été coupée pour masquer le visage de la mère. Keller voulait l'original… Il demanda à ce qu'on l'envoie à son nom, sous pli confidentiel, à la section de recherches d'Évian…

Il raccrocha et rassembla les documents. Il allait quitter la maison de Grâce quand une voix le prit de court.

— Tu as trouvé ce que tu cherchais, Antoine ?

Keller fit volte-face.

— Esther ?

— Je savais que tu viendrais ici…

— J'ai compris ce qui se passe, Esther. Ta mère aussi l'avait compris. Regarde !

Il lui montra les dossiers, les thèmes astrologiques, les notes et les articles… Esther ne semblait pas réagir.

— Ce sont des dossiers volés chez Kowalski. Des dossiers secrets sur ses expériences sur les étudiants de l'institut Daguerre. Il étudiait leurs réactions à ses stimulations aux ultrasons en fonction de leur thème astrologique.

Keller lut :

— « La caractéristique criminogène Mars-Pluton du thème de Mathias Rousseau identifie la vengeance comme support… » C'est pour ça que les six autres étudiants criminels ont la mort dans leur thème, comme tu l'as analysé. C'est même le sujet de l'expérience. C'est la preuve que c'était bien Kowalski le maître du Zodiaque.

Il montra à Esther les dossiers des six étudiants meurtriers. Puis il avisa d'autres dossiers. D'autres noms inconnus étaient restés inoffensifs.

— « La stimulation par ultrasons des noyaux centraux chez le sujet renforce le caractère sentimental lié à la position de la Lune en Maison Une. »

Ces expériences étaient quasiment la preuve que les manipulations mentales auxquelles se livrait Kowalski étaient liées au thème astrologique du sujet.

— Et tu as trouvé ces dossiers ici, chez ma mère ?

— Ça va probablement te choquer, Esther. Mais c'est la vérité. Ta mère avait retrouvé Kowalski.

— Ma mère ?…

— Elle était obsédée par son combat pour sauver Mathias. Pour l'innocenter, dit Keller.

— Pourquoi n'a-t-elle pas utilisé cette découverte, alors ? Cela lui donnait des arguments pour son procès. Si elle montrait ces recherches, elle pouvait presque l'innocenter. C'était une bombe qu'elle avait dans les mains…

C'était exactement ce que Keller pensait. Et, au contraire de cela, elle ne voulait pas qu'Esther se rende au procès de Mathias.

— Si elle n'a pas utilisé ces dossiers, c'est qu'elle a découvert quelque chose qui l'en a empêché.

— Quoi ? Qu'est-ce qui a bien pu l'en empêcher ? Innocenter Mathias aurait été un aboutissement pour elle. Il était devenu son obsession, le but de sa vie…

— Quelque chose qu'elle devait se reprocher, forcément, dit Keller. Quelque chose qu'elle avait sur le cœur et qu'elle ne voulait pas que tu découvres. C'est pourquoi elle ne voulait pas que tu viennes.

— Qu'est-ce que tu dis ?

— Je crois que j'ai compris, Esther.

— Quoi ? Qu'est-ce que tu as compris, Antoine ? Tu sais que Cécile est peut-être vivante ?

— Je sais qui est Cécile, vivante ou morte. Mais, surtout, j'ai compris ce qu'elle fait là. J'attends une preuve. Une photo. Cela risque d'être terrible pour toi, Esther.

— Pour moi ? Dis-moi ce que tu as compris…

— Mais avant, il faut que tu saches que je t'aime.

Keller regarda Esther. Elle ne répondit pas. Elle ne bougeait pas.

— Je t'aime, Esther.

Il avança vers elle. Elle sortit l'arme que lui avait donnée Loïc.

— Qu'est-ce que… Esther ?…

Esther posa sur Keller un regard fixe. Il tendit la main.

— Esther, c'est moi…

Esther releva soudain le canon de l'arme et tira à trois reprises dans sa direction. Keller fut arrêté dans son mouvement. Son regard s'embua légèrement. Au moment où il s'effondrait, il repensa au nom qu'il avait vu gravé dans la mine de sel où la petite fille avait été détenue par Michel Vial…

— Esther, murmura-t-il.

Le corps de Keller tomba lourdement sur le sol, presque au ralenti. Il ne ressentait pas de douleur. Juste un éloignement progressif du monde et de ses horreurs… Il n'eut aucun regret. Sa dernière pensée fut de se demander comment, par amour, on pouvait remplacer dans son cœur un être par un autre…

L'amour peut tout. Même le pire…

L'instant d'après, Keller était mort.

CINQUIÈME PARTIE

La traque du mal

1

La nuit touchait à sa fin. Esther s'était réveillée dans sa voiture, aux abords du cimetière d'Aix-en-Provence. L'énigme Cécile était là. C'était pour la résoudre qu'Esther avait fait le voyage depuis Évian. Elle avançait dans les allées désertes du cimetière d'Aix-en-Provence et s'arrêta devant la tombe qui avait été ouverte et dont le corps avait été exhumé. Un nom : Cécile Saint-André. Une date : 1957-1987. La tombe, un vaste trou, était encore entourée de la bande de police.

— Cécile, murmura Esther. Comment peux-tu être encore vivante ?...

Esther scruta la tombe voisine. Ça n'était pas une sépulture de sa famille, mais celle d'une femme inconnue : « Blanche Perrin 1910-1945 ». Curieusement, la tombe de cette femme s'intercalait entre celle de Cécile et celle de Rose-Marie SAINT-ANDRE, née de CHABANES, 1936-1976, épouse de Gabriel SAINT-ANDRE. Esther revint devant la tombe de Blanche Perrin. Pourquoi cette femme était-elle au milieu de la famille Saint-André ?

— Blanche Perrin...

Esther découvrit, à demi enfouie dans la terre, une autre inscription relative à la tombe de Blanche Perrin. Née à Évian-les-Bains, Haute-Savoie.

Esther chercha son portable.

— Eva, c'est Esther.

— Esther ? Enfin ! Où tu es passée enfin ? Ça fait des heures que j'essaie de te joindre.

— Je te l'ai dit, je suis à Aix. Au cimetière. J'ai besoin de renseignements sur une femme du nom de Blanche Perrin.

— Perrin ?

— Oui. Perrin. Elle serait née en 1910 à Évian… et morte en 1945.

— C'est qui, Blanche Perrin ?

— Je ne sais pas. Je ne suis pas encore sûre, mais ce n'est peut-être pas le corps de Cécile qu'on a fait autopsier.

— On a vérifié son ADN, Esther. Elle possédait cinquante pour cent de l'ADN de ton père. Le corps qu'on a autopsié était forcément celui de sa fille.

— Pas forcément. Il y a quelque chose qui cloche : la tombe de Cécile n'est pas à côté de celle de son père et sa mère. Il y a une autre tombe entre les deux…

— Comment on aurait pu se tromper, il y a des noms sur les tombes !

— Les plaques ont pu être changées, répéta Esther. Toujours rien sur Quentin ?

— Malheureusement, non.

— Cherchez encore, je t'en supplie. Je sais qu'il est vivant. Je le sens.

— Oui… Et toi ? Tu as parlé à Keller ?

— Non. Je viens d'arriver ici. Je suis allée directement au cimetière d'Aix.

Le gardien du cimetière, à qui Esther venait de poser une question sur l'origine de la tombe de Blanche Perrin, consultait ses registres.

— Attendez… Je crois me souvenir que cette dame a été transférée ici bien après sa mort.

— Vous pouvez me dire quand ?

Le gardien tournait les pages de ses documents. Il regardait un plan ancien des tombes du cimetière. Sur le cadastre de 1963, la tombe n'était pas là… Cela voulait dire qu'on avait amené le cadavre de Blanche ici, plus de vingt ans après sa mort.

— Et pourtant cette femme est morte en 1945. Vous avez un relevé plus récent ?

Le gardien sortit un autre registre. 1988. Cette fois, la tombe était là. Esther prit le plan des mains du gardien. Un détail venait de lui sauter aux yeux.

Et, comme elle s'y attendait, Esther vit que les tombes de Blanche Perrin et Cécile Saint-André étaient inversées.

— Il a pu y avoir une inversion lors d'un remembrement, dit piteusement le gardien du cimetière.

— Ou une inversion volontaire. Pour faire croire que Cécile était bien dans son cercueil, dit Esther.

Esther demanda aussitôt au gardien d'ouvrir la tombe de Blanche Perrin. Un billet de cent euros sut le convaincre que c'était important. Un peu à contrecœur, il descella la dalle de marbre et la bougea de quelques centimètres, suffisamment pour observer l'intérieur.

— Elle est vide, n'est-ce pas ?

La tombe, en effet, était vide…

— Oh ! putain, con. Y a même pas de cercueil !

C'était la meilleure preuve que Cécile Saint-André était bel et bien vivante. Il restait à savoir qui était cette Blanche Perrin qu'ils avaient autopsiée et qui avait été tuée d'une balle dans le cœur. Et qui possédait cinquante pour cent de l'ADN de Gabriel Saint-André.

Esther n'allait pas tarder à le savoir. Eva la rappela très vite. Elle avait mené son investigation sur Blanche Perrin. Et le résultat était, selon elle, incroyable.

— Une femme du nom de Blanche Perrin a été tuée ici à Évian en juillet 1945. On a retrouvé son corps, tu ne vas pas me croire… à la cascade des Anges. Elle a été tuée d'une balle dans le cœur !

— Tuée par qui ? L'affaire a été résolue ?

— Il n'y a pas eu d'enquête. Des centaines de personnes ont été exécutées en 1945, après la Libération. Et elle avait été rasée.

— Elle avait collaboré ?

— Ou juste eu un amant allemand. Il n'en fallait pas plus pour le payer de sa vie. Qui est cette femme, Esther ?

— C'est elle que nous avons autopsiée, en croyant que c'était le corps de Cécile.

— Et si elle est née en 1910, elle ne peut pas être la fille de ton père… Mais elle a pourtant cinquante pour cent de son ADN !

— Ce n'était pas sa fille, Eva…

Esther s'approcha de la tombe de Blanche, qu'elle regardait avec émotion.

— C'était sa mère !

— Pardon ?

— Une fille a cinquante pour cent de l'ADN de son père, une mère a aussi cinquante pour cent de l'ADN de son fils. Cette femme, Blanche Perrin, était la mère de mon père.

Esther pensa que son père ne voulait sans doute pas porter un nom synonyme de trahison. Il s'était inventé une nouvelle identité, un autre nom. En plein chaos, cela n'avait pas dû être bien difficile. Il était devenu Gabriel Saint-André. Il était parti en Provence et avait tout recommencé de zéro. Il avait quinze ans…

— C'est à cause de la mort de Blanche que Pierre-Antoine Daguerre m'a accusée, dit Esther. Il pensait que je vengeais mon père.

Eva fut aussitôt convaincue que c'était bien Pierre-Antoine Daguerre qui avait tué Blanche Perrin. Il s'était suicidé devant Esther à l'endroit même où Blanche avait été tuée, soixante ans auparavant. Comme elle, il était mort d'une balle dans le cœur. Justice était faite, plus de soixante ans plus tard… Il ne manquait plus qu'une explication : pourquoi Daguerre et Saint-André étaient-ils de la même famille ?

L'explication vint deux heures plus tard.

Eva avait convoqué les deux familles. Elle leur révéla la méprise lors de l'autopsie de Cécile.

— Nous avions cru autopsier sa fille, nous avions autopsié la mère de votre père.

Dans un silence de plomb, Eva se leva et se déplaça vers l'arbre généalogique des deux familles. Elle apposa la photo de Blanche Perrin, morte au pied de la cascade, au-dessus de celle de Gabriel Saint-André...

— Le corps de Blanche Perrin a été retrouvé en 1945 à la cascade des Anges. Elle avait été tondue et tuée à l'endroit même où votre père s'est suicidé.

— Vous êtes en train d'insinuer que notre père a tué cette femme ? dit Bertrand Daguerre.

— Nous n'en avons pas la preuve, mais les circonstances portent à le croire.

— Vous n'avez pas de mobile non plus ! Et en 1945, notre père avait douze ans ! On n'est pas un assassin à douze ans !

— Si. On peut. De plus, la balle qui a tué cette femme provenait de son Luger, arme avec laquelle il a mis fin à ses jours...

— Vous ne pouvez pas porter des accusations aussi légères sur un fait aussi grave ! Cette femme avait couché avec les Allemands...

— Elle n'avait pas couché avec les Allemands, mais avec Louis Daguerre, notre grand-père.

Tous se tournèrent vers Alexis Daguerre. C'était lui qui venait d'asséner cette vérité.

— Notre père a tué Blanche Perrin. C'est pourquoi nous sommes de la même famille, dit-il. Vous ne pensez tout de même pas que papa m'a empêché de voir Cécile sans m'en donner la raison ? Son père avait engrossé la bonne, figurez-vous !

— Tu veux dire que papa et Gabriel Saint-André..., commença Bertrand.

— ... étaient demi-frères. Oui. Gabriel Saint-André était un bâtard du vieux Louis Daguerre, si c'est plus clair pour vous ! J'ai protégé son secret, son putain de secret qui a bousillé ma vie... Maintenant qu'il est mort, je m'en fous complètement.

— Tu savais ça depuis tout ce temps, Alexis ? lui demanda Hélène.

— Je pensais juste qu'il l'avait dénoncée à la Libération parce qu'il ne supportait pas la tromperie de son père, la honte qu'il ressentait pour toute la famille. Je ne savais pas qu'il l'avait aussi tuée.

Tous étaient sous le choc. On attendait la réaction de Pierre, Juliette ou Jérôme. Mais ils étaient sonnés.

— Quelle est la place de cette découverte dans les meurtres ? demanda péniblement Jérôme.

— Elle est double, dit Eva. C'est peut-être la mort de Blanche qu'on vous fait payer. C'est peut-être Cécile qui vous le fait payer.

Alexis perdit son calme.

— Cécile ? Mais vous êtes devenus dingues ? Elle n'a rien à voir là-dedans !

— Vous l'avez dit vous-même : c'est à cause de ce meurtre qu'on vous a empêchés de vous aimer librement.

— Mais Cécile est morte depuis vingt-cinq ans...

— Cécile est vivante, monsieur Daguerre.

— Cécile ne peut pas être vivante !

— Sa tombe est vide, dit Eva. Comment expliquez-vous ça ?

— Si Cécile était vivante, elle serait revenue vers moi, bredouilla Alexis. Vous n'imaginez pas à quel point nous nous aimions.

— Sauf si elle te reprochait de l'avoir poussée au suicide, Alexis, dit Bertrand.

— Vous êtes des malades. C'est une accusation indigne et stupide !

— Pourtant, dit Eva dont le regard se tourna vers Pierre, je crois savoir que vous avez vu votre sœur Cécile. Vous savez où elle se trouve ?

Pierre croisa le regard d'Hélène, face à lui. Cet échange n'échappa pas à Alexis qui retourna s'asseoir à côté de sa femme.

— C'est une erreur, j'ai dû me tromper. Alexis a raison. Cécile ne peut pas être en vie...

— Sa tombe est vide, monsieur Saint-André. Elle est vivante. Et c'est peut-être elle qui détient Quentin !

Pierre regarda Eva. Et les yeux dans les yeux, il réitéra son affirmation.

— Je me suis trompé. La dernière fois que j'ai vu Cécile, c'était il y a vingt-cinq ans. Je ne l'ai pas revue depuis.

À côté de lui, Juliette et Jérôme regardaient leur frère avec incompréhension.

— Pierre, toi-même, tu nous as dit que...

— Puisque je vous dis que c'était une erreur. Merde !

Pierre et Alexis se regardaient. Une étrange connivence semblait passer entre ces deux ennemis.

— Je suis désolé, Alexis. Je ne savais pas à quel point tu aimais ma sœur...

— C'est trop tard pour être désolé.

Alexis se leva et quitta le bureau. Le reste de la famille Daguerre fit de même. La famille Saint-André restait sous le choc. Eva leur avait demandé de rester. C'étaient eux qui avaient subi un préjudice. Leur père, du moins. Et que ne ferait-on pas pour venger un père ?...

— Alors, notre famille s'est construite sur le meurtre, murmura Juliette.

— Vous êtes bien certains que votre père n'a parlé du meurtre de sa mère à personne ?

La question restait en suspens. Seul le meurtrier, le maître du Zodiaque, pouvait être au courant de ce meurtre originel. Le Zodiaque leur avait appris que leur père avait tué un rival amoureux, le maître leur apprenait qu'il avait, auparavant, subi le pire des préjudices qu'un enfant pouvait subir, la mort de sa mère. Voilà pourquoi l'histoire d'amour de Cécile et d'Alexis était pour lui insupportable. C'était un inceste et c'était, en même temps, une insulte.

Le regard de Juliette se posa sur le portrait d'Esther sur l'arbre généalogique. Elle était la seule à qui leur père ait pu faire une telle confidence. C'était sa préférée. Elle avait toujours été sa préférée. Eva suivit le regard de Juliette. Elle pouvait presque lire dans ses pensées.

2

— Juliette ?

La voix qu'entendit Juliette au téléphone, bien que féminine, lui sembla trafiquée pour être méconnaissable. Elle venait de sortir de la section de recherches de la gendarmerie quand elle reçut le coup de fil.

— Oui, c'est moi. Qui êtes-vous ?

— Tu ne me reconnais pas ? Il faut dire que ça fait un bail. Je suis ta sœur.

— Cécile ?…

— Tu veux retrouver Quentin ? Il y a une vieille imprimerie en ruine au kilomètre dix-sept sur la route de Thonon-les-Bains. Il est là. Viens seule.

Cécile avait raccroché.

La voiture de Juliette se gara devant les bâtiments couverts de graffitis. L'endroit était sauvage et abandonné. Le vent sifflait dans les arbres. Elle descendit et se précipita vers l'ancienne imprimerie qui avait été murée. Elle essaya d'y entrer, mais des planches avaient été cloutées pour obturer l'entrée. Elle glissa son regard entre les planches. L'intérieur de l'usine, sinistre, avait été abandonné aux toxicomanes et autres squatters en tout genre. Il lui sembla apercevoir une petite forme humaine recroquevillée et immobile.

Juliette s'efforça d'arracher la planche la moins résistante et, s'aidant de celle-ci comme d'un levier, parvint à desceller les autres, l'une après l'autre.

Elle pénétra dans l'ancienne imprimerie. Elle fut accablée par une forte odeur d'urine et de putréfaction. Elle courut vers le corps.

C'était Quentin. Ses yeux étaient bandés. Il était ficelé et bâillonné.

Tremblante, elle approcha sa main du petit garçon. Elle le toucha. Il ne bougeait pas. Son premier réflexe fut de lui enlever son bandeau.

L'enfant, aveuglé par la lumière, sursauta. Il était vivant.

— Mon Dieu…

Juliette, aussitôt, lui ôta le bâillon de sa bouche et le serra dans ses bras.

— Esther ?

— C'est tata Juliette, Quentin. Mon petit chéri…

Juliette était bouleversée. Elle pleurait. Quentin ouvrait de grands yeux en la regardant. À part des cernes noirs autour de ses paupières, il avait l'air en bonne santé.

— Tu as vu quelque chose, Quentin ? Qui t'a fait ça ?

— C'était une dame. J'ai jamais vu son visage, mais j'ai senti que c'était une dame. Elle est où, Esther ? Pourquoi c'est pas elle qui est venue me chercher ?

— On va la prévenir, Quentin. Ne t'en fais pas. On va l'appeler. Je ne veux plus que tu vives des choses pareilles, Quentin… Plus jamais. Je vais te garder près de moi. Près de moi, pour toujours…

Juliette vit alors le T-shirt de Quentin et les lettres écrites au marqueur rouge.

« MERCI D'AVOIR TUÉ KELLER ! »

Esther reçut l'appel alors qu'elle roulait en direction de la maison de sa mère, où le lieutenant Ballera, la policière qui avait découvert le corps de sa mère, lui avait demandé de se rendre. Esther ne savait pas pourquoi elle l'avait appelée.

C'était Eva au téléphone. Elle avait une bonne nouvelle. Quelqu'un qu'elle voulait lui passer…

— Esther ?

Esther faillit défaillir en entendant la voix de son petit garçon. Des larmes de joie l'envahirent.

— Quentin, mon amour… Mon garçon… Est-ce que ça va ?

— Oui. J'ai pas arrêté de penser à toi.

— Je t'aime si fort. Je voudrais pouvoir te serrer dans mes bras. Tu es avec qui ?

— Tata Juliette et la policière. T'es où ? Quand est-ce que tu reviens ?

— Bientôt. Très bientôt. Reste avec Juliette, elle va s'occuper de toi en attendant. Je t'aime ! Tu peux me repasser le capitaine Kramer, s'il te plaît ?

Eva reprit la communication. Elle expliqua à Esther que, selon son témoignage, Quentin aurait été détenu par une femme.

— Cécile ?…

— Ce n'est pas tout. Tu as des nouvelles de Keller ?

— Non, pourquoi ?

— Quentin était porteur d'un message, dit Eva. C'est Keller… Il…

— Il quoi ? Parle, Eva !

Eva, très émue, balbutia quelques mots. Esther entendit seulement le mot « mort ».

Le quartier de l'Estaque était envahi par une équipe de secours du SAMU. Plusieurs voitures de police étaient garées en désordre dans la rue. Les gyrophares bleus zébraient la façade de la maison. La nuit venait de tomber. Une banderole de sécurité avait été tirée autour de la zone du crime.

Esther, paniquée, courut vers la maison.

— S'il vous plaît ! C'est la maison de ma mère. Laissez-moi passer…

À cet instant, elle vit le lieutenant Ballera sortir de la maison avec des internes du SAMU. Ils sortaient un brancard sur lequel se trouvait une silhouette entièrement recouverte d'une couverture en aluminium.

Esther se précipita vers eux. Elle souleva la couverture et découvrit le visage exsangue de Keller.

— Antoine !

Esther se jeta sur lui. Elle le secoua, comme si elle pouvait lui redonner vie. Elle ne voulait pas y croire. Keller ne pouvait pas être mort. Pas lui… Pas Antoine…

La jeune flic dut éloigner Esther du corps de Keller. La décrocher, presque. Elle entra dans la maison qui était passée au crible par l'Identité judiciaire. Sur le sol, une large tache brune dessinait la chute de Keller.

— Qu'est-ce qui s'est passé ? demanda Esther.

— Il a reçu une balle dans l'aorte, tirée à bout portant. On n'a pas retrouvé l'arme du crime.

Les mots firent resurgir la scène sous ses yeux. Esther vit le corps de Keller ployer devant elle. Elle vit son regard devenir vitreux. Puis la tache de sang qui se constituait au niveau de son abdomen…

— Je sais qui a tué le commissaire Keller, dit-elle.

Esther, alors seulement, s'effondra.

3

Eva se fit ouvrir la grille du couloir menant à la cellule de garde à vue où se trouvait Mathias, en attendant son transfert à Aix-en-Provence. Contrairement à Keller, elle n'entra pas dans la cellule. Elle resta même à distance de la grille. Son seul contact avec Mathias, jusque-là, ne l'avait pas laissée sur un bon sentiment.

— Je sais que Keller est venu te parler avant de partir à Marseille… Qu'est-ce qu'il voulait ?

Mathias se leva et s'approcha.

— Il m'a dit qu'il avait la preuve que ma mère avait retrouvé Kowalski, le neurologue qui aurait fait des expériences sur moi. Pourquoi ?

— Je ne sais pas si c'est une bonne ou une mauvaise nouvelle pour toi, Mathias, mais Esther a retrouvé le commissaire Keller chez votre mère. Et elle l'a abattu.

Mathias la regardait sans rien dire, sans rien exprimer. Ce type était un serpent. Elle devrait prendre modèle sur lui pour ses interrogatoires.

— Il est mort ?

— Oui. Elle a avoué. Elle est en garde à vue à l'Évêché, à Marseille. Ça n'a pas l'air de t'étonner ?

Mathias secoua négativement la tête. Il se rapprocha de la grille.

— Elle est venue me voir il y a quelques jours. Elle m'a dit qu'elle était devenue comme moi.

Il montra à Eva les stigmates qu'il portait sur les lobes occipitaux, derrière ses oreilles.

— Elle avait les mêmes, dit-il. Elle a été programmée pour tuer.

Eva esquissa un vague sourire.

— C'est plutôt ce qu'elle veut nous faire croire, je pense. Mais je ne marcherai pas. Elle l'a tué. Pierre-Antoine Daguerre avait raison.

Sur le toit de la section de recherches, Eva courut jusqu'à un hélicoptère de la gendarmerie nationale. L'hélicoptère prit les airs. Elle était impatiente de se retrouver face à Esther et d'entendre ses explications.

Esther attendait dans une des salles d'interrogatoire de l'Évêché, surnom donné au commissariat principal de Marseille. Elle était immobile, sonnée par son geste et par ses aveux. La salle était vétuste ; les murs couverts de carreaux en faïence d'une autre époque.

La porte de la salle d'interrogatoire s'ouvrit. Eva entra. Les deux femmes se dévisagèrent sans un mot.

— Tu as vu Quentin ? Comment va-t-il ?

— Il va bien. Il était un peu déshydraté, mais sinon ça va.

— Comment on l'a retrouvé ?

— C'est ta sœur Juliette qui a été prévenue par un coup de fil. Elle n'a pas reconnu ta voix.

— Ma voix ?...

— Oui, ta voix. Bravo, on a tous plongé, Esther. Tu as bien failli nous faire croire que Cécile était vivante...

Eva tira la chaise et s'assit en face d'Esther. Son visage était d'une opacité totale. Esther trouva que, dans sa manière de refouler ses émotions, elle ressemblait à Mathias. Eva apprenait vite.

— Depuis quand savais-tu que Pierre-Antoine Daguerre avait tué la mère de ton père ?

— Je l'ignorais.

— Dis-moi plutôt que c'est toi qui as inversé les plaques sur les tombes. Toute cette enquête que tu as faite, que tu nous as fait faire, tu l'avais planifiée depuis quand ?

— Tu m'imagines capable de ça ?

— Tu as bien tiré sur Keller !

— Et je suis prête à payer, mais... Tu ne crois quand même pas que je suis coupable des autres crimes ?

— J'essaie de comprendre ce qui se passe dans ta tête.

— Il se passe qu'on m'a programmée pour tuer, dit Esther.

Esther était déchirée de devoir se chercher des circonstances atténuantes, mais c'était une explication qu'elle ne pouvait pas garder pour elle, car le maître continuerait ses ravages. Elle précisa à Eva qu'elle assumerait, moralement et pénalement, l'entière responsabilité de la mort de Keller. Eva la regarda avec le même sourire qu'elle avait affiché devant Mathias. Leur petit numéro de duettistes était bien réglé.

— Eva, c'est toi qui as découvert les six étudiants meurtriers. C'est grâce à ce qui t'est arrivé qu'on a compris les manipulations de Kowalski sur le cerveau des étudiants.

— Mais c'est toi qui as profité de cette découverte pour régler tes comptes avec la famille Daguerre.

— Je n'ai pas de comptes à régler avec eux, Eva.

— Oh si ! À l'âge de douze ans, Pierre-Antoine Daguerre a tué Blanche Perrin, la mère de ton père. Et tu t'es arrangée pour qu'on découvre ce meurtre tout comme le Zodiaque t'avait forcée à enquêter sur ton père, il y a deux ans. Tu es devenue comme ton frère jumeau, Esther ! Et ce n'est pas la spécialiste du FBI que tu es qui va me contredire : mêmes planètes, même destin...

Esther se sentait sans défense face à la pertinence des arguments d'Eva. Elle était dans le piège, forcée de se rendre compte de la certitude qui habitait le capitaine de gendarmerie.

— Le Zodiaque était complice avec toi ou tu as agi seule ?

— C'est de la folie, Eva ! Tu ne peux pas croire que j'ai pu tuer ma propre mère.

— Rien ne prouve qu'elle a été assassinée. Souviens-toi, c'est ce que tu m'as dit dès notre première rencontre.

— Et Keller ? Pourquoi j'aurais tué sciemment l'homme que j'aimais ?

— Il t'a déçue, il t'a trompée avec moi, et il allait te démasquer. Au mieux, les jurés appelleront ça un crime passionnel. Avoue, Esther. Avoue tout. Ça ira mieux…

— J'ai avoué avoir tiré sur Antoine. Mais je n'étais pas dans mon état normal…

— Alors pourquoi es-tu allée chez ta mère, sinon pour le retrouver ? Et qu'est-ce que Keller y faisait ?

— Ma mère avait su que Mathias avait subi un conditionnement pour tuer. Keller a retrouvé des dossiers chez elle, le prouvant.

— Où sont-ils, ces dossiers ? Il n'y avait aucun dossier chez ta mère.

— Je ne sais pas.

— Tu seras déférée demain au parquet d'Aix. Je doute que tu arrives à convaincre le procureur de ta version.

— Je ne cherche pas d'excuse. Mais ce n'est pas une raison pour enterrer l'enquête avec moi…

— L'enquête n'est pas finie. Elle commence. Mais sur toi, maintenant.

— Fais ton métier, Eva. Mais n'en fais pas plus. Sinon je vais croire que tu es uniquement motivée par la jalousie.

— Je suis juste motivée par la conviction de ta culpabilité. Et par un petit dépit amoureux, peut-être… Mais là, tout le monde peut se tromper.

— Je ne suis pas coupable, Eva. C'est un coup monté. Je ne suis pas le maître du Zodiaque ! C'est Cécile. Elle est vivante. Elle utilise ces méthodes pour se venger des deux familles qui l'ont, à leur manière, condamnée. Mon père l'a privée d'un enfant qu'elle avait eu, une petite fille, dit Esther avec force.

— Qu'est-ce que c'est que cette histoire, encore ?

— La vérité. Demande à Juliette. Cécile avait eu un enfant d'Alexis Daguerre. Mon père l'a forcée à accoucher en secret, à l'étranger.

— Et où elle serait, cette gosse ?

— Personne ne le sait. Ils n'auraient pas récupéré l'enfant après la soi-disant mort de Cécile.

— Tu en es sûre ?

— Juliette en est persuadée, en tout cas. Retrouvons cet enfant, cela nous donnera un moyen de pression sur Cécile.

Eva regardait au loin. Elle semblait hésiter : devait-elle faire confiance à Esther…

— J'ai tout perdu, Eva, plaida Esther. J'ai perdu Quentin. J'ai tué l'homme que j'aimais. Va jusqu'au bout pour moi, pour savoir qui m'a poussée à vouloir tuer Antoine. Il faut que je sache si je ne suis pas conditionnée pour tuer encore !

Eva se leva et s'approcha d'Esther. Elle souleva ses cheveux pour découvrir les marques dont elle parlait.

— Tu es sûre que ce sont les mêmes marques que les autres ?

— Oui. Mathias a les mêmes.

— Quand les as-tu remarquées ?

— Il y a quelques jours.

Au lieu de reposer sa mèche, Eva lui caressa légèrement les cheveux. Esther fut surprise par ce geste. C'était d'ailleurs plus le moment et l'endroit choisis que le geste lui-même qui la surprirent. La salle d'interrogatoire, vétuste, contrairement aux salles modernes de la section de recherches, ne comportait aucune ouverture. Elles étaient seules.

Eva se pencha pour respirer le parfum de la peau d'Esther. Esther pouvait sentir sa respiration s'accélérer. Les lèvres d'Eva caressèrent son cou. Puis elles remontèrent vers sa bouche. Les regards des deux femmes se croisèrent. Esther lut de la crainte dans celui d'Eva. Elle prenait un risque inouï, mais elle était portée par des sentiments puissants.

Esther se laissa embrasser sans réagir. Elle entrouvrit même légèrement les lèvres. La langue d'Eva était douce et avait un goût de sel. Esther savait qu'elle la manipulait, qu'elle jouait avec ses sentiments. Elle avait senti l'intérêt d'Eva dès leur première rencontre, en garde à vue, déjà… Mais surtout, elle avait très vite saisi qu'entre Keller et Eva, elle était au sommet d'un fragile triangle amoureux. Elle-même se laissait enivrer par le parfum d'Eva.

Puis l'image de la mine de sel lui revint en tête, celle d'une petite fille martyrisée. Esther s'en voulut de la manipuler et se retira légèrement. Eva sentit son recul et rompit le baiser.

C'était le baiser de Judas mais, paradoxalement, ce n'était pas son initiatrice qui le donnait, mais celle qui, en y répondant, en devenait l'auteur…

Eva ne dit pas un mot et quitta la salle d'interrogatoire. Si elle acceptait de se laisser manipuler, ses sentiments l'obligeaient à un pari qui pourrait se révéler stupide. Mais c'était trop tard pour reculer, elle avait fait son choix.

4

Sous une imposante escorte de gendarmes, Mathias Rousseau, le Zodiaque, quittait la section de recherches de la gendarmerie d'Évian. Il était dirigé vers un fourgon blindé, chargé de le ramener à la centrale de Luynes, près d'Aix-en-Provence. Sa collaboration à l'enquête était terminée – elle était l'idée de Keller et Keller était mort. C'était fini pour lui, il retournait en cellule et son procès allait reprendre dès que possible. L'enquête elle-même était officiellement close depuis l'arrestation d'Esther.

Cette collaboration, connue de tous, avait eu des conséquences sur la surveillance dont il faisait l'objet, qui s'était très légèrement relâchée. Mathias ne portait plus de lunettes aveuglantes, mais une simple paire de menottes qui ne lui liaient même pas les mains dans le dos, mais devant lui…

Mathias monta dans le fourgon, escorté de trois gendarmes du GIGN. Les portes se refermèrent. Le véhicule démarra. Par la lucarne arrière, seule minuscule ouverture, Mathias voyait la section de recherches de la gendarmerie d'Évian s'éloigner. Il évalua sans peine la vitesse à laquelle le fourgon roulait. Il connaissait la région comme sa poche, et savait qu'il n'aurait qu'une occasion, une seule, lorsqu'ils seraient sur le viaduc du Loup. Il y avait exactement dix-sept lacets entre le passage à niveau et le viaduc. Il avait trente minutes pour se préparer à agir…

Le fourgon avait dû s'arrêter au passage à niveau pour laisser passer un TGV. Mathias se concentra. Il ferma les yeux au moment où le fourgon redémarra afin de sentir le relief sans risque d'erreur. Il compta…

Un des trois gendarmes l'entendit murmurer le chiffre dix-sept. Aussitôt, il vit un petit objet métallique apparaître dans la main du Zodiaque : une bombe lacrymogène de défense qui, en un rien de temps, l'aveugla, ainsi que son collègue assis à côté de lui. Le troisième n'eut pas le temps de saisir son arme. Il reçut un coup de coude fulgurant sur la pomme d'Adam. Ses deux premiers collègues furent ensuite assommés, l'un d'un coup de tête, l'autre en le projetant contre le blindage du fourgon.

Mathias s'empara des clés de ses menottes, se libéra et saisit l'arme d'un de ses gardiens. Il visa la serrure et tira quatre balles qui eurent raison du verrouillage. Les portes arrière du fourgon s'ouvrirent en grand. Mathias eut le temps de voir qu'ils étaient encore sur le viaduc juste avant que le violent coup de frein du conducteur ne le propulsât à l'avant du fourgon. Mathias utilisa la vitesse pour rebondir contre la paroi et sauter…

Le véhicule s'immobilisa au milieu du viaduc. Le conducteur et son collègue sortirent et, braquant leurs armes devant eux, découvrirent avec stupeur leurs collègues inanimés. Le Zodiaque s'était volatilisé.

Mathias était dissimulé sous les voûtes du viaduc. Si les gendarmes avaient cherché soigneusement, ils auraient fini par le voir. Mais il avait compté sur leur panique et sur leur certitude qu'il avait sauté. Si bien qu'il réussit sans peine à traverser le pont dans le sens inverse, au niveau inférieur. Il était armé et pouvait donc se débarrasser de la bombe lacrymogène. Il ne savait pas qui la lui avait donnée. Son seul indice était la fouille au corps rapide et précise que lui avait fait subir le capitaine Kramer avant qu'il quitte la section de recherches. Elle seule pouvait lui avoir glissé ce petit tube de métal dans sa poche. Keller était mort, mais ses méthodes lui survivaient… Mathias savait exactement ce qu'il lui restait à faire. Rien n'était gratuit dans la vie. Mais c'était sa chance, son unique chance de gagner sa rédemption. Ou, du moins, sa liberté…

5

La nuit était tombée. Les bâtiments austères de l'institut Daguerre étaient comme des ombres sous la pleine lune. Léa, allongée dans le lit de Lucie, recroquevillée sur elle-même, regardait une des photos dans un cadre. Ses souvenirs étaient tout ce qui lui restait de sa fille. Elle vivait désormais dans un monde imaginaire. La réalité lui était devenue étrangère.

Et, soudain, comme par miracle, ce monde imaginaire allait devenir réel…

Un petit bruit aux carreaux la tira de sa léthargie. Elle se redressa et devina par la fenêtre une silhouette, dehors, qui se découpait dans la nuit.

— Mathias ?

C'était impossible. Elle crut qu'elle rêvait. Mathias était là, l'amour de sa vie, le père de sa fille, séparé d'elle par une simple vitre.

Léa, bouleversée, n'hésita pas un instant et ouvrit la fenêtre.

— Viens.

Il la regardait, lui aussi, comme si elle était un mirage. Il y avait si longtemps. Et, en même temps, sa présence quasi fantomatique effaçait tout : le temps, la séparation, la douleur…

— Je n'ai pas cessé de penser à toi, Mathias. Jour et nuit.

— Et moi, je voulais te voir une dernière fois, Léa.

Il regarda les photos de Lucie, ses objets, ses poupées, les marques de son existence…

— Je me suis évadé pour rendre justice à notre petite fille. Je veux arrêter son assassin. Et qu'il paie pour ce qu'il lui a fait !

— Et après, qu'est-ce que tu vas faire ? Laisse-moi partir avec toi. Je t'aime, Mathias. Je te suivrai partout. Plus rien ne me retient ici.

— On ne vit pas, en cavale, Léa.

— Tu as réussi à t'évader. Tu leur échapperas !

— Non. Quelqu'un m'a aidé. Et je sais que je devrai me rendre.

— Tu as droit à une seconde chance.

— J'obtiendrai une remise de peine. Et dans quinze ans je serai libre de nouveau…

— Quinze ans ! s'exclama Léa. Mais c'est une éternité ! Je ne peux pas vivre sans toi.

— Tu l'as bien fait pendant huit ans.

— J'avais Lucie. J'avais notre petite fille. C'est grâce à elle que j'ai tenu.

Mathias caressa les cheveux de Léa. Ce contact physique lui rappela leur seul moment de bonheur physique. Ils n'avaient couché ensemble qu'une seule fois. À la cascade. Il avait suffi d'une fois pour bouleverser leurs vies à jamais. Ce soir-là, ils avaient touché à l'absolu. Léa posa sa main sur la joue de Mathias.

— Ne retourne pas en prison… Je t'en supplie. Pas si tu m'aimes.

Elle prit la main de Mathias et la posa sur son cœur. Il tremblait autant qu'elle.

— Tu sens mon cœur. Il ne bat que pour toi. Je suis à toi, Mathias.

Léa défit elle-même les boutons de sa robe qu'elle laissa tomber, offerte. Mathias découvrit les épaules de la jeune femme, sa poitrine, son ventre… Il y avait si longtemps… Lui non plus n'avait pas oublié. Il n'avait pas oublié que, ce jour-là, huit ans auparavant, il avait attiré Léa à la cascade pour la tuer… Au lieu de cela, il lui avait fait un enfant. Lui, qui avait été élevé dans la haine, avait découvert l'amour avec elle. Plus encore, il avait découvert l'existence de l'amour. Cette nuit-là, il y avait huit ans de cela, avait eu des conséquences incommensurables sur son destin. Il était devenu le Zodiaque… Et, huit ans après, ce fut le Zodiaque qui fit pour la seconde fois l'amour à Léa.

6

Cette même nuit, Pierre Saint-André et Hélène Daguerre aussi découvraient l'amour ensemble. Elle n'avait plus de relation physique avec Alexis depuis si longtemps. Quant à Pierre, il ne pensait pas qu'il pourrait aimer de nouveau un jour. Ils n'avaient plus vingt ans, ils avaient vécu le pire de la vie. Ils avaient hésité longtemps avant de savoir s'ils devaient tenter d'en sortir. Puis ils avaient choisi la vie. Ils avaient fait l'amour. Hélène avait pleuré et ils s'étaient endormis, bercés par le bruissement du vent dans les arbres qui leur parvenait par la fenêtre ouverte. C'était le bruissement de la vie qui reprenait…

Ils dormaient encore quand le bruit d'une allumette enflammée les tira du sommeil.

Pierre ouvrit les yeux. Il sentit une présence dans sa chambre. Il se redressa d'un bond. Hélène ouvrit elle aussi les yeux sur le Zodiaque.

— Bonsoir, Pierre…

Mathias était assis dans un fauteuil à côté de la fenêtre. Pierre se leva, saisit le fusil de chasse qui se trouvait sous son lit et le braqua.

— Lève les mains ! Lève les mains, enfoiré !

Mathias s'exécuta. Lentement, il leva les mains. Hélène, effarée, regardait Pierre. Elle savait qu'il allait le tuer.

— Je ne suis pas armé, dit Mathias.

— Tu oses venir ici après avoir tué ma fille. Tu veux que je te crève, c'est ça ? C'est ça que tu veux ?

— Je voulais que tu saches que je regrette, Pierre. Je regrette toute la souffrance que j'ai causée dans ta famille.

— Tu te fous de ma gueule !

Mathias se leva lentement et écarta les mains dans un geste d'abandon total, presque christique.

— Tu peux me tuer si tu veux. Je l'ai mérité. Je veux arrêter le massacre.

Pierre le mit en joue. Il visa le cœur. Il voulait être sûr que la mort soit immédiate.

— Je sais que tu as vu Cécile, Pierre. Tu sais qu'elle est vivante. Tu sais que c'est elle qui se venge.

— C'est pas ton problème, connard !

— Si. Elle a voulu me faire porter la responsabilité de ses crimes et, quand elle s'est rendu compte que ça ne marchait pas, elle a tenté de m'empoisonner...

— C'est pas elle. C'est moi qui t'ai empoisonné, fils de pute. Depuis deux ans, je ne survis que parce que j'attends ta mort... Et je ne te raterai pas deux fois.

— Tu as envie de me tuer, comme moi j'ai eu envie autrefois de vous voir tous morts. Mais j'ai réalisé l'absurdité de ma vengeance, j'ai réalisé qu'elle n'enlève pas la douleur. La vengeance nous vide, Pierre. Seul le pardon nous remplit...

— Arrête, tu vas me faire pleurer.

— Maintenant, nous sommes pareils, toi et moi. Cécile a tué ma fille. Et je suis votre seule chance de pouvoir l'arrêter.

— Tu mens !

— Dès que l'assassin de Lucie sera arrêté, je me rendrai, dit Mathias. Il faut que je la retrouve... Et toi seul peux m'aider... Dis-moi où tu l'as vue ? Dis-moi où est Cécile ?

Pierre regardait Mathias sans ciller. Des larmes avaient envahi ses yeux. Il sentait la respiration d'Hélène dans son dos. Il devait tirer. Il fallait qu'il le tue. Il fallait qu'il rende justice à sa fille...

— Rue Princesse, dit Pierre. 12, rue Princesse, à Lausanne. Elle vit sous le nom de Betty Fersen.

— Merci.

Mathias se retourna. Il atteignit la porte de la chambre sans entendre la détonation qu'il attendait. Puis il disparut dans la nuit.

Pierre posa son fusil contre un mur. Il s'affaissa sur le lit et se prit le visage dans les mains. Il avait rêvé de ce moment depuis des mois. Il se sentait lâche, faible, minable… Il avait honte de lui.

— Pierre, murmura Hélène.

— C'était l'assassin de ma fille… Je l'ai laissé s'enfuir. Je n'ai même pas pu venger ma petite fille…

— Ça ne veut pas dire que tu l'as reniée, Pierre. Tu as pardonné. Et là où elle est, ta fille est fière de toi. Tu t'es libéré, Pierre. Il n'y a plus de haine en toi. Il n'y a plus que de l'amour.

Pierre se mit à pleurer.

Il savait qu'Hélène avait raison. Il n'était plus qu'amour. Il se surprit à détester ce sentiment. L'amour, déjà, l'avait poussé à tuer. Il avoua à Hélène que sa tentative d'empoisonnement sur Mathias n'était pas la première. Plus de vingt ans auparavant, il avait mis un somnifère dans le verre de sa sœur Cécile, un jour où elle devait aller voir Alexis. Il était tellement furieux, à l'image de son père, de cette relation entre sa sœur et Alexis Daguerre qu'il avait repris cet interdit à son compte… Cécile s'était endormie au volant et s'était tuée sur la route. Du moins le croyait-il, jusqu'à ce qu'il découvre qu'elle avait survécu. Si c'était elle qui se vengeait aujourd'hui, Pierre en était responsable. Il avait armé le bras de sa sœur…

7

Le soleil se levait sur la rue Princesse. C'était une petite rue en pente bordée de résidences à deux étages. On se serait presque cru à San Francisco…

Mathias était en planque, discrètement installé au coin de la ruelle, au volant d'une voiture qu'il avait volée durant la nuit. Il observait l'immeuble situé au numéro 12. Il avait vérifié le nom sur l'interphone. Betty Fersen.

À neuf heures, il repéra la femme qui sortait dans le petit jardinet devant la maison. Elle referma la porte, vérifia le courrier dans la boîte aux lettres et marcha en direction d'une petite voiture de ville. Elle ne semblait pas particulièrement sur ses gardes. On était en Suisse, la police française n'y avait aucun pouvoir. Elle ne remarqua pas l'homme qui fumait, assis contre l'aile d'une voiture dont le coffre était ouvert. Mathias attendit qu'elle atteigne sa hauteur.

— Cécile ?

— Pardon ?

— Je suis content de vous voir, Cécile…

— Vous devez faire erreur, monsieur, je m'appelle Betty. Betty Fersen.

— Excusez-moi, dit Mathias, vous voulez bien monter dans le coffre de la voiture, s'il vous plaît ?

— Pardon ?

Il souriait. Puis son sourire se figea.

— Monte dans ce putain de coffre de voiture !

Face à la détermination de Mathias, la femme prit peur et monta dans le coffre. Mathias le referma et se mit derrière le volant. Il roula en direction de Montreux et, quelques kilomètres plus loin, franchit le poste-frontière entre la Suisse et la France sans même qu'on contrôle ses papiers. La sécurité de l'espace Schengen restait à améliorer…

La voiture s'immobilisa dans une clairière. C'était l'endroit précis où, lors de sa première évasion, il avait voulu tuer Esther. Restant derrière le volant, il composa un numéro sur un portable.

— C'est Mathias. Je t'attends à dix kilomètres au sud d'Évian, sur la route du lac. Cécile est avec moi.

Quelques instants plus tard, une voiture vint s'immobiliser dans la clairière à côté de celle de Mathias. Esther était au volant.

La veille, au terme de ses vingt-quatre heures de garde à vue, elle avait été présentée au juge d'instruction désigné par le parquet d'Aix-en-Provence. À sa surprise, elle n'avait pas été mise en examen, mais laissée en liberté. Ses aveux avaient été contredits par l'enquête de police. Elle s'était accusée par culpabilité. On avait arrêté un petit truand en possession d'une arme qui pourrait bien être celle du crime. La mort de Keller était officiellement due à un cambriolage qui avait mal tourné…

Esther comprit qu'Eva était passée par là. Elle s'était laissé convaincre et lui avait même fourni un alibi. Elle n'avait plus qu'à revenir sur ses aveux. Elle se demanda si le juge était dupe ou complice de cette manipulation. Il lui dit que le truand était en garde à vue, en attendant que la balistique vérifie qu'il s'agissait bien de la bonne arme.

Elle avait vingt-quatre heures pour retrouver Cécile. C'était la chance que lui laissait Eva. Elle comprit son pari lorsqu'elle apprit que Mathias, pour la seconde fois, s'était fait la belle. Elle comptait sur eux deux pour régler l'affaire.

— Pourquoi fais-tu ça, Mathias ? demanda Esther.

— Pour t'aider. Pour réparer un peu du mal que je t'ai fait.

Esther descendit de sa voiture. Même dans ses rêves ou ses cauchemars les plus fous, elle n'aurait jamais imaginé qu'elle se retrouverait en pleine illégalité, en train d'enlever une femme avec l'aide d'un criminel... Elle était véritablement dans un état second. Il serait toujours temps, quand tout serait fini, de revenir à la terrible réalité...

Mathias déverrouilla le coffre de sa voiture. Il s'ouvrit lentement.

— Qui êtes-vous ? On est où ?

— Bonjour, Cécile.

Elle se figea en découvrant Esther, dont le regard était fixé sur elle. Elle blêmit. Elle la reconnaissait, c'était sûr.

— Tu me reconnais ? Je suis ta petite sœur, du moins ta demi-sœur.

— Je ne suis pas Cécile.

— Pourtant, tu parles d'elle comme si tu la connaissais très bien...

La femme sortit du coffre et jeta un regard alentour, tout était désert...

— Laissez-moi partir ! C'est un enlèvement !

— Je sais pourquoi nos familles ont empêché ton histoire d'amour avec Alexis, Cécile. Et pourquoi tu t'es vengée. Et tu m'as permis de comprendre d'où venait notre père !

— Je ne sais pas de quoi vous parlez !

— Ce que je ne comprends pas, c'est pourquoi tu t'en es prise à moi ? Parce que je suis la sœur du Zodiaque ? Et pourquoi à ma mère ?

— Vous faites une grave erreur. Je vous dis que ne suis pas votre foutue Cécile ! Maintenant, je veux partir !

— C'est parce que ma mère avait découvert tes expériences avec Kowalski que tu l'as éliminée ? Raconte-moi...

Cécile ne répondit pas.

Esther fit un signe vers Mathias qui attrapa la femme et la fit grimper à l'arrière de la voiture d'Esther.

— Non ! Vous m'emmenez où ?

— Chez les flics. Il est temps de tout expliquer.

— Expliquer quoi ?

— Tout. Comment tu as survécu à ton accident. Comment tu as organisé ta vengeance…

Esther démarra. Mathias la regarda s'éloigner. L'ironie de la situation le fit sourire. Dire qu'il avait été le pire de ses cauchemars, deux ans auparavant… Aujourd'hui, elle n'était plus rien pour lui. Car Mathias, comme Keller, avait compris pourquoi sa mère avait renoncé à le défendre jusqu'au bout. Il savait tout sur les Saint-André. Pendant des années, il avait enquêté sur son père. C'est d'ailleurs ce qui l'avait amené du côté de l'institut Daguerre. Non pas qu'il ait su les origines de son père et le meurtre de Blanche par Pierre-Antoine. Non, c'était par Cécile qu'il était arrivé jusque-là. Et il savait que son père lui avait enlevé sa petite fille…

Mathias démarra. Il ne savait pas comment tout cela allait finir, mais juste qu'il ne retournerait pas en prison. Il allait bientôt rencontrer celui qui avait fait de lui le Zodiaque. Il espérait qu'il ne serait pas déçu…

8

Derrière la glace sans tain, Pierre, Juliette et Jérôme Saint-André regardaient avec stupéfaction cette femme assise à la croisée de leurs regards. Cécile…

Eva les interrogeait.

— Vous la reconnaissez ?

— J'arrive pas à y croire, dit Pierre.

— Vous êtes bien sûrs que c'est notre sœur ? demanda Jérôme qui ne l'avait connue que pendant les dix premières années de sa vie.

— En tout cas, elle lui ressemble, dit Juliette.

— Notez, précisa Eva, qu'elle a subi plusieurs interventions chirurgicales pour changer de visage…

— Mais son regard, lui, n'a pas changé. C'est elle. C'est Cécile ! affirma Juliette.

Après leur départ de la section de recherches, Esther prit leur place derrière la glace sans tain.

Cette identification faite, Eva entra dans la salle et s'installa face à Cécile. L'instant était solennel. C'était celui où le chasseur se retrouve enfin devant sa proie.

— Je vais vous demander de décliner vos nom, prénom, date et lieu de naissance.

— Je m'appelle Betty Fersen. Je suis née à Genève le 15 août 1954.

— Vous connaissez une femme du nom de Cécile Saint-André ?

— Absolument pas.
— C'était elle, il y a vingt ans.
Eva lui montra une photo de Cécile Saint-André. Vingt ans après, la ressemblance restait frappante, malgré la chirurgie. Il y avait quelque chose d'identique dans le regard.
— C'est vous… Du moins, c'était vous.
— Je ne connais pas cette femme. Je ne suis pas Cécile Saint-André !
— Vous connaissez le docteur Jacek Kowalski ?
— Je l'ai croisé à l'institut Daguerre.
Esther, derrière la glace sans tain, sentait l'étau se resserrer. On touchait au but.
— Que faisiez-vous à l'institut Daguerre ?
— J'y ai travaillé comme infirmière.
— À quelle époque ?
— Il y a huit ans.
— Et maintenant ? Vous travaillez à votre compte ?
— Infirmière indépendante, c'est exact.
— Vous possédez un superbe appartement, m'a-t-on dit. Vous avez un train de vie élevé pour un salaire d'infirmière !
— J'ai touché un héritage.
— On vérifiera. De même que nous allons vérifier votre emploi du temps de ces dernières semaines.
— Vous pouvez vérifier tout ce que vous voulez.

Dans le bureau de la section de recherches, l'adjointe d'Eva conduisit Alexis Daguerre jusqu'à Esther. Il croyait qu'elle était en garde à vue. Elle lui apprit qu'elle avait été innocentée. En reconnaissant Cécile dans la salle d'interrogatoire, il comprit pourquoi il avait été convoqué à la section de recherches.
— C'est Cécile, n'est-ce pas ?
Alexis ne répondit pas. L'interrogatoire continuait. Il voulait écouter ce qu'elle avait à dire.
— Et votre fille, lui demanda Eva, vous l'avez revue ?
— Quelle fille ? dit Cécile.
— Elle aurait quel âge aujourd'hui ?

— Mais de quel enfant parle-t-elle ? demanda Alexis à Esther.

— On vous expliquera le moment venu, monsieur Daguerre.

— Vous l'avez abandonnée ou c'est aussi pour elle que vous vous vengez ? suggéra Eva.

— Je ne sais pas de quoi vous parlez !

— De vos crimes contre les Daguerre. Vous les connaissez ?

— J'ai travaillé pour eux, mais ils ne m'ont rien fait.

— À part vous empêcher de vivre votre histoire d'amour avec Alexis. À part vous pousser au suicide…

— C'est de la folie…

— Je ne vous le fais pas dire. Et ça ? C'est quoi, ces cicatrices ?

Eva saisit le visage de Cécile entre ses mains. Les cicatrices, quoique microscopiques, étaient assez nettes. Derrière les oreilles, sous le menton, dans le cuir chevelu…

— Ce sont les séquelles de votre accident de voiture ?

— Non. J'ai subi une petite intervention de chirurgie plastique.

— Dites-moi plutôt que vous avez changé de visage pour qu'on ne vous reconnaisse pas !

— Écoutez, mademoiselle, vous n'avez qu'à procéder à un test ADN ! Vous verrez bien que je ne suis pas votre Cécile. Qu'on en finisse une fois pour toutes !

— C'est prévu. Mais avant, nous allons procéder à autre chose : une confrontation.

— Avec qui ?

— L'amour de votre vie, dit Eva en se tournant vers la glace.

Derrière la glace sans tain, Alexis était obnubilé par la scène. La femme qu'il avait aimée aurait survécu à son terrible accident…

— Rien ne prouve que c'est elle qui a commis ces meurtres…

— Tout l'accuse, dit Esther.

— Elle s'est donné pour mission de pervertir tout ce qui vous tenait à cœur… l'université, vos étudiants… votre famille.

— Mais je la reconnais, dit-il soudain. Cette femme était infirmière.

— C'est ce qui lui a permis d'entrer en contact avec les étudiants lors de visites médicales. Elle a pu participer aux expériences de Kowalski. Puis, quand ma mère a découvert la vérité, elle est passée au meurtre...

— Ça ne peut pas être elle, assurait Alexis. Elle n'a pas pu faire ça...

— Nous comptons sur vous pour la faire craquer, Alexis.

Eva ouvrit la porte de la salle d'interrogatoire pour y faire entrer Alexis Daguerre.

Il fit quelques pas, portant sur Cécile un regard égaré, comme s'il était face à un fantôme. Les deux anciens amants se dévisageaient. La tension était à son paroxysme. Alexis tremblait.

Ce fut Cécile qui rompit le silence la première.

— Dites-leur la vérité, je vous en supplie...

Alexis semblait hésiter, puis il regarda Eva.

— Vous vous trompez... Ce n'est pas elle. Cette femme n'est pas Cécile !

Eva regarda en direction d'Esther, qu'elle savait derrière la glace sans tain. Elle était anéantie. Le dernier espoir de faire craquer Cécile venait de s'effondrer.

— Ne vous fiez pas trop à son visage, elle en a changé, tenta Eva.

— Je suis formel, conclut Alexis. Cette personne n'est pas Cécile Saint-André. Désolé, vous faites fausse route, capitaine.

Alexis quitta la salle d'interrogatoire.

Esther resta avec Eva dans le bureau. Elles sentaient que leur suspecte était en train de leur échapper. Dans la salle d'interrogatoire, un médecin était en train de lui faire un prélèvement pour un test ADN...

— Mais on n'aura les résultats qu'après la fin de sa garde à vue, dit Eva.

— Si je retrouve le type qui l'a opérée pour changer son visage, ce sera un début de preuve qu'elle a modifié son identité, proposa Esther.

— Il y a des dizaines de chirurgiens esthétiques rien qu'à Lausanne !

— Alexis Daguerre nous mène en bateau. Il l'a reconnue et il la protège. Quand il était à côté de moi, j'ai senti qu'ils se connaissaient.

Esther n'était plus à une effraction près. Depuis la mort de Keller, elle agissait mécaniquement. Elle avait perdu toute notion du bien et du mal. Elle n'était mue que par un but : découvrir le maître du Zodiaque. En finir avec celui qui avait fait d'elle la meurtrière de l'homme qu'elle aimait. Elle ressentit ce que c'était que d'être aveuglée par un but ultime. Elle sut ce qu'était la vengeance…

9

« Docteur Neuville / chirurgie plastique – réparatrice, Clinique Vals, 1018 Lausanne ».

Esther s'était rendue à l'institut Daguerre. Sous prétexte de voir Léa, elle s'était faufilée dans le bureau d'Alexis Daguerre et avait trouvé la carte de visite du chirurgien plastique qui avait, maintenant, la photo de la prétendue Betty Fersen sous les yeux.

— Mais oui, oui, je la reconnais, en effet, affirma le chirurgien.

— Vraiment ? C'est une de vos patientes ?

— Oui, cette femme est venue nous voir à plusieurs reprises, il y a un petit moment déjà. Elle s'appelle… attendez… Fersen. Betty Fersen. Je me souviens d'elle, dit-il, parce qu'il y avait quelque chose d'assez étrange. Je suis allé faire mes visites post-opératoires dans un ancien hôtel.

— Où elle habitait ?

— Oui… Et en même temps, j'avais l'impression que cet endroit était abandonné. Un peu effrayant, je dois dire…

— Vous vous souvenez où était cet hôtel ?

— En montagne, sur la route d'Annecy. À une quarantaine de kilomètres d'ici.

— Vous pourriez témoigner que cette personne est venue vous demander de changer de visage pour ne plus ressembler à ça ?

Esther montra une photo de Cécile, jeune, au milieu de sa famille, au chirurgien plastique.

— Pardon ?

— Oui, dit-elle, elle a voulu changer de visage, n'est-ce pas ?

— Assurément, elle a voulu changer de visage, mais c'est tout le contraire.

Il prit des mains d'Esther la photo où figurait Cécile et pointa du doigt le visage de la jeune femme.

— Mlle Fersen m'a demandé d'intervenir pour ressembler à ce visage. C'était même son modèle.

10

Esther roulait depuis presque une heure quand, au détour d'un virage, elle aperçut l'hôtel. C'était une ancienne bâtisse du début du XXe siècle, construite à flanc de colline, dans un style imitant les palaces de la Côte d'Azur.

— Il y a quelqu'un ?

Pas de réponse.

Esther poussa le tourniquet de la porte d'entrée. Elle avança dans le hall en marbre, naguère somptueux, aujourd'hui abandonné, dévasté par le passage des années. Et pourtant, il lui semblait pénétrer dans des lieux habités, certaines plantes vertes devaient avoir été arrosées, des voilages volaient au gré des courants d'air par les fenêtres sans carreaux.

Esther passa du hall à un petit salon de lecture. Elle découvrit une pièce vide de tout meuble. Les tableaux avaient laissé leur empreinte sur les murs. Elle entendit soudain des pas à l'étage.

Inquiète, elle chercha un objet pouvant lui servir d'arme et trouva un tisonnier, près de la cheminée.

Munie de sa matraque de fortune, elle se dirigea vers l'escalier principal. Elle gravit doucement les marches en bois qui grinçaient sous ses pieds. Au fur et à mesure qu'elle montait les étages, une petite musique classique se faisait entendre. Un air lancinant et, dans ces circonstances, inquiétant. Elle reconnut Schubert. *La Truite.*

Au dernier étage, Esther se retrouva à l'entrée d'un couloir qui distribuait les chambres. Au bout de ce couloir, une large porte était ouverte sur une pièce d'où, apparemment, semblait naître la musique.

Esther s'engagea dans le couloir. Sur son côté, elle vit un dressing qui débordait d'habits féminins, dont certains étaient présentés sur des mannequins de grands magasins.

Esther resserra sa prise sur son tisonnier puis avança encore. Elle franchit le seuil de la pièce du fond et découvrit une vaste chambre meublée à l'ancienne, un lit à baldaquin : c'était une véritable chambre nuptiale. Sur une commode, un vieux lecteur de microsillon tournait.

Et soudain, Esther vit la silhouette.

Elle était de dos, assise près de la fenêtre.

Elle regardait à l'extérieur. Elle avait les mêmes cheveux qu'elle. C'était Cécile. La vraie, cette fois. Elle l'avait vue arriver. Elle l'attendait…

— Cécile ? Cécile, c'est toi ?…

Cécile ne se retourna pas. Esther pensa que la musique couvrait sa voix. Elle avança de quelques pas dans la chambre. Elle vit alors que Cécile était assise sur un fauteuil roulant. Elle devait être paralysée, incapable de se mouvoir. Esther, intimidée, effrayée, s'approcha de cette sœur qu'elle n'avait jamais connue et qui restait immobile.

— Cécile, c'est moi, Esther. Ta sœur…

Esther était maintenant à quelques pas de Cécile qui ne bougeait toujours pas. Elle tendit la main, toucha un montant du fauteuil, le fit pivoter vers elle, et fut saisie d'un terrible effroi. Ce qu'elle vit la paralysa. Elle ne pouvait plus bouger, ni réfléchir. Elle pouvait à peine prendre conscience de l'horreur de cette vision… Elle comprit juste pourquoi la tombe de Cécile était vide.

11

À contrecœur, Eva ouvrit la grille de sa cellule à Betty Fersen. Elle n'avait aucune nouvelle d'Esther depuis plusieurs heures et n'avait aucun moyen de la maintenir plus longtemps en garde à vue.

— Vous êtes libre, madame Fersen. Votre garde à vue est terminée.

— Enfin, vous avez compris.

Eva avait surtout demandé une faveur au laboratoire de police scientifique, laquelle faveur s'était retournée contre elle : l'examen ADN en urgence de Betty Fersen... Son résultat avait été contraire à celui attendu. La suspecte qu'ils avaient en détention n'était pas Cécile. Son ADN n'avait aucun point commun avec celui de Gabriel Saint-André. Et pourtant, de nombreuses questions restaient sans réponse, à commencer par la plus grave : où était la dépouille de Cécile Saint-André, puisque sa tombe était vide ? Et qui était cette Betty Fersen, qui n'avait pas semblé être si surprise que cela d'être confondue avec Cécile ?

Betty Fersen quitta la section de recherches de la gendarmerie et se dirigea vers une station de taxis. La voiture de Mathias stoppa à sa hauteur alors qu'elle passait devant un kiosque à journaux. Il baissa sa vitre et lui proposa de l'emmener. Elle reconnut l'homme qui l'avait enlevée et s'apprêta à s'enfuir. Mathias l'en dissuada. Pour appuyer sa demande, il lui montra un quotidien régional affiché sur le kiosque qui diffusait son portrait avec l'intitulé : « Nouvelle évasion du Zodiaque ».

Betty monta aussitôt à bord sans se faire prier.

Dans la voiture, la peur de Betty était telle qu'elle avoua tout. Elle dit à Mathias qu'elle avait cherché à ressembler à Cécile. C'était là l'origine des opérations chirurgicales qu'elle avait subies.

— Pourquoi ?

— J'ai été engagée par un homme qui m'a payée pour ça.

— Quand ?

— Ça a commencé il y a quelques années. Il me donnait de l'argent. Beaucoup d'argent. Il a aussi payé pour la chirurgie esthétique… Il voulait que je lui ressemble. Il m'a dit que cette femme était morte et qu'il l'avait beaucoup aimée.

— Et vous vous êtes prêtée au jeu sans vous poser de questions ?

— Je savais qu'il était malade, mais en même temps je le trouvais touchant.

— Pourquoi n'avez-vous rien dit aux flics ? Là, maintenant…

— Parce qu'il est fou. Il m'aurait tuée si j'avais parlé…

Betty continua de parler sans que Mathias ait besoin de la menacer. Elle lui expliqua qu'il voulait recréer cette femme, Cécile, qu'il avait aimée. Il lui offrait des habits, de la lingerie. Ils passaient du temps ensemble dans un ancien hôtel abandonné. Il couchait avec elle, puis lui demandait de partir, disant qu'il avait besoin de rester seul avec « elle »… Elle ne savait pas de qui il parlait. Elle avait renoncé à le comprendre. Il la payait suffisamment pour qu'elle quitte le métier d'infirmière qu'elle pratiquait à l'institut Daguerre. C'était là qu'il l'avait rencontrée. Puis, ces derniers temps, il était devenu de plus en plus persuadé de la réalité de son fantasme. Betty avait compris qu'il s'enfonçait dans la folie et qu'il l'identifiait totalement avec cette fameuse Cécile. Elle avait peur de lui. Elle était coincée dans un piège. C'est pourquoi, maintenant, elle continuait de jouer le jeu. Mais elle était terrifiée.

— Il voulait, dit-elle, que je lui appartienne totalement. Il était devenu terriblement jaloux. Il m'interdisait de voir d'autres hommes. Il disait que si je lui étais infidèle, il me tuerait.

Il s'appelait Alexis Daguerre.

12

La femme qui était assise dans un fauteuil roulant était bel et bien Cécile Saint-André. Mais son teint était cireux. Et seul un maquillage outrancier donnait l'illusion qu'elle était en vie. Une vie qui l'avait quittée depuis très, très longtemps. Sa peau était glabre, ses mains creusées montraient qu'elle avait été embaumée.

Esther lâcha son tisonnier, eut un mouvement de recul et, terrifiée, saisit son portable pour composer à toute vitesse le numéro d'Eva.

— Eva, c'est moi, dit-elle à sa messagerie. J'ai retrouvé Cécile, la vraie. Dans un ancien hôtel sur la route d'Annecy. C'est horrible. Elle est morte. Elle a été embaumée…

Derrière Esther, une ombre s'avançait. Esther n'eut pas le temps de finir son message. Alexis Daguerre plaqua un linge imbibé sur son visage. Elle tenta de se débattre un court moment, puis s'affala dans ses bras.

Lorsque Esther reprit connaissance, elle était couchée dans le lit de la chambre nuptiale. Ses bras étaient attachés aux montants du lit. Elle portait des habits qui n'étaient pas les siens. Elle reconnut une robe qu'elle avait vue sur un des mannequins. En face d'elle, l'homme qui, depuis toutes ces années, faisait revivre l'amour de sa vie était admiratif.

— C'est incroyable ce que tu lui ressembles…

Il s'approcha. Il tendit sa main mais n'osa pas la toucher. L'idée qu'il l'avait déshabillée dégoûta Esther.

— Tu es beaucoup mieux que Betty. Toi, au moins, tu es du même sang que Cécile.

Esther essaya de se défaire de ses liens, en vain. Elle était totalement à la merci de son bourreau.

— Je t'ai fait boire un somnifère. Bientôt, tes forces vont te quitter. Je pourrai te détacher, tu ne pourras plus me résister. Et tu seras totalement à moi...

— C'est pour en arriver là que vous avez fait tout ça ?

— Je ne voulais pas en arriver là ! Je ne demandais rien à personne, sinon qu'on me laisse vivre mon histoire d'amour... Pendant des années, nous nous sommes aimés secrètement ici, avec Cécile. Quand j'ai compris qu'il n'y avait pas d'avenir possible entre nous, que nos familles feraient tout pour nous séparer, j'ai eu cette idée de suicide. La mort était la seule issue : finir comme Roméo et Juliette...

Alexis s'assit à côté d'Esther et lui caressa le corps. Elle tentait encore de lutter mais commençait déjà à sombrer sous l'effet des drogues. Elle voyait le cadavre embaumé de Cécile qu'Alexis avait installé en face d'eux : elle semblait les regarder. Le viol qu'il allait faire subir à Esther était, dans la tête de psychopathe d'Alexis, un hommage à la femme aimée qui avait disparu.

— Seulement la mort n'a pas voulu de moi.

— C'est faux. Vous n'avez pas tenté de vous tuer. Vous avez eu peur de la mort !

Elle tentait de le provoquer. C'était sa dernière chance.

— Oui, j'ai eu peur, avoua Alexis. Mais je me suis racheté. Je la fais revivre. Depuis toutes ces années, je n'ai eu de cesse de faire revivre Cécile.

— Avec une femme morte depuis vingt-cinq ans ?

— Je devais la faire revenir.

— C'est de la folie. Vous avez détruit votre famille. Vous avez fait enfermer votre femme. Votre fils est devenu fou à cause de vous.

Mais, quoi que dise Esther, Alexis n'en avait que pour ce qu'il appelait son miracle personnel. Il était totalement et définitivement dans son fantasme.

— C'était une belle idée, non ? Recréer Cécile. Betty avait le même regard. Tout le reste, c'est moi qui l'ai recréé : son visage, ses seins, ses jambes... Tout ça, c'est moi. Mais toi, tu es tellement plus parfaite.

Alexis s'allongea à côté d'Esther. Il commença à défaire la robe dont il l'avait lui-même parée.

— Mon Dieu, comment peux-tu lui ressembler autant ? Tu es presque trop parfaite. C'est la même robe que portait Cécile lorsqu'elle a eu son accident. Nous allons mourir ensemble pour de bon cette fois.

Il caressa ses cheveux.

— Cécile... Dis-moi que tu m'aimes, mon amour.

Esther ne répondit pas. Alexis passa ses mains sur son corps, puis les referma sur son cou.

— Dis-moi que tu m'aimes. De toute façon, je vais te tuer. Et ensuite, je me suiciderai. Peut-être, ajouta-t-il cyniquement, si j'en ai le courage... Après t'avoir possédée.

Alexis resserra sa prise, tout en caressant le visage d'Esther. Il caressait son corps, ses cheveux, dévoré par une passion morbide qui ne connaissait pas de limites. Esther comprit qu'il était fou depuis longtemps : l'accident de Cécile l'avait fait tomber amoureux de la mort.

— Si vous me tuez, dit Esther, vous ne connaîtrez jamais l'enfant que Cécile a eu de vous...

— Tu dis n'importe quoi... Cécile est morte.

— Avant. Quand on vous empêchait de la voir. Elle vous l'a caché. Elle a accouché en secret. Mon père l'a envoyée à l'étranger pour cacher cet enfant. Il en avait honte...

— Tu mens !

Alexis fit taire Esther en l'étranglant. Elle ne pouvait plus bouger, ni parler. Elle étouffait. Elle sentait ses forces l'abandonner.

— Non ! C'est vrai !

Alexis se retourna et découvrit Mathias, une arme à la main. Qu'est-ce que ce connard foutait là ? C'était un endroit sacré, ici… Betty avait parlé et Mathias avait foncé sur la route pour retrouver l'hôtel avant qu'il ne soit trop tard.

— Si tu touches à Esther, je retrouverai l'enfant que tu as eu avec Cécile et je le tuerai de mes mains…

— Tu mens toi aussi, lança Alexis. Si Cécile avait eu un enfant, elle me l'aurait dit…

— Je sais tout de ma famille. Aucun de ses secrets ne m'est inconnu. Tu as eu une petite fille, Alexis. Félicitations… C'est une vraie femme, maintenant. Et je me ferai un plaisir de la violer et de la torturer.

Alexis, déstabilisé, se tourna vers Esther. Il venait de la relâcher.

— Où est-elle ? Où est ma fille, bon Dieu ?

— Personne ne le sait. Quelque part dans le monde, perdue. Mais je la retrouverai, ajouta encore Mathias, si tu ne libères pas Esther ! Et tu sais que je le ferai, Alexis. J'ai fait bien pire.

— Non ! Elle ne vous a rien fait ! Cette enfant est innocente.

— Moi aussi, j'étais innocent, jusqu'à ce que vous me charcutiez le cerveau, toi et ton enfoiré de toubib !

D'un geste, Alexis fit sauter le nœud emprisonnant les poignets d'Esther. Une fois libérée, il l'utilisa pour faire écran entre lui et Mathias.

— Ne tire pas, Mathias. Il faut qu'il s'explique, dit Esther.

— Qu'il te libère d'abord. Maintenant, je vais buter ce fumier !

— Non ! Je veux savoir ce qu'il m'a fait. Est-ce que je risque encore de tuer quelqu'un ?

— Réponds-lui !

Alexis regarda Esther, puis Mathias. Il leur lança qu'il suffisait d'un mot pour déclencher le passage au meurtre, c'était cela la grande découverte de Kowalski. Alexis riait à gorge déployée. Prisonnier de ses contradictions et de sa folie, la pire chose qu'il pouvait leur faire maintenant était de mourir.

Il se jeta par une fenêtre. Sa chute dura moins de deux secondes, mais elle fut le moment le plus sublime de sa vie. Me voilà…, pensa-t-il.

Puis il s'écrasa sur les rochers.

Mathias et Esther se précipitèrent et découvrirent le corps d'Alexis, dix mètres plus bas, bras en croix.

— Il l'a rejointe pour de bon, cette fois, dit Mathias.

Esther était frustrée. Elle ne saurait jamais vraiment pourquoi il s'était retourné contre ses propres enfants. Ni s'il avait programmé d'autres meurtres dans sa tête. Il avait parlé d'un mot qui pouvait déclencher les meurtres. Elle se souvint qu'elle avait dit à Keller qu'elle l'aimait. La mort d'Alexis lui fit prendre conscience, pour la première fois, du grand vide laissé par celle de Keller. Elle eut la pleine vision de l'atrocité de son geste. Elle vit les années qui lui restaient, ces années durant lesquelles elle allait porter le poids de cette culpabilité monstrueuse. Sa seule raison de ne pas en finir était Quentin. Il était sa lumière. Il fallait qu'elle vive pour lui. Elle se mit à pleurer dans les bras de son frère jumeau.

— Mathias… Merci.

— Tout ce que je voulais, c'était me racheter à tes yeux.

Il relâcha Esther, puis recula d'un pas, puis deux, puis trois…

— Adieu, Esther. Cette fois, tu ne me reverras plus jamais. Je ne te ferai plus jamais de mal. Mais, dit-il, je ne retournerai pas en prison.

Mathias s'éloignait vers sa voiture. Un bruit de percuteur, puis un ordre l'arrêtèrent…

— Ne t'éloigne pas, Mathias ! Reste où tu es.

C'était Eva. Elle braquait son arme sur Mathias.

— Mets-toi à genoux. Mains sur la tête. On avait un deal, tu te souviens.

Il n'y avait évidemment aucun deal avoué, mais Mathias savait que ce n'était pas sa liberté contre sa collaboration qui était en jeu. Tout juste pourrait-il obtenir une cellule avec une vue… Les bras légèrement écartés, il ne bougeait pas malgré la menace d'Eva. Il ne les leva pas.

— Je veux bien me rendre. Mais tu devras m'abattre. Parce que je ne retournerai pas en prison. Je préfère mourir. Alors, soit tu me tues, soit tu me laisses partir…

— Il m'a sauvée, Eva. Sans lui, je serais morte. C'est Alexis… Le maître du Zodiaque, c'était lui…

— Peut-être, mais Mathias doit retourner en prison.

Mathias échangea un regard avec Esther. Un regard dans lequel passait toute la complexité de la situation. Mathias ne s'était-il pas racheté ? Pouvait-il y avoir une rédemption pour un homme qui avait tué tant de fois, même sous influence ?

— Je suis flic et toi un assassin. Je n'hésiterai pas à t'abattre de sang-froid, dit Eva.

Esther était-elle prête à laisser partir Mathias après tout ce qu'il lui avait fait subir ? Etait-elle prête à le laisser se faire tuer après tout ce qu'il avait fait pour elle ?

— J'aurais tellement voulu me racheter à tes yeux, Esther.

Mathias, bouleversé, prêt au sacrifice, regardait Esther. En silence, il semblait la supplier. Sans la quitter des yeux, il se mit à reculer, pas après pas. Esther se tourna vers Eva.

— Non, dit-elle.

Elle se plaça entre Mathias et elle. Par ce geste, elle prenait toute la responsabilité de la situation. C'était sa décision, son choix. C'était aussi son frère jumeau, son double. Nul n'était mieux placé qu'elle pour le juger.

Eva baissa son arme.

Mathias s'enfuit, sans même un dernier regard. Il monta dans la voiture volée, démarra, fit demi-tour et disparut…

Esther remercia Eva et lui demanda de la laisser seule. Elle ne voulait pas qu'elle subisse les conséquences de l'évasion de Mathias. Elle avait déjà pris suffisamment de risques en lui faisant confiance. Elle lui demanda de retourner à la section de recherches et de revenir avec sa brigade. Eva accepta.

C'était fini. Bien des choses restaient encore à comprendre, mais le coupable était là, mort. C'était lui qui s'était vengé de sa famille en éliminant sa propre descendance.

Seule en haut de la falaise au pied de laquelle gisait le corps sans vie d'Alexis Daguerre, Esther pouvait contempler l'humanité tout entière. Et le spectacle n'était pas beau à voir… Elle pensa au vieil adage de Keller : il fallait survivre. Survivre pour témoigner. La mort était la seule défaite. Elle ne l'oublierait jamais…

13

Dans les toilettes de l'aéroport de Genève, Mathias se regardait dans la glace. Il s'était laissé pousser la barbe, des lentilles de contact colorées changeaient complètement son apparence, il était devenu un autre homme. Il s'appelait, ainsi que son nouveau passeport l'attestait, Johan de Brandt. Il était, comme l'homme d'affaires à qui il avait volé ses papiers, résident suisse d'origine hollandaise. Il avait passé le poste-frontière sans problème. Une nouvelle vie commençait pour lui...

Tout ce chemin n'avait pas été simple. À plusieurs reprises, il avait cru qu'il ne s'en sortirait pas. Il avait dû jouer chaque coup comme un coup de maître, mais avait gagné le bien le plus précieux qui existe : la liberté. Son expertise du crime, sa mémoire, sa connaissance du terrain avaient été des atouts essentiels. Sans oublier quelques coups de pouce inattendus... Il avait un seul regret...

L'annonce dans les haut-parleurs interrompit sa réflexion : on appelait les passagers du vol Genève-Rio de Janeiro. Mathias se regarda une dernière fois dans le miroir. Il pivota légèrement sur le côté. Il ouvrit le robinet d'eau, prit un peu de savon au creux de ses doigts et, du bout de l'index, effaça les marques qu'il portait sur ses lobes occipitaux...

Mathias avait compris pourquoi sa mère ne l'aurait pas défendu lors de son procès. Il avait enfin compris tout ce que

Keller, sans doute, avait lui-même saisi avant de mourir. Grâce Delaître avait un secret, un honteux secret que personne encore n'avait mis en lumière, et qui était l'alpha et l'oméga de cette affaire. Et ça n'était pas fini…

Son seul regret était que Keller ne soit plus de ce monde pour voir ça…

14

La carte tricolore d'Eva était posée sur son bureau, à côté de son arme de service. Ce furent les deux premières choses que remarqua Esther en entrant dans le bureau. Deux semaines étaient passées depuis la mort d'Alexis Daguerre. Deux semaines qui avaient semblé un siècle à Esther. Il y avait eu les funérailles de Keller, discrètes selon la volonté de ses supérieurs. On lui avait remis l'urne et elle était ensuite allée répandre ses cendres dans la Méditerranée. Là, face à la mer où disparaissait la dernière trace de celui qu'elle avait tant aimé, Esther s'était effondrée. Un moment de désespoir dont elle garderait définitivement la marque dans son cœur. Puis elle était repassée devant le juge d'instruction qui, ayant retrouvé les dossiers des expériences de Kowalski que Keller avait découverts chez sa mère, l'avait définitivement innocentée de son meurtre. C'était sans doute ce qui pouvait arriver de pire à Esther : ne pas pouvoir payer pour avoir commis ce crime insensé. Elle allait devoir trouver seule la force de continuer dans un monde devenu absurde.

Esther allait repartir aux États-Unis. Ce n'était que sa troisième vie qui commençait. Elle avait retrouvé Quentin et fait ses adieux à sa famille. Elle ne les reverrait sans doute plus jamais. Pierre allait s'installer avec Hélène Daguerre. Juliette allait retourner à Aix s'occuper de la Fondation Saint-André pour l'enfance. Jérôme avait retrouvé Léa. Ils projetaient même de faire très vite un enfant… Et, aujourd'hui, Eva démissionnait de la gendarmerie.

— C'est fini pour moi, dit-elle à Esther. Je suis devenue enquêtrice pour savoir par qui j'avais été enlevée et, résultat des courses, je remets le Zodiaque en liberté.

Esther avait bien tenté de la convaincre que c'était elle et elle seule qui portait cette responsabilité, Eva ne pouvait pas s'empêcher de penser qu'elle aurait dû l'arrêter. C'était comme ça, elle était flic…

— Au moins, tu as réglé ton histoire. Tu t'es libérée de ton passé. Ça doit être douloureux pour toi, mais l'enquête qui avait décidé de ta carrière est bouclée.

— Oui, répondit Eva avec un laconisme qui surprit Esther.

Parmi ses affaires personnelles, Eva rangea la coupure de journal : ce fameux journal *La Savoie* où un gros titre annonçait « DISPARITION MYSTÉRIEUSE D'UNE PETITE FILLE » avec sa photo tenant sa boule d'eau neigeuse. Elle replia l'article et regarda Esther.

— Tu ne crois pas qu'il nous a manipulés depuis le début ?

— Qui, Mathias ?

Esther avait beau s'attendre au pire de sa part, elle ne pensait pas qu'il ait été capable d'une telle maîtrise. Du moins sur un aussi long chemin, semé de tellement d'embûches.

— Moi, je crois que si, répondit Eva. Son but était de profiter de la situation pour parvenir à se tirer. Il l'a atteint.

Peu importait, finalement, qu'il ait tiré son épingle du jeu, il les avait aidées et était sans doute très loin à cette heure.

Elles ne parlèrent pas de ce baiser échangé dans une salle d'interrogatoire minable de l'Évêché.

Elles se donnèrent une simple accolade et se quittèrent.

La vie continuait.

Elles avaient encore des choses à accomplir.

ÉPILOGUE

« Je suis mon propre maître »

S'ils croient que c'est fini, ils ont tort. Ils ne savent pas qui je suis. Ils ne savent pas la puissance de ce feu qui brûle en moi. Certes, le chemin touche à sa fin et moi, je touche enfin à mon but. Mais il m'aura fallu tant de détours pour l'atteindre. Tant de méandres solitaires. De doutes aussi... Mais le Zodiaque était là et il me suffisait de le voir pour croire en ma destinée.

Bien sûr, bien des choses m'ont échappé et ce serait prétentieux de croire que j'ai tout contrôlé. C'est ce qu'il y a de beau et de grand dans la vengeance, elle catalyse les forces les plus sombres, les plus souterraines, et entraîne avec elle les autres dans sa mortifère démesure. Commettez un meurtre et, autour de vous, d'autres tueront pour vous... Cela fait peur, même. Cela, plusieurs fois, a risqué de mettre un terme à mon action, mais elle était trop forte, trop irrésistible et, surtout, trop juste, pour ne pas aller à son terme...

Ceux qui devaient mourir sont tous morts. En commençant par celles qui n'auraient pas dû exister, Lucie et Sandrine. Ceux qui avaient hérité de la folie ou de la lâcheté de leur père, Alexis et Loïc. Rien n'est plus contagieux que le mal, n'est-ce pas ? Il passe de génération en génération comme un désordre génétique. Si Loïc avait su que son mal-être venait du crime inavoué de son grand-père, relayé lui-même par la folie de son père, amoureux de la mort, peut-être aurait-il eu les moyens de vivre différemment, qui sait ? Mais le crime entraîne le crime et Loïc lui-même a voulu participer. Grand bien lui fasse, il est devenu Fausto. Et il est heureux. Car Fausto, comme il avait pu le dire, ne connaît pas la douleur… Fausto n'est jamais sorti de l'enfance.

Vous aviez tous les moyens de me démasquer, mais aucun d'entre vous ne pouvait imaginer aussi cruel destin que le mien, aussi terrible préjudice que celui que j'ai subi. Pourtant, la ressemblance était frappante. Vous auriez dû comprendre, mais vous n'avez rien vu. Vous vous êtes laissés mener par votre aveuglement, comme tous les autres, jusqu'à accomplir à ma place ma propre vengeance, mon propre combat, en poussant Alexis Daguerre à la mort… Sans cette enfant qu'il avait eue avec Cécile Saint-André, vous comprenez, tout aurait été différent pour moi. Elle n'aurait jamais remplacé son propre enfant dans son cœur. Comment était-ce possible ? Comment pouvait-on être aussi lâche et aimer encore ? Par désespoir, sans doute. Peut-être…

Seul Keller avait compris. Sacré Keller… Il a eu le tort d'avoir raison trop tôt. Il en est mort. Il ne pouvait pas s'expliquer. Personne ne l'aurait cru. Mathias, peut-être, avait compris aussi… Je l'espère, en tout cas. Je crois que oui. Tous les signaux sont là pour me le montrer. Tout, dans son comportement, le prouve. Et le mien a dû lui donner quelques pistes…

Je suis le maître du Zodiaque. J'ai créé le Zodiaque sans savoir que son histoire était la mienne. C'était notre destin. Celui qui nous avait mis sur la même voie, et bientôt la même vie. Car, dans très peu de temps, il ne restera plus que nous. Toi et moi, Mathias. Mon disciple, mon double, mon frère…

Il fera nuit quand l'avion se posera. Je sortirai parmi les derniers passagers. Le hall de contrôle des passeports sera bondé, j'imagine. Une nouvelle vie commencera pour moi. Enfin, bientôt… Après un dernier meurtre. Quand j'aurai retrouvé la fille issue des amours infidèles de Cécile Saint-André et d'Alexis Daguerre. J'aurai plaisir à la tuer. Un plaisir suprême que je garde pour la fin… J'aurais pu le faire depuis longtemps, mais j'ai préféré observer sa souffrance, ne rien ignorer d'elle avant d'en finir. Car elle m'a volé ma vie, privée du destin qui aurait dû être le mien.

Vous devriez savoir qui je suis, maintenant. Tout est là, devant vous. Il suffit de tout reprendre selon un enchaînement logique. Mais sachez avant que, dans cette vie maudite qui est la mienne, une seule logique prévaut, celle du pire, où l'amour, par une curieuse alchimie, engendre la haine.

Voilà, tout est dit. Vous avez tous les éléments pour me connaître et me comprendre. Le Zodiaque, lui, me connaît. Dépêchez-vous, car il m'attend.

Le capitaine Spagnolo était resté quelques jours dans la région du lac Léman, le temps de boucler l'affaire et de transmettre le dossier au parquet. Après la démission d'Eva et la mort de Keller, cette tâche lui incombait. Il ne savait pas quoi éprouver vis-à-vis de la liberté de Mathias. Il lui sembla que, s'il avait été à la place d'Eva, il aurait agi de la même manière. Le Zodiaque, admettons, avait payé sa dette. Il savait juste, au fond de lui-même, que Keller n'aurait jamais admis une telle idée et s'efforça de chasser cette pensée.

Rassemblant les affaires de Keller, il découvrit, dans une enveloppe kraft, un courrier qui lui était adressé. Il n'avait pas été ouvert. C'était une photo que Keller avait demandée aux archives du journal *La Savoie*. Elle n'était plus qu'un détail dans le dossier administratif pour le substitut du procureur. Spagnolo sortit le cliché de l'enveloppe. C'était la photo de la petite fille enlevée, Eva, dans les bras de sa mère. La photo était, pour une fois, dans son intégralité.

En la découvrant, Spagnolo ressentit soudain une vague de sueur froide couler entre ses omoplates.

— Nom de Dieu, c'est incroyable, murmura-t-il entre ses dents. Qu'est-ce que c'est que cette connerie ?

Spagnolo se leva. Comme s'il était brusquement enivré par cette découverte, le bureau se mit à tanguer autour de lui. Il fit quelques pas, pris de vertige, essayant de comprendre l'incompréhensible. Il comprit seulement qu'une nouvelle traque commençait… Il se dit que Keller allait lui manquer.

La femme qui tenait la petite fille dans ses bras était Grâce Delaître.

CET OUVRAGE
A ÉTÉ TRANSCODÉ
ET ACHEVÉ D'IMPRIMER
SUR ROTO-PAGE
PAR L'IMPRIMERIE FLOCH À MAYENNE
EN MAI 2006

N° d'édition : 1077/01. – N° d'impression : 65766
Dépôt légal : mai 2006.

Imprimé en France